先頭の男の声が部屋に響き、のっそりと二人の男が出てくる。

大きな金属製のカップを片手に持ち、腰に重そうな金槌を差している。

太く短い手足に長く伸びた髭、周りの同族よりもかなり大きな体。

「どう見てもボスだな」

王国へ続く道 9

「怪我人には酒！」
「毒には酒！」
「勝利にも酒！」

大宴会は夜通し続き、セリアは臭いで倒れ、レアも一口で倒れた。
アドルフはカップ一杯の酒を飲まされ、青くなって隅で吐いている。
滅茶苦茶だがこちらの方が陽気でいい。

「初めてをくれるか？」
ルウを抱き上げ、顔を近づけて優しく聞く。
「うん！　私の処女……貰ってください」

王国へ続く道 ⑨

湯水 快 × 日陰影次 Illustration

口絵・本文イラスト　日陰影次

王国へ続く道⑨

第一章　金足りぬ　5
第二章　鉄の山　49
第三章　自堕落女の大騒動　133
余　談　堕ちたるもの　171
第四章　ラーフェン街案内　212
エピローグ　318

第一章　金足りぬ

閉じられた木窓の隙間《すきま》からうっすらと朝日が差し込《こ》む。

隙間があるからには冷たい冬の空気が入ってきているはずなのだが、室内の強烈《きょうれつ》な熱気のせいでまるで感じない。

「うーむ」

ベッドの上を這《は》って窓を開けようとするも、女の乳と尻《しり》がベッドを埋《う》め尽《つ》くして、手をつける場所すらないのだ。

「さて、この白くて小さな尻は誰《だれ》かな」

などと言いつつ豪快《ごうかい》に揉《も》んでみる。

「あう……エイギル様……素敵《すてき》です……」

セリアの尻だった。よく見ると太ももから下が日焼けしている。

昨夜の猛烈《もうれつ》な性交のせいか、まだ目が覚めないようだ。

セリアをなんとなく転がして、同じく寝《ね》ているレアの上に乗せると、どちらからともなく絡《から》み合う。

「エイギル様……もっと強く……抱《だ》いて下さい……」

「ご主人様……全部あげます……体中支配して……」

是非《ぜひ》仲良くやってくれ。

更《さら》に女肉を掻《か》き分けていくと潰《つぶ》れた蛙《かえる》のように股《また》を開いている女が出てきた。上半身が毛布に埋まってわからないので試《ため》しに触《さわ》ってみよう。

「んあっ！」

触《ふ》れた瞬間《しゅんかん》、穴が指に吸いついて来る。

この男を求める動きはカトリーヌだな。彼女《かのじょ》は無意識でも男を求めてしまうほど好色なのだ。

尚《なお》も掻き分けると島が出てくる。

窓を開けず薄暗《うすぐら》い中でも尋常《じんじょう》でない大きさとわかる巨大《きょだい》な乳島……我《わ》が妻ノンナの超巨乳《ちょうきょにゅう》、仰向《あおむ》けにも拘《かか》わらずドデンとばかりに上を向き、呼吸に合わせてゆっくり揺《ゆ》れている。

「ううん、エイギル様……ここは天下の大通り……逸物《いちもつ》を出してはダメ……」

わけのわからない寝言《ねごと》を言いながらノンナは横向きになり、天井《てんじょう》を向いていた巨乳は隣《となり》に寝ていたカーラの顔に乗っかった。

比喩《ひゆ》でもなく顔よりでかい。

「ううう……何よこれ……でっかいのが顔に……」

乳が乗ったカーラは忌《い》ま忌《い》ましげな寝言を言ってから、何故《なぜ》か乳に吸いついた。

「赤ちゃん……お乳の時間です……いくらでも出ますよ……」

ノンナも赤子に乳をやる夢を見ているようだ。早く子供が出来るといいな。

女体《にょたい》を掻き分けようやくたどり着いた窓を開けると朝日でもなく、もう昼だ。

「そら。皆《みな》起きろ」

俺《おれ》は豪快に窓を開け放つ。

俺の声と差し込む日光で女達《たち》が一斉《いっせい》に呻《うめ》き始める。

「ん……失礼しました！」

一番寝起《ねお》きが良いのはやはりセリア。呆《ほう》けた表情を見せたのは一瞬《いっしゅん》だけ、弾《はじ》かれたように立ち上がる。ピンと背筋を伸《の》ばした後で自分が全裸《ぜんら》だと気付いて、胸と股間《こかん》を隠《かく》す様も可愛《かわい》らしい。

「ぬ……もう朝か!!」

「おはようございます」

イリジナとマイラも朝日に反応して素早《すばや》く起床《きしょう》、さすがは軍上がりだ。

（ふんぎゃあああああ！）

頭の中に直接悲鳴が響《ひび》く。イリジナが寝ていたケイシーの足を踏《ふ》んだのだ。

「私としたことが寝過《ねす》ごすとは！　早急《さっきゅう》に朝の日課をこなさなければ！」

日課の体操を始めるイリジナ、お前には見えていないのだろうがケイシーが必死に太ももを叩《たた》いているからどいてやってくれ。

体操を終えたイリジナはセリアと一緒《いっしょ》に顔を洗いに寝室《しんしつ》を出ていく。ケイシーも半怨霊《おんりょう》の表情でイリジナの背中に張り付いて行った。また踏まれるぞ。

イリジナのでかい声で他の女達も起き始めたようだ。

「……これはひどい」

その場に残ったマイラが呟《つぶや》く。

はてケイシーが踏まれた以外に酷《ひど》いことなどあっただろうか。

「何ではありません。こんなにいっぱい女を侍《はべ》らすなど褒《ほ》められることでないのはわかるはずです」

マイラはベッド中に散らばる女体に眉《まゆ》をひそめ、無防備に振《ふ》られる誰かのケツをペチンと叩いた。

「お前も昨日はその一員だったのに」

後ろから座位で乳首《ちくび》を摘《つ》まんでやったら足を伸ばして大喜びだったはずだ。

「あ、あれは冷静さを欠いていただけです！　色事の経験が少ない私を異常な乱交に巻き込む貴方《あなた》が悪いのです！」

そういえばマイラはこの前まで処女だった。

「伯爵《はくしゃく》ほどの方が妾《めかけ》を持つのは当然かもしれません。しかし毎夜の相手は一人に絞《しぼ》るべきです。入り乱れての乱交など……ふしだらです！」

マイラは案外に貞操《ていそう》観念が高いようだ。そんなだから二十五で処女だったんだ。

「細かいことを言うなよ。みんなでヤるのも楽しいもんだろ？」

「し、知りません！　それに館の外にも女を囲っているそうではありませんか！」

「30人ほどいるな。20人孕《はら》んだと聞いたから、半年もしたら騒《さわ》がしくなるぞ」

マイラは口に手を当てて絶句する。

「ここは淫獄《いんごく》ですか……」

その時、トントンと扉《とびら》がノックされる。

「失礼致《いた》します。ご起床なさっておいででしたら、お茶と湯をお持ちしました」

屋敷《やしき》のメイドのようだ。

「い、今しばらく待……ってちょっと!!」

慌《あわ》てて服を着ようとするマイラを置いて俺は躊躇《ためら》わず扉を開く。

メイドはまず全裸の俺を見て驚《おどろ》き、立ち込める壮絶《そうぜつ》な淫臭《いんしゅう》に顔をしかめ、俺の股間を凝視《ぎょうし》しながら生唾《なまつば》を飲む。

「ありがとう。ここに置いておくからお前らも好きに飲め」

受け取った茶をテーブルに置き、俺も水浴びでもしようと部屋を出ようとする。

「あ、あのっ!!」

メイドに呼び止められる。

よく見るとお前は最初からずっと居てくれているメイドだな。はて、ずっといるはずなのに何故か名前がわからない。顔も美しくスタイルも良くて覚えていないはずがないのだが。

「私も旦那様《だんなさま》がご無事に戻《もど》られて嬉《うれ》しいです。良かったです」

潤《うる》んだ顔で俺を見上げて来るので顎《あご》を掴《つか》んでキスしてやろうとしたが、両手を胸に置いて拒《きょ》絶《ぜっ》されてしまう。

もちろん無理やりの口づけなどあり得ないので苦笑《くしょう》しつつ体を離《はな》すと。

「せっかくなのでこちらに」

メイドは俺の足元にしゃがみこみ、女達の淫液《いんえき》にまみれた逸物の先にキスをする。

まるで媚薬《びやく》でも注入されたかのように、たちまち勃ちあがる俺のモノを見て、メイドはクスリと笑う。

「また夢でお会いしましょう」

そして豊満な尻をフリフリ去っていく。

名前ぐらい聞きたかったが下半身がそれどころではない。昨夜空にしたはずの睾丸《こうがん》に音を立てて種が補充《ほじゅう》されていくのがわかるほどだ。

俺は荒《あら》い息をつきながら、寝起きの女達の中に飛び込むのだった。

「い……淫獄」

などと呟いたマイラの腕《うで》も掴んで引っ張り込む。案外抵抗《ていこう》はなかった。

数十分後
「さて問題を一つずつ片付けていこう」
「その気になって頂いて幸いです」
執務室《しつむしつ》にいるのは４人、俺にアドルフ、レオポルトそしてセリア、軍事も内政もほとんど全てこの面子《メンツ》で回せる。広がった領土の割に小さな統治機構だ。

「まず金がないんだな？」

アドルフに問う。

「その通りです。手元資金は枯渇《こかつ》し、その日払《ひばら》いの給金は払《はら》えません。現在は領主凱旋《がいせん》のため休暇《きゅうか》として労役《ろうえき》を止めておりますが長く続けば金に困る者も出てきましょう」

労役は治水や道路を作るだけではなく、農地や定職を持たない者の貴重な働き口ともなっている。彼《かれ》らを放置すれば盗人《ぬすびと》や盗賊《とうぞく》に身を落とすこともあるだろう。

「レオポルト。トリスニアでの略奪品《りゃくだつひん》などがあったはずだが兵士達への褒賞《ほうしょう》を差し引いてもいくらか残らないか？」

「残りません。戦功にもよりますが一般的《いっぱんてき》な兵で民の年収程度の報酬《ほうしゅう》を配っています。過分に思われるかもしれませんが、以前の紛争《ふんそう》から連戦の間も衣食住以外まともな給金を出していないことを考えると兵の士気維持《いじ》には必要でしょう」

今回の戦争では犠牲《ぎせい》も多く出た。せめて並以上の給金ぐらいは出さないと誰も兵士なぞしなくなる。

「家族がいる者には見舞《みま》い金《きん》も必要です」

これも自分が死んだり怪我《けが》で動けなくなったりした後に妻や娘《むすめ》が娼館《しょうかん》行きでは兵は集まらない。遺族がしばらく生きていける分ぐらいは出してやる必要がある。

「そちらの方は俺が直接面倒《めんどう》を見る形でもいいのだが……」

「遺族を寝取《ねと》ってどうするのです。暴動が起きます」

それもそうか。

「では金は残らんか」

「厳密に言えば少々残りますが使えませんな」

はてどういうことか。

「最低限の金は軍事予備費として残す必要があります。空《から》では何かあった時遠征《えんせい》用の食料も準備できません」

「しかし今は領地の財政が優先では？」

ここでレオポルトにアドルフが噛《か》み付く。

ちょっと観戦したい気分だが、セリアが仕草でダメと主張するので仕方ない。

「財政の方もわかるのだが、やはり軍が優先か」

俺の領内で盗賊の被害《ひがい》が激減しているのは、俺の意味不明な武勇伝と強力な軍事力によるところが大きい。軍の動きが鈍《にぶ》いとなれば根深いカビのように、またモソモソと這い出て来るだろう。

「いざとなったら予備費を切り崩《くず》すしかないかもしれん。だがその前にアドルフ、お前の方では何とかできないか？」

アドルフは頭を抱《かか》えてテーブルに肘《ひじ》をつき、デカい溜息《ためいき》をついた。

こんな態度を俺以外の貴族にやったら地下牢《ちかろう》行きになるぞ。今でもセリアの視線がかなり険しくなっているというのに。

「そりゃ今を凌《しの》ぐだけなら方法は山ほどありますよ」

あるならやればいいだろう。

「しかし負債《ふさい》の先送りです。今年は凌げても来年以降どんどん厳しくなっていきますし……目ざとい商人達が資金難に気付けば、たちまち足元見てきますよ」

「例の鉄鉱山はどうなんだ？」

詳《くわ》しくは知らんが金になりそうと聞いた。

「現地は確認《かくにん》しました。上質で有望な鉱山ですが道が完成していないので輸送が出来ないのです。荒れ地を運んでくるには鉄鉱石は嵩張《かさば》り過ぎます」

「道を完成させるのに、また金がいるという事か」

飯が食いたくて狩《か》りをするのにまた腹が減るといった具合だな。

「クレアさんの強い提案で道幅《みちはば》を広く取りましたから手間も時間もかかります」

クレアは異様に鉄鉱石にこだわっていた。彼女が絶対に必要と主張して作り始めた道は下手すれば北のエイリヒ領や王都ゴルドニア行きの道よりも広くて立派なのだ。アドルフも整備された道は途中《とちゅう》の町村にも恩恵《おんけい》有りと考えて認めたらしいが。

「春には人頭税も入りますが、戦時の資金調達で大口は既《すで》に先払《さきばら》いしていますし……労役再開と兵士の復帰を考えると雀《すずめ》の涙《なみだ》です」

ならば仕方ない。金に困った者が古来する事は一つなのだ。

「借りるか」

「……やっぱりそうなりますか」

アドルフはがっくりと肩《かた》を落とし、セリアも眉をひそめる。

まあ借金して喜ぶ奴《やつ》はいるまい。

「私も商家からの借り入れを考えはしたのですが事情が変わっております」

アドルフが差し出した書類はラーフェンに店を構える商人達の一覧らしい。

こいつは本当にちまちま書類をまとめるのが大好きだな。

「彼らに商売上の優遇《ゆうぐう》と引き換《か》えに借り入れをと思ったのですが破綻《はたん》しました」

「何故だ？」

貸さないというなら俺が乗り込もうか。

「ここに記載《きさい》されている商人全て……現在はフィリッチ商会の傘下《さんか》に入っています。地域担当の許可無しに判断は出来ないと言われました」

「地域担当とはクレアか……やり手というのは本当だったようだ」

アドルフは一層苦い顔になる。

「元々ラーフェンに大商人は居ません。大きくなった行商人や大農家が転じた商人ばかりですから資金力で圧倒《あっとう》されたのでしょう」

アドルフは更にバツがついた書類も見せる。廃業《はいぎょう》・破産した商人らしいが時期がまったく一緒だ。恐《おそ》らくクレアの傘下に入るのを断って潰されたのだろう。

「やってくれるなぁ」

「こうなってはクレアさんに話をするしかありませんね」

「いいだろう。むさい男に金を借りるよりはマシだ。呼んでくれ」

アドルフは席を立ち、最後に一言。

「借りるなら盛大《せいだい》に借りてくださいよ」

何故だ。借金はできるだけ少ない方がいいだろうに。

「金貨10枚を返せない男は奴隷《どれい》に売られますが、金貨1000枚なら高利貸しは待つしかない。そういうものです」

そういうものか。

さてアドルフが退席した後、呼びつけたクレアが駆《か》けつけてくるまで時間が空く。

ついでなので途中から彫像《ちょうぞう》のようになっていたこいつへの用も済ませよう。

「レオポルト」

彫像の顔がこちらに向く。無論表情はない。

「今回もらった領地でトリエアの南……南部諸国と領地が繋《つな》がったな」

「そうですな」

「何か条約や協定はあったか？」

「一部とは単発的な交易協定程度はあります。しかし領土を一切《いっさい》接していなかったので和平条約等は何もありません。王国が交渉《こうしょう》しているのではないでしょうか」

「どれぐらいの脅威《きょうい》かわかるか」

「情報が少なく現時点では判断しかねますが、我が領地の南と接する国家は弱国ですので大きな脅威はないと推測します。ゴルドニアに仕掛《しか》ける勇気はないでしょう」

なるほどなるほど。では本題だ。

「もし俺個人とその国が戦になるとすれば王都はどう動く？」

「ゴルドニア王家が正式に和平協定を締結《ていけつ》する前ならば特に問題はないでしょう。今は南部諸国との関係をそれほど重視しているとも思えません」

レオポルトは即答《そくとう》する。

「そうか。ま、情報だけは集めておけ。南部国境までの行軍路も念のために」

「承知しております」

借金だけが生きる道というのも悲しいから手は打っておこう。

セリア、顔が引きつっているぞ。それから今の会話はメモ帳に書くなよ。どこにばれても厄《やっ》介《かい》になるから。


しばらくしてクレアがやってきた。ローリィとか言う幼く見える少女も一緒だ。

「この度《たび》は戦勝おめでとうございます」

「おう、遠慮《えんりょ》はいらんから座《すわ》ってくれ」

席に立ったままで居ようとするクレアを着席させてメイドに茶を出させる。

「恐れ入りますハードレット伯爵様。してこの度はいかようなご用件でしょうか？」

クレアはチラリとセリアを見る。

俺以外の人間がいると『エイギル様』とは呼んでくれないようだ。

「金を貸してくれ」

空気が一瞬止まった。

セリアも前のめりにつんのめる。

「……いきなりですね」

「俺が金に困った理由に興味があるか？」

クレアは静かにカップをテーブルに置く。

「なくもないのですが……まぁ今は問いませんわ。いかほどでしょうか？」

「金貨２万枚」

再び空気が止まる。

「金貨２万……大金なのはご存じですよね？」

「もちろんだ。前にお前が張った賭《か》け金の二倍だからな」

「……痛いところを突《つ》きます」

クレアは上品な動作で茶をすすり再びこちらを見つめた。

「伯爵様にとってお金は領地、名誉《めいよ》、武力と同じ一つの力に過ぎません。ですが私達商人にとって金は何よりも大切なものです。命と等価と言ってもいいですわ」

そういうものか。商人にはほとんど興味がなかったから、なんとも理解できんが。

「伯爵様に例えるならば、お手元の女性を他人に預けるような物です。預け先を誤ればもう帰ってはきません」

なるほど、それなら信頼《しんらい》できるものにしか預けないし、もし帰さないなどと言い出したら相手の四肢《しし》をバラバラにしてでも取り返すだろう。

「使い道をお教え願えませんか？　以前の恩もございますから、お貸しするのはやぶさかではありません。しかし2万枚は私にとっても覚悟《かくご》のいる金額なのです」

「今までと変わらず治水や街道《かいどう》整備の労役費と材料代だ。今から金を入れておけば秋の収獲《しゅうかく》高も上がるからな」

とアドルフが言っていた。

「収獲が上がって……金貨2万を返せるようになるのですね」

クレアは疑わしい目で見ている。

まず無理だろう。今年の収獲は例年より遥《はる》かに大きくなるだろうが人口も増えているし山の民にも供給する。売却《ばいきゃく》に回した分で金貨千枚にもなるかどうか。

「それと……鉄鉱山への街道整備だ」

ピクリとクレアが反応した。

「アドルフも納得《なっとく》済みだが随分《ずいぶん》と立派な街道だからな。普通《ふつう》の道よりもずっと金もかかる。そもそも山の民の領域での作業は唯《ただ》でさえ負担が大きい」

日々の往復は出来ないし周辺に泊《と》まれる村も無い。水でさえ馬車で運んでいかないといけない場所も多いのだ。

「道が完成すれば本格的に鉄鉱石が出せるのだろう？」

クレアは俺を見ながらチラリとセリアに目をやる。

「セリアは俺の一部みたいなものだ。問題ない」

セリアがパッと笑顔《えがお》になる。可愛いので撫《な》で回しておこう。

「ではお話しします。私は掘《ほ》り出した鉄鉱石だけを運んでくるつもりはないのです」

「よくわからんな。鉄鉱山から鉄鉱石以外の何を運ぶというのか」

もし美女でも取れるなら拠点《きょてん》の移転も考えるが。

「実は伯爵様が戦地に赴《おもむ》かれている間に配下の者に現地を見に行かせましたの。アドルフ様とご一緒に」

奴もそう言っていたな。クレアも部下を派遣《はけん》していたのか。

「ええ、伯爵様の旗を立てたら蛮族《ばんぞく》……失礼、山の民の襲撃《しゅうげき》もまったくなかったと」

クレアはもう俺が山の民を手中に入れたことを知っているらしい。

「話を戻して……現地を見た者は鉄にかなり詳しい者ですが、それでも目にした事のない程《ほど》上質の鉄鉱石が掘り出され、周辺の小川にも砂鉄が大量に蓄《たくわ》えられていると報告してきました」

ほう、鉱石の品質など俺にはわからないが上質なのに越《こ》したことはない。

ノンナなど宝石に『上質』と枕言葉《まくらことば》がついただけで定価の五倍出して買う。何が上質なのかは誰にもわからない。

「あそこはただの一鉱山ではありません。ゴルドニア……いえ中央平原全体で見ても鉄の一大生産地になる可能性があります！」

クレアの言葉が熱を帯びてくる。

「その為《ため》の広く整った道です。いかに良い品とは言え運べなければ、なんの儲《もう》けにもなりません」

「それは分かったが……鉄鉱石以外を運ぶとはどういうことだ？」

「はい。鉄鉱石はいくら高品質でも重量当たりの値は知れています。ですので鉱山の近くで鉄を精製し、より純度の高い鉄塊《てつかい》や鋼の塊《かたまり》にしてから輸送するのです」

クレアも鉄の生産については詳しいはずもなく勉強したのだろう。

「最終的には鉄や鋼の製品にまで加工すれば更に利益は上がるはずです」

「だがあそこはラーフェンからもかなり距離《きょり》がある。鉱員と食料ぐらいは送れるだろうが精製だの加工だのと言われてもなぁ」

クレアは突然《とつぜん》立ち上がり両手を開く。抱き締《し》めて欲《ほ》しいのかと近寄ったら逃《に》げられた。

「あの鉱山を中心に町そのものを作るのですわ！　食料も水も周りになければ毎日運べば良いのです。整備された大きな道を食料と水を積んだ大型馬車が山へ向かい、帰り道には満載《まんさい》の鉄製品を積《つ》み込んでくる……そして私達に莫大《ばくだい》な利益をもたらすのですわ!!」

熱く語るクレア、その話は後でアドルフと議論させるとして借金は大丈夫《だいじょうぶ》と言う事だろうか。

「ではその壮大《そうだい》な計画の為にも金は貸してくれるのか？」

クレアは熱くなった自分を恥《は》じるようにペタンと椅子《いす》に戻る。

「お貸し致しましょう。但《ただ》し、貸したお金が日々の統治に消えて鉱山の開発が進まなければ私が困ってしまいます。そこでこういうのはいかがでしょう？」

クレアが合図するとローリィが紙を用意し、すらすらと契約書《けいやくしょ》をしたためて行く。

「まず金貨1万枚、これはそのまま屋敷にお運びしますので好きにお使い下さい。残る1万枚は我々が預かりまして鉱山への街道建設の資材・人員を提供させて頂きます」

「予《あらかじ》め半分は使い方を決められているという訳か……」

「それともう一つ」

「なにを偉《えら》そうに……んむ！」

怒鳴《どな》ろうとしたセリアを押《お》さえて、余裕《よゆう》の顔のまま口をつぐんだクレアに続きを促《うなが》す。

「この鉱山町の計画は全て私に任せて欲しいのです。鉄の売却から町での商売、物資の輸送まで全てです。無論治安や徴兵《ちょうへい》には口出ししませんが」

勝手に了承《りょうしょう》したらアドルフが怒《おこ》るのだろう。

「わかった。細かい事はアドルフと相談しろ」

絶対怒るだろう。しかしここで即断《そくだん》しなければクレアも安心して金を貸せまい。

「ありがとうございます。伯爵様の不興を買うような事は致しませんわ」

クレアの顔が目に見えて綻《ほころ》ぶ。

さてこれは演技か本音か。

「次は利息額を決めましょう」

「この上利子まで取るのか」

セリアがまた暴れはじめた。解き放てばクレアを襲《おそ》うだろう。

「伯爵様、利息無しに金を貸す商人はこの世におりません」

呆《あき》れられてしまった。

だがこれ以上アドルフを怒らせるのも困る。奴が胃痛ででも倒《たお》れてしまえば俺の仕事は十倍になるのだ。

ここは智将《ちしょう》として少し交渉をしてみよう。

「なぁクレア……」

執務室のテーブルから立ち、クレアの座るソファに腰掛《こしか》ける。

「あら、なんでしょうか?」

「俺達《おれたち》は男と女なのだからもっと協力出来るはずじゃないか」

クレアの太ももに手をやって優《やさ》しく撫でてみる。

薄《うす》い生地《きじ》を通して、むっちり肉付きのよい腿《もも》の感触《かんしょく》が伝わって来る。

「男女とお金の話は分けませんと」

どの口で言う。

丁寧《ていねい》に拒《こば》もうとした手を取って指を口に含《ふく》む。そして綺《き》麗《れい》な指に舌を這わせながらもう片方の手をとって、ズボンの上に導いて撫でさせる。

「あん……人目がありますー」

「俺達以外には誰もいない」

むうむう言っているセリアは最初に言った通り俺の一部なので問題ないのだ。

「クレア、今日はお前をお姫様《ひめさま》のように楽しませてやるから利子は負けてくれないか？」

「利息の相場は年間２割……エイギル様の信用を考えましても１割は頂きませんと」

俺はクレアをベッドに押《お》し倒しスカートをめくりあげ、装飾《そうしょく》が施《ほどこ》された下着を丁寧に下ろして股の間に顔を入れていく。

「たっぷり舐《な》めてやる……もちろんこれも味わわせてやるぞ」

「数ヶ月ぶり……やはり大きい……まだ柔《やわ》らかいのに棍棒《こんぼう》のような太さ……あぁ脈打ってる」

女の予感に脈動しながら勃ち上がっていく男根を触らせた後、遠慮の無い音を立てて性器に口をつける。

「ああっ!!　舌が……エイギル様の……エイギルの舌が穴に入ってきます!!」

女を味わうことが交渉にもなる。やはりクレアを御用《ごよう》商人にするのが一番良い。アドルフにもよく言っておこう。

セリアが頬《ほお》をパンパンにして退室していく。ついでにローリィも一礼して出て行った。

「エイギル!!　もっと舐めて下さい！　豆を豆を噛んでぇ!!」

途端《とたん》に呼び方が変わったクレアを俺はたっぷり喜ばせていく。

「で、では……し、失礼を……た、立てない……腰《こし》が……」

夕刻まで俺の愛を受け続けたクレアはガクガクと腰を震《ふる》わせながらローリィに支えられて帰って行く。

「交渉性交だ」

交渉の甲斐《かい》あって二年以内の返済ならばという条件で利子は0となった。

「むぅう……」

不機嫌極《ふきげんきわ》まるセリア撫で回しながら、俺は上機嫌《じょうきげん》で夕飯に向かうのだった。

◇◇◇◇◇◇◇◇◇◇◇◇◇◇◇◇◇◇◇◇◇◇◇◇◇◇◇◇◇◇◇◇◇◇◇◇◇◇

フィリッチ商会　ラーフェン東部本店
「金貨2千枚の殿方《とのがた》は美味《おい》しかったですか?」

疲《つか》れきってベッドに横たわるクレアにローリィはやや棘《とげ》のある言葉をかける。

「嫌《いや》みを言うんじゃないわ」

クレアはタオルを顔にかけて息をつきながら返す。

「あーすごかった……。演技無しにあんな処女みたいな声出たの初めてよ。気を抜《ぬ》くとまだ腰がヘコヘコ動くんだから」

「それは何よりです」

クレアは噛み痕《あと》と口づけ痕だらけになった自分の体を見て苦笑する。

「思わずお金なんて返さなくていいからもっと抱いてと言いかけたわ」

クレアは悪戯《いたずら》に笑うが本気でない事はローリィも知っている。

「自分の腕の中で悶《もだ》えて絶頂して……利息はいらないと叫《さけ》ぶ。これからもずっと可愛がってやりたくなる女商人でしょう?」

「儲けよりも男を選んだのかと」

無論ローリィも違《ちが》うと分かって聞いていた。

「まさか。貰《もら》えるなら金貨1枚だって逃がさないわ。でも今回はこれでいいの、彼にこれからも可愛がって貰う方がずっと大切よ」

「今回の戦功で伯爵陞叙《はくしゃくしょうじょ》……領地も辺境とは言え小国に匹敵《ひってき》する程ですね」

「そうよ。絶対に逃がさないわ」

猛烈な性交で疲れ果てていたがクレアの目はそれでも爛々《らんらん》と輝《かがや》いている。

「しかし利子分の金貨2千枚、欲しかったですね」

中小の商家であれば吹《ふ》き飛ぶような大金、クレアにとっても軽くは無いはずだった。

「そうでもないわ。何しろ貸したお金は金貨2万枚……失敗したら私は商会の見せしめに場末の娼館で潰されるか、変態の肉人形ね」

「私もお供でしょうね」

二人は顔を合わせて笑う。

彼女達《かのじょたち》は一心同体、クレアの破滅《はめつ》はローリィの終焉《しゅうえん》でもある。

「それだけの額を賭けるのに2千枚なんて些事《さじ》よ。それに……半分の1万枚は街道建設の資材と人員を雇《やと》うのよ？」

クレアはあまり良くない笑《え》みを浮《う》かべる。

「資材は大口で買って叩けば2割以上の利益になる。人員なんて工事に娼婦《しょうふ》でも連れて行ってあがりを撥ねれば給金の2割ぐらい戻せるわ」

「結局1万の2割……2千は確保しているのですね」

「損はないし、彼には媚《こび》を売れたわ。おまけにあの逞《たくま》しい身体と逸物も味わえた……悪くない結果よ」

言葉に反応したかのようにクレアの股間から大量の粘液《ねんえき》が零《こぼ》れだす。

「羨《うらや》ましい限りですね」

「彼には今までも武具に工事にと随分儲《ずいぶんもう》けさせてもらったしね。穴の手入れをお願い。彼を燃えさせ過ぎたみたい」

クレアは股を大きく開いてローリィに股間の手入れをさせる。真っ赤になったそこは快楽の代償《だいしょう》を示していた。

「もういっそ、このまま彼の女になってしまわれては？」

妻にはなれないだろうが愛人となるだけでも領内では他の商家を威圧《いあつ》できる。

「それをやると他の顧客《こきやく》がねぇ。仕入れのとこにも身体で引っ張ったスケべはいるからなぁ」

ローリィのマッサージを受けながらクレアは足をパタパタと動かす。

「時期尚早《じきしようそう》ですか」

「そうね。鉱山も動いて儲けが莫大になったら……その時はおねだりしようかな」

クレアの口調が砕《くだ》けていく。

「そうなったら私も愛妾《あいしよう》に推薦《すいせん》して下さいね。贅沢《ぜいたく》したいですので」

「嫌《いや》よ、貴女《あなた》にはまって彼が幼女趣味《しゆみ》になったら困るわ」

ローリィが外見とはまったく異なる性技の持ち主なのはクレアも承知の上だ。

その幼女のような外見は特殊性癖《とくしゆせいへき》の男にはたまらないようで、彼女を抱くために破滅するまでタダ働きした愚《おろ》かな商人もいたのだ。

クスクスと笑う二人の女、金貨２万枚という平民であれば千人単位で命が買える金はその笑いの中で動かされていった。

◇◇◇◇◇◇◇◇◇◇◇◇◇◇◇◇◇◇◇◇◇◇◇◇◇◇◇◇◇◇◇◇◇◇◇◇◇◇

「ええ⁉　明日からまたお留守なんですか？」

「ああ、戦地に行く訳じゃないから少しだけだがな」

「せっかく一緒に居れるようになったのにぃ」

別宅の女達が一斉に非難の声をあげた。女に責められるのは少し興奮もするな。

「むくれるなよ。その分濃厚《のうこう》に抱いてやっただろう？」

言いながら俺は長身の女をひっくり返して股の間に体を入れ、強い締めつけを押し破るように体重をかけて繋がる。

途端に甲高《かんだか》い嬌声《きょうせい》があがり、長い手足が肩と腰それぞれ絡みつく。

ここは俺が以前にゴブリン達から助け、戻るところがない女性達用に作った住居、けしからん領民は俺のハーレムなどと呼んだりするがもっと高尚《こうしょう》なものなのだ。

絡みついていた手足を虚空《こくう》に向かって伸ばしながら長身の女が失神した。次に背が低めでややぽっちゃりとした女を俯《うつぶ》せにして伸《の》し掛《か》かり、両肩《りょうかた》を掴んで勢いよく腰を密着させる。

低い嬌声と共に女の手はシーツを掴み、引き千切りそうなほど引っ張る。

行き先が決まるまでの仮住まいとして作ったこの建屋は粗末《そまつ》ではないが壁《かべ》も薄いし長持ちするようには出来てない。

「もっと立派な建物にしないといかんなぁ」

ぽっちゃり女が獣《けもの》のように吠《ほ》えながら腰を跳ね上げ絶頂したので、次は細身の女を抱え上げ仰向けになった俺の上に乗せ、薄めの尻を掴んで腕力《わんりょく》で中へと押し入った。

薄い腹は俺の形に盛り上がり、女は弓のように仰け反《のぞ》りながら悲鳴のような嬌声をあげる。

新たな道を探すよりも俺の女として生きたいと言う女が30人。そのうち20人は既に腹が大きくなっているからには仮住まいでは済ませられない。

「その為にも金がいる。鉄鉱山か……」

細身の女が快感と俺への愛を叫びながら泡《あわ》を噴《ふ》いて失神する。

「やはり俺自身の目で確かめないといかんな」

俺は涎《よだれ》まみれで気絶した細身の女を優しくベッドに横たえ、他の全員に来いと告げる。


「あ、あひがとう……ごじゃい……ました……」

「またの……おこひを……おまちして……」

「し、しぬ……」

息も絶え絶えの女達に見送られ、俺は女達全員に口づけと孕んだ女には腹にもキスをして屋敷に戻る。

たまにはノンナやカーラ達だけではなく彼女達にも構ってやらないといけないな。

「それに俺の種で膨《ふく》らんだ二十の腹に囲まれるのは男としての優越感《ゆうえつかん》が凄《すさ》まじい。ふふふ」

腰も軽くなりつつ上機嫌で屋敷に戻ったのだが。

「いっぱいのお妾さんはおいしゅうございましたか？」

言葉と同時に背中へ衝撃《しょうげき》、ノンナに頭突《ずつ》きされたらしい。

これはまだ拗《す》ねている時の頭突きだな、本当に怒っていたら助走をつけて飛んでくる。などと馬鹿なことを考えて笑う。

「エイギル様……」

背中にドンと当たった頭はそのまま擦《す》り付けられた。振り返って肩を抱《だ》いてやると胸に顔を埋《うず》めてきた。

「もう女を作るなとは申しません。エイギル様のモノは常に女の中に入っていないと耐《た》えられないのでしょう」

昨日はちゃんとお前の中にも入ったじゃないか。

「それよりも戦地から戻られて日も経《た》たないのにまたお出かけなのですか？」

ノンナが心配そうに顔を上げる。胸を押し当ての上目遣《うわめづか》いは凶悪《きょうあく》だ。

「もう聞いたのか……だが今回は遠征じゃない。鉱山うんぬんの話があって一度見に行って来るだけだよ。活躍《かつやく》した山の民の所にも顔を出さねばならんが……せいぜい二週間程だ」

「むぅ……」

それでも不満げなノンナの頭を腕で包む。

「アドルフとクレアも連れて行くのに戦いはしない。心配するな」

二人を並べたが、アドルフは傭兵《ようへい》経験のあるクレアよりも絶対に弱い。男であっても間違《まちが》いなく護衛対象だ。

「クレアさん……フィリッチ商会の方ですよね？」

女は気にしないと言った傍《そば》から嫉妬《しっと》かと思ったがノンナは表情を緩《ゆる》めている。

「あの方は良い方ですよ。見てくださいこのネックレス。連邦《れんぽう》製の大真珠がついた高級品です。

銀の細工も美しく……」

品は献上品《けんじょうひん》だったそうだが、いつかその品以上の物を買わされるだろう。

商人として修羅場《しゅらば》を潜《くぐ》ってきたクレアにしてみれば欲望の分かり易《やす》いノンナは与《くみ》し易い相手なのだろう。

反面、宝石にも菓子《かし》にも興味がないカーラには苦戦しているそうだ。そもそもあいつは突然に突拍子《とっぴょうし》もない事をするからとても読みきれん。

さて二人以外の人選はどうするか。セリアは当然ついて来るとして後は護衛隊を数人と……。

(私も行きたい)

耳元でケイシーの声がする。

突然《とつぜん》囁《ささや》くんじゃない。驚いて勃起《ぼっき》するだろう。

それに山の夜は不気味で怖《こわ》いぞ。お化けも出るかもしれん。

(怖いのやだ　やめとく)

それでいい。

「あのご主人様、私も連れて行ってくれませんか？」

「レア？」

さすがに少し躊躇《ちゅうちょ》する。

レアも体が強そうにも見えないし、もちろん戦いなどできない。護衛も少ないので万が一何かに襲われでもしたらアドルフを見捨ててレアを守ることになってしまう。

「でも山は何もないんだよね。夜のお世話がいりませんか？」

確かにそれは必要だが。

「必要ありません。私が全てこなします」

ほら嗅《か》ぎつけてセリアが入って来た。

「エイギル様の護衛も補佐も夜の世話も全部私がしますので安心して待っていなさい」

セリアとレア、どちらも実年齢《じつねんれい》は不明だが年《とし》の頃《ころ》は近く見える。

そして年齢《ねんれい》の他は対照的だ。

活発なセリアと大人しいレア。すらり引き締まったセリアと丸みを帯びて柔らかそうなレア。

俺《おれ》に忠実なのは一緒《いっしょ》ながら、セリアが役に立とうと様々な分野に努力するのに対して、レアは絶対的な従順さで応える。しろと言えば町の真ん中でも股《また》を開いて俺に奉仕《ほうし》するだろう。

「セリアさんは護衛もするんだよね？　裸《はだか》で御奉仕《ごほうし》してたら守れないよ？」

「そんなもの夜の間だけ歩哨《ほしょう》を立たせれば！」

まあ裸であっても俺が隣《となり》に居ればオーク数匹《すうひき》ぐらいなら平気だろうが。

「私がご主人様の下半身を満足させるからセリアさんは命を守る。分担しよう？」

「貴女がエイギル様としてる横で剣《けん》を抱えて見ていろと言うんですか⁉」

俺とレアが熱烈《ねつれつ》に愛し合い、その横でセリアが頬をパンパンに膨らませている光景を想像して笑ってしまう。

あんまりと言えばあんまりな提案にセリアが怒鳴りレアは縮こまる。

「怒鳴ってやるな。こいつも言い方をしらないだけなんだ。挑発《ちょうはつ》した訳じゃない」

俺がレアに手を貸すと彼女《かのじょ》はぎゅっと抱き付いてきた。セリアの眉間《みけん》に皺《しわ》が寄る。

「あそこは僻地《へきち》すぎて逆に盗賊は少ない。魔物《まもの》は心配だが護衛隊もいるしなんとかなるだろう。夜はお前ら二人まとめて可愛《かわい》がるから心配するな……なんだったらセリアは鎧《よろい》を着たまま抱いてやろうか？」

想像したのか一気にセリアが赤くなった。

「そうだね、二人がかりの方がいいよね。セリアさん、一緒に舐めようね」

「使用人もいるのにそういうことを言わないで下さい！」

こうして人選は完了《かんりょう》した。

翌日
「では参りましょうか」

「便乗させて頂きますね」

馬車と騎馬《きば》が連なってラーフェンを出発する。まずは鉱山を視察、そして山の民への戦勝の労《ねぎら》いが目的だ。

連れて行くのはアドルフとクレアそして彼女子飼いの鉄の専門家だ。そして俺のお供のレアとセリアに護衛隊が十名程と高速馬車数台が今回の一行だ。

「それにしてもお前はもうちょっとなんとかならんのか？」

シュバルツを馬車に合わせて歩かせながらアドルフに声をかける。

「主を置いて馬車になど……」

セリアも追い打ちをかける。

「いやぁ面目《めんぼく》ない」

馬車に乗っているのはクレアとレアそしてアドルフだ。

レアは当然馬に乗れないしクレアも高級商人としての服装をして大股《おおまた》開きはできない。

問題はアドルフで、こいつのロバのような馬では荒れ地で馬車に追随《ついずい》できず、他の馬に乗り換えるにも騎乗《きじよう》が下手くそで振《ふ》り落とされそうになったのだ。

「おお！　領主様じゃ！」

「みな手を止めろ！」

道中の村でなにやら作業をしている農民達《たち》が俺達に気付いて集まってくる。

「不要だ。先を急ぐからそのままでいい」

今は冬も盛り、小麦の世話など無いと思っていたが農民は忙《いそが》しく動いている。

「大根や白菜がそろそろ収穫です。この大きな道が出来てから行商人達もよく来てくれますので小麦以外も金になります」

「何しろこの道、しっかり固められて横に石まで置かれてますから少々の雨ではびくともしません」

そう言って村人が差し出した立派な大根を一本もらう。

「その為に道に沿って村を作ったのですよ」

アドルフが満足げに頷《うなず》く。

「経路を決めて定期的に一台で回った方が安く上がりますわね」

クレアも目を閉じたまま当然とばかりに言う。

まだ完成していない街道も既に恩恵を生み出しているらしい。

「領内東部は今となってはどこよりも安全な土地、鉱山以外でも投資の価値はあります」

山の民を従えトリエアを潰《つぶ》した今、脅威と言えば河向こうのマグラードぐらい。俺の領土の東側は絶対の安全地帯と言える。

「手が空いたら魔物も掃討《そうとう》しましょう。そうすればもっと安全になります」

アドルフがそう言うとすぐさまクレアが反応する。

「では我《わ》が商会から傭兵か狩人《かりゅうど》を紹介《しょうかい》しましょうか？」

「紹介金が要《い》りそうなので結構です」

そして二人の会話についていけないレアが困った顔で俺を見ている。ここは話題を振ってやるべきだな。

「この大根と俺どっちが勝ってる？」

「……最低の話題です」

呆れるセリアをよそにレアは大根を撫でて微笑《ほほえ》む。

「こっちぃ」

トロンとした声と表情で俺の股を指差す。

「二十分程休憩《ほどきゅうけい》していかないか？」

「ダメです。予定に遅《おく》れます」

残念だ。

その後、整った道の上をかなりの速度で移動した俺達は沢山《たくさん》の天幕と大勢の男達がいる場所に行き当たる。

「ここが道の端《はし》か」

「はい、工事中の場所ですね」

位置としてはギリギリ山の民の領域に入る前ぐらいの場所か。ここから先は水場も少ないので工事は一層苦労するかもしれない。

「おぉ、これは御領主様《ごりょうしゅ》」

監督《かんとく》らしい太った中年の男が出てくる。

しかし醜《みにく》く肥え太っているのではなく筋肉の上に脂肪《しぼう》を纏《まと》い、真っ黒に焼けた肌《はだ》と合わさってまさに肉体労働の為に生まれてきたような姿だ。

「捗《はかど》っているか？」

「へぇ、きつい分給金がいいですからね。皆《みな》気張っとります」

作業員達の中には冬にもかかわらず半裸《はんら》になって土を掘り、石を持ち上げている者もいる。

その身体からは臭《くさ》そうな汗《あせ》の蒸気が上がっていた。

よし少し発破をかけてやろう。

「皆聞け！　俺は一週間後にまたここを通る。それまでに手抜《てぬ》き無しで――あの木まで道を伸《の》ばせれば全員に金貨1枚の特別褒賞《ほうしょう》を出そう。監督には10枚だ」

指差した木は相当に遠く、ここからでは豆粒《まめつぶ》のようにしか見えない。

だが効果はてきめんだった。

「てめぇらさっさと動け！　怠《なま》けてる奴は血祭りにするぞ！」

「暗くなる前にあそこまでは進めろ！」

監督のみならず作業員同士も声を上げて作業を加速させていく。

他より良い待遇《たいぐう》とは言っても特殊《とくしゅ》技量の要らない街道建設での金貨1枚は給金一月分に近い。

まして監督への10枚は一財産だ。

「作業員二百人はいますよ。また金が……」

アドルフは溜息《ためいき》を吐《つ》くがこういうのは勢いが重要だ。ここで一気に進めてしまえばその後の作業にも弾《はず》みがつく。

「他に何か問題はないか？」

「へえ飯も水も大丈夫ですが、一つだけ……」

「言ってみろ」

言いにくそうにしている監督を促《うなが》す。

「ここは蛮族の領域が近いからか見たこともない魔物が出るんです。作業員ども力自慢《ちからじまん》が揃《そろ》ってますから餓狼《がろう》やゴブリン程度なら袋《ふくろ》にしちまうんですが、最近妙《みょう》な黒い獣が出るんですよ」

「黒い獣？」

さすがにそれだけじゃわからん。

「とにかくでかくて力も強いんでさ……徒党を組んでぶん殴《なぐ》ればなんとか追い払《はら》えますが、一人で居るとこを狙《ねら》われて殺される奴まで出る始末です」

厄介だな。しかし正体もわからないし、出るまでここに居座《いすわ》るわけにもいかない。

武装した護衛隊を何人かおいていくべきか考えていた時だった。

「出たぞー！　黒いのが出やがった‼　ツルハシとハンマー持ってこい！」

ふむ、大変都合がいい。

黒いのとやらは形は猫《ねこ》のようだが大きさは馬に近い。首から顔にかけてふささとたてがみが生えており、牙《きば》は口からはみ出る程にでかい。色は呼ばれている通りの全身真っ黒だ。

こちらを値踏《ねぶ》みするように距離を取りながら周りを回る。はぐれている者がいないか確かめているのだろう。

みたところ群れではなく一匹《ぴき》、はぐれを探している様から見て、力自慢の作業員をまとめて蹴散《けち》らせる自信はないらしい。

「護衛隊！　仕留めろ！」

セリアの指示で護衛隊が槍《やり》を掲《かか》げて走っていく……が武装した兵と戦うつもりもないのか黒いのは逃げていく。

足も速く重武装の護衛隊では追いつけない。

「もういい。深追いさせるな」

下手に深追いしてばらけてしまえば、それこそ好機を与《あた》えることになる。

「しかしここで仕留めねばまた来ます」

「仕留めるさ」

護衛隊が戻《もど》り、再びにじりよってきた魔物とシュバルツに乗った俺が正対する。

「行け」

合図でシュバルツが駆ける。

俺が一人で来たので魔物は少し考えたようだが、俺の巨大《きよだい》な槍を見たせいか、護衛隊の時と同じように戦いを避《さ》けて逃げに入った。

――だが逃げ切れない。

シュバルツが本気で駆ける速度は他の馬の比ではない。

魔物ははっきりと速度を上げて疾走《しつそう》するがそれでも距離は見る見る詰《つ》まっていく。

表情など無い魔物の顔に驚《おどろ》きが浮かんでいるように見えた。

ついに逃げ切れぬと悟《さと》ったのだろう。黒い魔物は疾走をやめて踏《ふ》みとどまり、逆にこちらに向けて走り出した。自身は肉食獣《にくしよくじゆう》、巨大だが所詮《しよせん》は馬のシュバルツを恐《おそ》れることなどあるものかと。

対面となったことで距離は一瞬《いつしゆん》で詰まった。

魔物はまずシュバルツの足を噛《か》み砕こうと顔を横向きに飛びかかってくる。

「甘《あま》いな」

槍衾《やりぶすま》さえ飛び越えるシュバルツは魔物をひらりと跳《と》び越えてヒヒンと嘶《いなな》く。

馬鹿にしたような嘶きに激昂《げきこう》したのか、魔物は体勢を立て直して正面から飛びかかる。

シュバルツに乗る俺に直接届くほどの跳躍《ちょうやく》……槍で突くのに実に都合が良い高さだ。

黒い魔物は出現も戦いも色々と俺に合わせてくれるいい奴《やつ》だった。

「じゃあな」

別れの挨拶《あいさつ》をして槍を突き出す。

穂先《ほさき》は口から入り、跳躍でしなる魔物の背中から飛び出した。

確かめるまでも無く致命傷《ちめいしょう》、詰まったような呻《うめ》きを一瞬だけ上げて魔物は息絶える。

力なく地面に倒れたそいつから強引《ごういん》に槍を引き抜く。あまり無茶《むちゃ》したら全鋼鉄製とはいえ折れてしまうかもしれん。これからは注意しよう。

ヒヒンと嘶くシュバルツは「終わったのか？」とばかりにこちらを見る。

「終わった。次からは避けるだけじゃなくて踏んでやれ、槍が汚《よご》れて気持ち悪い」

ふんと鼻を鳴らしてシュバルツはセリア達の所へ戻っていく。

「アレを馬上から一撃《いちげき》かよ」

「ありえねぇ……」

作業員達は呆然《ぼうぜん》としているが護衛隊には変化が無い。

戦場の方が何倍もきつかったからな。彼《かれ》らは俺の傍で見慣れている。

「魔物とはいえ獣だ。血を抜けば肉は喰《く》えるかもしれんぞ。明日に向けて精をつけておけ」

それだけ言って再び馬に乗る。

「……何人か行って捌《さば》いてこい」

「お前らこれからは手抜きするんじゃねぇぞ」

「見つかったら口からケツまでドスンだぞ」

そんなことするか。

夜

「んっんっんっ……んぶ……んむっ！」

「れろれろ……ちゅ……ちゅ……はむ……」

夜営のため軽く幌《ほろ》を張った馬車の中でセリアとレアの口奉仕を受ける。

二人は俺の大きく開いた両太ももそれぞれに手をかけて丁寧に男根を舐めてくれる。

「レア、先端《せんたん》をもっと強く舐めてくれ」

「ふぁい……んっんっんっ!!」

レアは小さな口をパンパンに膨らませ精一杯奉仕《せいいっぱいほうし》する。

「はむ！　はも……むぐっ！　れろれろ……」

対抗《たいこう》するように半ばから根元を刺激《しげき》するセリアも奉仕を激しくする。

「豪快《ごうかい》にお楽しみですね」

馬車の端で毛布に包まりながらこちらを見るクレア。

荷物が乗らず足を伸ばして寝《ね》られる馬車は一台しかないので彼女も当然同乗している。

「参加するか？」

女は多いほどいい。三人がかりで奉仕されることを想像すると男根は尚《なお》大きくなる。

「遠慮《えんりょ》しておきます。睨《にら》まれてしまいますから」

セリアが威嚇《いかく》するような視線を向けていた。

余計なことは考えるなと頭を掴《つか》んで喉《のど》まで入れると、むせながら嬉《うれ》しそうに奉仕に戻る。

俺のツボを知り尽《つ》くして的確に献身的《けんしんてき》に奉仕してくるセリアと、徹底的《てっていてき》に仕込《しこ》まれた性技とむせたりえずくのも構わずに捨て身で奉仕してくるレア。

二人の美少女の口と舌に攻《せ》められ続けてはたまらない。

股間《こかん》から駆《か》け上がる快感に耐えながら二人の美顔を覗《のぞ》くと、セリアは俺の巨根《きょこん》で口をパンパンにしながら、レアは赤い舌を限界まで伸ばして顎《あご》まで涎で濡《ぬ》らしながら……上目遣《づか》いで俺を見ていた。

「ぐっ」

オスとしての圧倒的征服感《あっとうてきせいふくかん》と男としての愛《いと》しさが限界を突破《とっぱ》し、種が睾丸《こうがん》から尿道《にょうどう》を駆け登って来る。

「んむ⁉」

「あっ出る」

セリアは先端の膨張《ぼうちょう》で、レアは男根の脈動で俺の絶頂を見抜《みぬ》いたようだ。

セリアはリズミカルに動いていた顔を俺の股間に押し付け喉奥《のどおく》まで男根を呑《の》み込《こ》む。

レアは睾丸を袋ごと吸《す》い込むように口内に入れ、舌でコリコリペチペチと叩《たた》く。

「おうっ！」

股間から脳天までを快楽の電流が走り抜け、俺は一声呻いて腰を突《つ》き上げた。

「ぐむっ!!」

セリアの頭を押さえて、濃厚な精液を喉奥に直接流し込む。

限界まで膨張した男根が精液を吐《は》きだす度、セリアの盛り上がった喉もドクドクと動く。

「ご、ごぶっ！　んぐぅぅぅ！」

そして窒息《ちっそく》してしまう前に引き抜くと、隣でレアが手まで使って口を全開にしていた。

ここまでされて遠慮するのは逆に可哀想《かわいそう》だ。

俺はレアの後頭部を掴み、精液を吐きだし続ける男根を喉奥まで捻じり込む。

「ゴボッ！　ガ……えう……うぐ……」

レアの喉もまたセリアと同じく俺の形に膨らみ、なんと小さな唇《くちびる》に俺の陰毛《いんもう》が触《ふ》れた。つまり丸ごと呑み込んでしまった。

呻き声さえ出せなくなったレアはそれでも平気とばかりに俺の尻《しり》を撫で続け、射精の度に喉を鳴らし続ける。

そして全てを出し終えた俺がゆっくりと男根を引き抜くと、一滴《てき》も零さないように上を向いて口を手で押さえる。精液が多すぎて必死に飲《の》み込んでも飲み切れていないのだ。

ここまでいじらしいことをされてしまうと、男よりもオスが勝って調子に乗ってしまう。

「二人で口づけしろ。汁《しる》を交換《こうかん》するんだ」

セリアとレアは熱に浮かされたような表情で顔を近づけ、互《たが》いに頬を膨らませたままキスをした。

「じゅるる……ぐちゅ……」

粘着質《ねんちゃくしつ》な音と共にセリアの頬の膨らみが小さくなり、レアの頬がパンパンになりつつ、数回だけ喉が鳴る。

「じゅ……ごぼ……」

続いてレアの頬が小さくなってセリアの頬が膨らみ、限界を超《こ》えたところで喉が鳴った。

二人は口内いっぱいに詰まった俺の精液を流し込みあっているのだ。

二人の合わさった唇の隙間《すきま》からも白濁《はくだく》した汁が流れ落ちる。

「ぷはぁ」

息継《いきつ》ぎの為に口を離《はな》した二人は舌にドロドロの種を絡《から》ませながら、再び口を合わせた。

「女同士のキスも素晴《すば》らしい」

こういう日々の触れ合いが女同士の連携《れんけい》を生むのだ。

しかし素晴らしすぎる光景に、あれだけ出した男根が復活してしまった。

「すごい光景ですわね。美少女二人が腕《うで》ほどの巨根を呑みこみ、オークもかくやの量の精液で戯《たわむ》れるなんて」

観察しているクレアに笑いかけながらレアの腰を掴まえ、嬉しそうに揺《ゆ》れる尻を一揉《ひとも》みしてから後背位で挿入《そうにゅう》していく。

セリアも勿論《もちろん》放置せず、隣に立たせて潤《うる》む穴に舌を突っ込む。

「二人とも若干《じゃっかん》幼く見えますわね。小さい女が好きならば、うちのローリィをご賞味なさいます？　いつでも閨《ねや》に向かわせますわ」

女を後ろから突きながら他の女はどうかと聞かれるのもおかしなものだ。

レアもセリアも快楽で蕩《とろ》けてそれどころではないようだが。

「ローリィか。見た目は十やそこらの少女だったが随分《ずいぶん》しっかりしていたな」

「ええ、夜の方もしっかり楽しめると保証します。もしもっと小さな……本物の幼女がお好みなら別にご用意しますけど」

「いらんよ。俺はそもそも童女趣味じゃないぞ」

上方向なら大概《たいがい》いけるが下は常識的なのだ。

それといつからクレアは人買いになった。

「必要があれば、ですわね。これ程《ほど》の美少女そういませんけど。本当に美女に縁《えん》がおありで」

俺がレアの穴に精を流し込むのを見ながら女商人は微笑む。

その笑みは仰《あお》向《む》けに寝た俺の上にセリアが乗り、激しく腰を前後させている間も続いていた

が、俺は室内に漂《ただよ》うもう一人分の淫臭《いんしゅう》とこっそり動く商人の右手を見逃さない。

「隣に男がいるのに自慰《じい》など虚《むな》しいだろう」

俺は倒れ込むセリアを抱き止め、強烈《きょうれつ》に締《し》まる膣内《ちつない》に精液を流し込みながら言う。

「そうは言いましても、もう三度も射精されていますわ。これ以上はさすがに……」

俺はクレアを押し倒して下着を剥《は》ぎ取る。そして精液まみれのまま微塵《みじん》も萎《な》えない男根でクレアのヘソから性器までをゆっくりと擦る。

「……おみそれしました」

クレアは困ったように笑い、股を限界まで開く。

「ブハックション!!」

残念だが、そろそろ終えてアドルフを中に入れてやらないと風邪《かぜ》を引くな。

奴が倒れたら何のために旅して来たのかわからない。

第二章　鉄の山

俺達《おれたち》はラーフェンから数日の行程を経て目的地である鉱山候補地にたどり着く。

「随分早かった。山の民の領域まではもっと時間がかかると思っていたが」

ましてや今回は馬車まで連れているのにだ。

「これが街道《かいどう》を整備する意味です。道があれば同じ足でも二倍三倍の速度で動けるのですよ」

アドルフがここぞとばかりに熱弁を奮った後に洟《はな》をすする。

すまん。毎晩セリア達を抱く度《たび》に外へ出てもらっていたからだな。

「いえ、こちらも頭の横で行為《こうい》されるのはたまりませんからね」

では貸し借り無しとしよう。

さて改めて山に近づいてみる。

東に見えるは山頂が霞《かす》んで見えない巨大な大山脈、その人山脈から子供のようにポツンと突き出た岩山が例の鉱山らしい。

ポツンと言っても高さはここから優に数百ｍもあり、もし中央平原内に有れば十分以上に目立つ山だ。

表面は岩肌《いわはだ》が剥《む》き出しで木も草も生えていないが傾斜《けいしゃ》はそれほどでもなく、所々にある切り立った場所を避ければ山頂まで楽に登れるだろう。

ただの岩山に見えなくもないが全体的に赤茶けているようにも見える。

山の所々から湧《わ》き水《みず》が溢《あふ》れ出しているが量は少なく本格的な農耕は出来そうではない。そもそも酷《ひど》く濁《にご》って異臭《いしゅう》もするので毒水の可能性もあるだろう。総じて悪い場所に見える。

だがクレアが連れて来た男――名前は忘れた――は俺とは違った印象を受けたようだ。

「素晴らしい鉱山です。表面は赤い屑石《くずいし》に覆《おお》われていますが……」

男は岩山のくぼみを見つけてハンマーで叩く。

「一皮剥《ひとかわむ》けば中には上質の鉄……少し精製するだけで最高の鉄になります」

「では山に穴を掘《ほ》っていくのか？」

「はい。掘れば大量の鉄鉱石が取れますし……」

男は近くを流れる小川に入って底を手で浚《さら》う。あんな臭《くさ》い水によく入るな。

「採掘《さいくつ》以外にもこういった小川から砂鉄が大量に取れます。ここいら一帯は鉄の塊《かたまり》と言っても良い程の土地ですよ」

「ふむ」

俺にはわからんが、その道の達人が言うなら開発を急ぐべきか。

「どうせならば小規模な炉《ろ》ではなく大規模な溶鉱炉《ようこうろ》を作ってしまってもいいかもしれません」

アドルフが口を出してくる。

「鋼ならばより上質な……」

「何より鉱石の大量集積……」

「廃石《はいせき》を利用して町を……」

アドルフとクレアが言い合い始めたので俺とセリアは輪を抜《ぬ》けた。

どうせ聞いても何がなんやらわからない。わからんことは人に任せるに限る。

ふと目線をずらすと山際《やまぎわ》にこっそり立つ小屋が見えた。煙突《えんとつ》からはうっすらと煙《けむり》が立ち上っている。

暇《ひま》なのでちょっと見てこようか。

「あれが山の民が言っていた火の民という奴らか……食べ物と鉄を交換してくれるとか」

「はい、友好的で攻撃《こうげき》してくる事はないとの話でしたが警戒《けいかい》はしておきます」

セリアの指示で護衛隊が防御《ぼうぎょ》態勢を取り始める。

「いきなり襲《おそ》い掛かって来ることもないと思うが、念のため先に話を通しておこう」

後々、揉めても下らない。どうせ敵対するなら最初に叩いておくに限る。

シュバルツに乗って近づいてみると、ほんの数軒《すうけん》と思っていた小屋は山肌《やまはだ》のくぼみに隠《かく》れるように何十も立ち並び、小さいながらも集落を形成していた。

小屋は木製では無く焼いた粘土《ねんど》か土かわからないもので作られている。

そのほとんど全てから煙が上がり、カンカンと金属を打つ音が聞こえてくる。どうやら鉄を作る民と言うのは本当らしい。

「なんだ、最近こねぇと思ったら突然《とつぜん》……」

蹄《ひづめ》の音を聞きつけたのか小屋の一つからのっそりと煤《すす》に汚れた男が出てくる。

山の民が交換に来たのと勘違《かんちが》いしたのだろう、その男はあきらかに異質な鎧と武器を纏った俺達を見てひっくり返って大声を上げた。

「お前達何者だ！　草原の民か⁉　今度は攻めてきたのか⁉」

男の悲鳴に各小屋から次々と人が出てくるが一様にこちらを見て目を剥いている。

「ちっ」

セリアが抜刀《ばっとう》しようとするのをやめさせる。

「落ち着け、あれは敵意じゃない……脅《おび》えているんだよ」

武器を持ち出して来た訳ではないし、村人も数十程度だ。完全武装の重騎兵《じゅうきへい》である護衛隊をどうにかするのは無理だろう。

とは言え少しぐらい脅えてくれた方が話しやすいか。

「ここの村長——と言うのかは知らんが、とにかく話が出来る奴を連れて来てくれ。攻撃して来なけりゃ、こちらも手は出さん」

「ま、まとめなら……こっちだ」

おっかなびっくり案内されたのは集会場のような比較的《ひかくてき》広い小屋、と言っても十人入れるかどうかの小さい建屋だ。

護衛隊を入り口に置いて中に入ると、中にはよぼよぼに見える老人が座《すわ》っていた。

顔は黒く煤けて片目は潰れている。大丈夫《だいじょうぶ》なのだろうか。

「わしがここのまとめをやっとる【フランメ】という」

「エイギルだ。山の下で領主をやってる」

どうせ言ってもわからんだろうし紹介は適当でいいだろう。

「早速《さっそく》だが皆《みな》脅えている。目的を教えてくれんか？」

小屋が見えたから来ただけなのだがそれでは話が繋《つな》がらないか。

「この山からは鉄が採れるだろう？」

「もちろん、我らは鉄を叩いて生きている」

ふむ、やはりこいつらが火の民というやつか。

「らしいな。俺達も鉄が欲《ほ》しい。だからここから掘り出そうと下見に来たわけだ」

前置きをしても仕方ない。彼らを苦しめるつもりはないが遠慮するつもりもない。「どうか鉄を掘らせてほしい」などと頼《たの》むつもりは毛頭ない。

「……わしらを追い出すのか」

「いや邪魔《じゃま》をしないなら気にはしない。お前達こそ採掘を始めたら邪魔するんじゃないか？」

そこまで言ってふとおかしな事に気づく。

山の民と日常的に関係があるようだったからてっきり彼らと似たような一族かと思っていたが、このフランメという男、老いぼれてはいるが身長は１８０近く体格もいい。

大の男でもほとんどが俺より頭一つは小さい山の民にしては随分と大きい。

「あんたは山の民じゃないんだな」

フランメは目を閉じてゆっくりと頷いた。

「左様、わしは山の民ではない。もう四十年以上も前に草原……国の名も忘れたが、戦火で焼け出され、野盗《やとう》に追われてここまで逃《に》げ、行き倒《だお》れ拾われたのよ」

フランメは集会場の外に出る。続いてみると心配そうな顔をした者達が集まっていた。

「わしのように草原から来た者、部族が戦や病気で滅《ほろ》んだ山の民、そしてその混血。ここはそういう者達が集まった所だ」

集まった者を見ると確かに背も肌も差が大きい。

「ほう……それは面白《おもしろ》い」

山の民の領域に入れば死あるのみと思っていたが違《ちが》う物語もあったようだ。

そしてふと気になる。

人口の少なさだ。せいぜい四、五十人ほどしかいない。

「さっきの話だとあんたがここに来てから四十年だったか？　随分前からあるのに寂《さび》しい集落じゃないか」

するとフランメは笑って言う。

「食い物が無いのだ。水も濾《こ》して煮立《にた》てて尚悪い。赤子が出来ても8割は生きられぬ」

フランメは食料用と思われる籠《かご》に入ったソレを投げてよこす……燻製《くんせい》にしたネズミだった。

「これなど最高のご馳走《ちそう》よ。小虫にキノコに苔《こけ》……おおよそ草原で暮らしていた頃には考えられぬ物まで漁《あさ》っておる。時折、山の民が鉄の道具と交換に肉をくれるが……最近はめっきり来なくなった」

すまんな、多分俺が大半の部族を傘下《さんか》に置いて武器を渡《わた》したからだ。こじれそうなので言わないでおこう。

「何より山から流れる湧き水は口に入れると毒になる。わかってはいるが滅多《めった》に雨も降らないここでは他に水がないから飲まねばならん。それに幼子は耐えられんのだ」

随分と哀《あわ》れな生活をしているようだ。

今日を生きるのに精いっぱいの彼らに俺達の妨害《ぼうがい》をする力も気力もなさそうだ。

「なるほどわかった。俺達は山を掘って鉄を作る。無論あんたらをどうこうしようとするつもりはない。あとは……砂鉄でも集めてくれれば食料や水と交換してもいい」

妨害して来ないからこれ以上話をするつもりは無い。

鍛冶《かじ》集団として期待しないでもなかったが山の民が以前使っていた粗悪《そあく》な剣、あの程度しか作れないなら製作者として彼らに価値は無い。別に鍛冶屋を集めてくるしかないだろう。

「山を掘る……それは容易ではないぞ」

「何？」

フランメは突然立ち上がり、立てかけてあった大剣《たいけん》を抜く。

「貴様!!」

「待てセリア」

セリアが咄嗟《とっさ》に抜刀して前に出るが、どうも斬《き》りかかって来る訳ではなさそうだ。

俺が目を引かれたのはその剣だ。薄暗《うすぐら》い室内でもはっきりわかる輝《かがや》きと鋭《するど》さ、王都の鍛治屋でも滅多にお目にかかれない逸品《いっぴん》だ。

「あんたが作ったのか？」

「そうだ……そして二度と作れん」

俺は再び腰《こし》をおろす。もう一度話をする価値がありそうだ。

「我らは何十年も鉄を打って来たし代々受《う》け継《つ》がれた物もある。決して粗悪品《そあくひん》しか作れない訳ではない」

「ならば何故《なぜ》山の民に渡さなかった？」

貴重な食料を定期的に持ってきてくれる彼らに嫌《いや》がらせをする意味は無い。

「材料が取れぬからだ。ここには木も少なく、山の表面の石は質が悪い。もっと良い燃料も質のいい鉄もあるにはあるが……」

「どこにある？」

「山の奥《おく》……少し掘ればすぐに出てくる」

なんだそりゃと俺は溜息を吐いた。

「なら掘ればいいだろう。阿呆《あほう》ではあるまいし」

だがフランメは首を振る。

「山を採掘すれば彼らと揉める。こちらは人も少なく活力も無い。とてもとても……」

「彼ら？」

一呼吸置いてフランメはゆっくりと発音した。

「山の中に住む者。亜人達《あじんたち》だ」

集落を後にした俺はアドルフ達が騒《さわ》いでいる場所に戻る。

「亜人ですか？」

「そう聞いた」

「数十人ぐらいの集落、邪魔をしないなら放置すれば宜《よろ》しいでしょうが亜人とは面妖《めんよう》な」

クレアも見当がつかないのか首をひねる。

「せっかく上手《うま》く回りそうな時にケチをつけたくないですねぇ」

アドルフとクレアが同時に溜息を吐いた。

亜人など見たことないが吸血鬼《きゅうけつき》もいるのだからきっといるのだろうな。

「亜人か魔物か、はたして今度は地下に住む人間か、わからんがせっかく来たのだからさっさと決着をつけてしまいたい」

「しかし山の中に居ると言われても……」

「ですねぇ……」

山は大山脈に比べれば子供のような大きさだが、巨人《きょじん》の子供は巨人には違いない。

山中探して回るには数百人居ても足りないだろう。

「向こうから出てきてくれればいいんだが……山の中と言えば洞窟《どうくつ》のような所か」

試《ため》しに無数にある洞窟の一つに向かって大声を上げてみる。

「この山に住むものがいれば出て来てくれ!!」

「いや無理でしょう」

「さすがにあまりにも……」

みんなで言うなよ。俺も恥《は》ずかしくなってきた。

照れ隠しも兼《か》ねて試《し》掘《くつ》用に持ってきたハンマーで洞窟の入り口をぶったたいてみる。

音でも響《ひび》いて出てくればいいのに。

「あ、危ない!!」

セリアの声に反応して飛びのくと突然《とつぜん》洞窟の天井《てんじょう》が落ちてきた。叩いた衝撃《しょうげき》で落盤《らくばん》が起きたのか。

「ハンマーで山を崩《くず》すなんて……本当に人ですか?」

うるさいアドルフ。少し落盤しただけだろうに大げさに言うんじゃない。

これ以上は何も出来ないので、町作りの予定地でも決めようとした時……野太い声が響く。

「ゴルアァァァァーー!　入り口を壊《こわ》したのはだれだぁぁぁ!!」

「よし返事があったぞ!」

「全員警戒!!」

山の洞窟から次々と人が出てきて俺達はたちまち囲まれてしまう。

手にはつるはしやハンマーを持ち、湯気を噴《ふ》かんばかりに怒《おこ》っていた。

「貴様らか！　入り口を破壊《はかい》した大バカ者は！」

「……怒っていますね」

「そりゃ玄関《げんかん》をハンマーで壊されれば怒りますね」

セリアとアドルフが溜息をつく。

ただ、彼らは武器を手に持っているものの殺気よりも怒気《どき》が強い。怒ってはいるが、話はできそうだ。

「ちょうどいい。お前らと話がしたかったんだ」

よく見ると飛び出してきた奴等の身長は山の民よりずっと低い。全員が大人の男であるのに140cm程しかない。

それもただ小さいのではなく、筋骨隆々《りゅうりゅう》の大男を縦に圧縮したようなすごい体型なのだ。

言葉も通じるし魔物ではない、これが亜人という奴らか。

「何？　話だと？　俺《おれ》らの山を殴っておいて……」

「そういきり立つな。殺し合いが好きな訳じゃないんだろう」

「当たり前だ！　俺らは野蛮《やばん》なコボルト共とは……」

「まあまあ。場所を変えて話そうじゃないか」

俺は怒声《どせい》を上げていた男のもつハンマーを片手で取り上げて肩《かた》に担《かつ》ぐ。

随分重い、俺の槍に近いのじゃないか。

「お、俺のハンマーを片手で⁉」

「なんじゃこいつは！　草原の民じゃないのか⁉」

「お、おい先に行くな！　というか勝手に入るな」

「こっちも殺し合うつもりなんて無い。山の事で話があっただけだよ。さあ話の出来る奴の所に案内してくれ」

彼らが出てきた山の中の穴に入ったものの、奥が暗い上に入り組んでいてわからん。

「馬鹿こっちだ。勝手に坑道《こうどう》を進むと戻れんようになるぞ」

ハンマーを奪《うば》った男が灯《あか》りを持って前を歩いてくれる
こいつはいい奴そうだな。ハンマーは返そう。

「投げるな馬鹿！　なんて力だ……本当に人か？　オークじゃなかろうな？」

「エイギル様……」

「はぅぅ……」

「ここまできたら覚悟《かくご》を決めねばなりませんわね」

「……流れるように厄介《やっかい》ごとに引き込まれていきますね」

セリア達も仕方なくついて来ている。

「女じゃ……」

「これが平原の女か」

「初めて見たわい」

先導する男以外の亜人達は女に興味津々《きょうみしんしん》のようでちょろちょろ周りをうろついている。

「女に手を出すなよ。手を出したら戦わねばならん」

「出すか！　それにこんなでかい女など趣味《しゅみ》じゃない」

「でかい⁉」「私も⁉」

まあ、この中で一番小さいレアさえ彼らより頭一つ高くはある。

「あんたらは人間なのか？」

「俺らは長くここに住むドワーフ族だ。俺らから見ればお前の方が人には見えん。軟弱《なんじゃく》な草原の民が何故《なぜ》俺のハンマーを片手で持てる？」

「何故息が出来るかと問われてもなあ」

持てたから持てるとしか言えん。

「まぁいい。争うつもりもなさそうだし【バルバノ】の所に連れて行く。」

「バルバノ？　それがあんたらのリーダーか」

「俺らにリーダーなどいない。皆《みな》好きに生き、好きに作る。バルバノは一番賢《かしこ》く力も強いからお前と話をするのに適任だ」

交渉《こうしょう》に腕力《わんりょく》が関係あるのだろうか……。

後ろに目をやるとセリア達《たち》を囲むようにドワーフ達が歩いているが危害は加えそうにない。

セリアやレアを興味深げに眺《なが》め、そっと触れようとして睨まれ、驚いて飛びのく。

クレアは大きすぎるのか少し距離《きょり》を置いて眺めている。

「珍獣《ちんじゅう》になった気分ですわ……」

そしてアドルフは男だからだろうか、より遠慮なく近づいていた。

「な、なんでしょうか？」

「お前の足はなんでそんなに細いのだ？　それでは折れてしまわないのか？」

「手も細い、岩を持ったら砕《くだ》けてしまうのか？」

「ひょろりと長いだけで軽そうだ。持ち上げてもいいか？」

思わず笑ってしまう。これを機に少し鍛《きた》えてもいいかもしれんぞ。

暗い坑道をしばらく歩くと大きく開いた空間に出た。

以前のゴブリンの穴を彷彿《ほうふつ》とさせる空間ではあるが、周囲には灯りが焚《た》かれ、煤臭《すすくさ》くこそあるものの、とても清潔に保たれている。

十分に人が生活できる空間だ。というかカーラの部屋の方が汚《きたな》い。

「バルバノ！　入り口で暴れた奴を連れて来た。話がしたいらしい」

先頭の男の声が部屋に響き、のっそりと一人の男が出てくる。

大きな金属製のカップを片手に持ち、腰に重そうな金槌《かなづち》を差している。

太く短い手足に長く伸びた髭《ひげ》、周りの同族よりもかなり大きな体。

「どう見てもボスだな」

ゆっくりと歩いてくるバルバノなる男は俺の前に仁王立《におうだ》ちする。

さあどんな交渉になるのだろうか。

「お前はとてもでかいな」

「そうか？」

丸太のような腕と足を持つバルバノは俺を見上げながらそう言った。

やったら喧嘩《けんか》になるだろうが頭に手を乗せたい高さ……ちょうどセリアと同じぐらいの身長だ。これでも周りのドワーフ達よりはずっと背も大きい。そして体の厚みはセリアの三倍ではきかないほどだ。

「うちの玄関を壊したそうだな」

「返事が無いのでノックしたら壊れた。悪かったよ」

バルバノはそれ以上聞かずにカップを俺に渡し飲み物を注ぐ。

手にとると、そのカップは極《きわ》めて精巧《せいこう》な細工が施《ほどこ》されている上に金のように輝いている。

ノンナがいなくてよかった。

「飲め」

促《うなが》されて軽く一口飲む。

「ぐ……」

一瞬毒かと思ったほどの強烈な感覚、今まで飲んだことがない程強い酒だった。

それでも一気に呷ると男の表情が少し緩《ゆる》む。

「わしらに何の用だ？」

「この山で鉄を掘りたいが、先客が居るらしいから一言声をかけようと思ってな」

喉が火を噴きそうだ。とんでもないぞこの酒は。

「ドワーフのことを誰《だれ》から聞いた？」

「岩陰《いわかげ》で鉄を打っている奴らだ。亜人としか聞いていなかったが、ドワーフと言うのだな」

バルバノはふんと息を吐く。

「わしらの山を穴だらけにする気か？」

「山中が住処《すみか》という訳でもなかろう。教えてくれればそっちの枕元《まくらもと》は避《さ》けるさ。それとも鉄を取られるのが嫌なのか？」

バルバノは鼻で笑って酒を呷る。

「馬鹿を言うな。鉄なんざ山中どこにでもあるし、んなものに興味はない」

それだと話がおかしくなる。

鉄を作っていた連中は山を掘ったら大変なことになると言っていた。

「火の民が山を掘ったら怒ったと聞いたぞ？」

そう言うとバルバノはカップをテーブルに叩きつけた。

「決まっている。あんな陰気《いんき》な奴らが山に入ってくると思ったら怖気《おぞけ》がする。最初に会うた時も『何をしている』と声をかけたが……争いは好まんだの住み分けがどうだのほざくばかりで酒の一つも飲みやせん」

気持ちはわかる。

火の民の連中は食い物も水も悪いせいか陰鬱《いんうつ》とした雰囲気《ふんいき》が漂っていた。厳しい生活なので仕方ないのだろうが長く話したり一緒《いっしょ》に居たりしたい相手ではない。

俺は再び注がれた酒をまた呷り、空にしたカップをテーブルに置く。

「ほう」

バルバノは少し驚いたが、かすかに笑《え》みを浮《う》かべて追加の酒を注ぐ。

「なら俺達が掘るのは構わんのか？」

「少しは面白そうな男だが……」

バルバノは立ち上がって壁《かべ》に立てかけてある斧《おの》を両手で掴む。

「人間の男はひょろ長いだけでひ弱と聞く。そんな奴らと毎度顔を合わせるのもつまらん」

俺の目の前に斧を差し出してきた。

片手で掴んだが重過ぎて斧を地面に落としてしまった。

バルバノが豪快に笑う。

「俺と力競《くら》べしろ。勝ったら鉄でもなんでも好きに掘れ」

言いながら奴は壁からもう一つの斧を取って大きく頭上に振《ふ》り上げた。

飛び出そうとするセリアを制して俺も斧を両手で持ち上げ、振りかぶる。

どんな材質なのかわからないが信じられない重さだ。俺の槍《やり》の倍以上あるだろう。

「ほう、あげたか！」

バルバノは俺が構えるのを見て嬉しそうに叫《さけ》ぶ。

要は殴《なぐ》りあって勝てばいいのだろう。分かり易《やす》くて大変結構。

「うごぉぉ!!」

空気が漏《も》れるような叫びを上げてバルバノが斧を振り下ろす。

その動きは剣技《けんぎ》と考えるとあまりに鈍重《どんじゅう》だが、あえて避《さ》けずに全力で受けた。

鈍《にぶ》い速度からは考えられない轟音《ごうおん》が鳴り、俺もバルバノも互いに弾《はじ》き飛ばされる。

超重量級《ちょうじゅうりょうきゅう》の武器同士、動きは遅《おそ》くとも生半可に受ければ叩き潰《つぶ》されてしまう。

「ふんがぁ！」

弾かれた回転を利用して更《さら》にバルバノが仕掛《しか》けて来る。

一度わざと空転してから遠心力を乗せての一撃を俺も渾身《こんしん》の振り下ろしで迎《むか》え撃《う》つ。

再び鈍い音が鳴り、奴の攻撃を受け止めることには成功したが反動で後ろに弾き飛ばされた。

正面から武器を合わせて吹《ふ》き飛ばされるなどいつ以来だろう。

「次はこちらの番だな」

距離があいたので走りよる力も利用して振り下ろし、身をひねって横になぎ払《はら》う。

武器が重いので遅くはあるが十分に力のこもった攻撃だった。

「おお、重い！　重いぞ！」

それでもバルバノは正面から受け止めて一歩も下がらない。

身長はセリアと同じだが体重は俺よりもずっと重いはずだ。低身長な上に短足だから重心が安定して動かないのだ。

こういう相手と斧で殴り合うなど初めてだ。

「面白いじゃないか！」

俺は笑いながら両手で斧を掲《かか》げ、限界まで後ろに振りかぶる。

実戦ではありえない滅茶苦茶《めちゃくちゃ》な攻撃だが、バルバノも隙《すき》に付け込むつもりは毛頭ないらしく、斧を回して真正面から受けとめる。

「があっ！」

「ふんっ！」

渾身の一撃《いちげき》同士がぶち当たり、轟音が部屋全体を揺らす。

俺もバルバノもその場から動かなかったが、衝撃の強烈さを物語るように合わさった斧の真下から土煙《つちけむり》が吹き上がって周囲に散っていった。

骨が軋《きし》む程の衝撃に顔が歪《ゆが》むが奴《やつ》も同じなのか歯を食いしばっている。

どうやら互角《ごかく》だったようだ。

「つかんな」

「そうだな」

正直バルバノを殺せと言うならできるだろう。

剛力《ごうりき》をいなして首や足を飛ばすぐらいの技量はある。

だがそれでは何の意味も無い。これは力競べなのだ。

俺は斧をその場に置いた。

「力競べならもっといい方法があるぞ」

「いいだろう！」

意図が伝わったのかバルバノも斧を置いて突進《とっしん》してくる。

俺達は素手《すで》のまま、がっぷり四つに組んで押《お》し合う。

わかってはいたが、とんでもない剛力だ。

ゆっくりと俺の足が後ろに滑《すべ》り出すが、俺もまた力を込めてバルバノを持ち上げようとする。

「ぬうっ！」

奴はさっと身を離し、上半身の衣服を脱《ぬ》ぎ捨てた。

俺も対抗《たいこう》して鎧《よろい》を外してその場に落とす。

半裸《はんら》になった俺達は再び距離を詰《つ》めて勢いよくぶつかった。

激しく肉の衝突《しょうとつ》する音が鳴り、毛だらけ肌《はだ》の感触《かんしょく》に悪寒《おかん》が走るが今はそれどころではない。

「グゥウゥ……」

「ぬうぅう……」

お互いに唸《うな》り声だけをあげながら組み合ったまま静止する。

決して休んでいるのではなく、お互いに相手を押し切ろうと全身全霊《ぜんしんぜんれい》の力を込めているのだが、力が拮抗《きっこう》している為《ため》かまったく動かない。ただボタボタと汗《あせ》だけが滴《したた》っていく。

「筋肉同士がぶつかっているわ……男の体がむんむん……素晴らしい」

今のは誰だ。気が散るだろうが。

「うがあああ！」

バルバノは焦《じ》れて勝負に出たのか、一際《ひときわ》大きな声を上げて押し出してくる。

さすがに耐《た》え切れず、俺はどんどん後ろに押されていく。

だがまだ決着ではない。俺は腰の筋肉に力を入れて奴の重みを支える。

毎夜何千回と女の上で振ってきた腰には何よりも自信がある。

「うおおおぉぉぉぉ！」

「わ、わしを持ち上げるだと⁉」

ゆっくりとバルバノの体が宙に浮いていく。

今まで持ち上げられた事など無かったのだろう、バルバノの目は驚《おど》きで見開かれている。

俺は奴の腕を掴《つか》まえながら体重を腰で支え、そのまま後ろへと思い切り投げ飛ばした。

「ぐわぁっ！」

「投げた！」

「バルバノが飛んだ！」

「決着だ！」

いつの間にか俺達の周りには沢山《たくさん》のドワーフによる観戦の輪が出来ていた。しかも、しっかり全員が酒持ってやがる。

さて奴は大丈夫か。

手加減出来なかったので本気で投げ飛ばしてしまい、バルバノは猛烈《もうれつ》な勢いで壁に突っ込んだが……さすがに頑強《がんきょう》だ。何事も無かったかのように起き上がる。

「負けた!!」

野太い声でバルバノが叫び、周囲のドワーフが歓声《かんせい》を上げた。

彼《かれ》らに嫉妬《しっと》や不愉快《ふゆかい》は見えない。純粋《じゅんすい》に力競べを楽しんでいたようだ。

「お前の勝ちだ！　呑《の》め！」

バルバノは先ほどの五倍はありそうなでかいカップに酒を零《こぼ》れるぐらい注いでよこす。

そして自分も同じサイズのカップで酒を一気に呷った。

「結局勝っても負けても呑むんじゃないか」

この酒は異様にきつくて先ほどの二杯《はい》でかなり回っているのだが、ここで断るのも情けないと一気に呷る。

呑み終わると再び注ごうとするので仲間の所に行く振りをしてかわした。これ以上呑んだら倒《たお》れてしまう。

もちろんセリアは絶対に駄目《だめ》だ。一口で倒れる。

「無茶《むちゃ》しないで下さい……これ鎧です」

俺に鎧を差し出すセリアは顔が赤く、ちらちらと剥き出しの上半身を見てくる。

普段全裸《ふだんぜんら》を見慣れているだろうに。

「すごい筋肉だね」

レアも俺の汗だらけの体にちょんと触《ふ》れる。

「はぁ、はぁ、むんむんの男……はっ！　なんでもありませんわ」

さっきのはお前かクレア。危《あや》うく気がそれて負けかけたぞ。

「ではこれで山を掘るのは認めてくれるか？」

「勿論だ。お前は面白い奴だし力も強い。人間ではなくドワーフに生まれれば良かったのに」

「我らの新しい友だ‼」

一人のドワーフが高らかに叫び、全員がカップを片手に酒を掲げて一気に呑み干《ほ》す。

見れば女らしきドワーフや小さな子供まで酒を一気飲みしている。彼らにとっては水代わりなのだろう。

ちなみに女ドワーフは男と同じく縦に圧縮されているのはいいとしても、勇壮《ゆうそう》に伸《の》びた髭と、谷間から溢れ出す胸毛《むなげ》は価値観の違いを感じてしまう。

セリアとレアを連れて来て本当に良かった。

「今夜は泊《と》まっていけ。山の中は人間には快適でないかもしれんが外で野宿よりはずっといいだろう。酒もいくらでもある」

酒はもういらんが魔物《まもの》の心配が無い柔《やわ》らかい寝床《ねどこ》はありがたい。遠慮《えんりょ》なく泊まらせてもらうとしよう。

その夜
「なぁ……いい加減に男根を可愛《かわい》がってくれないか？」
「もう少しだけ……申し訳ありません」

「後でなんでもするからもうちょっとだけ……」

セリアとレアが俺の腕《うで》や胸を撫《な》でてキスを繰《く》り返す。モノはとっくに硬《かた》くそそり勃っているのに触れてくれないのだ。

「すごい筋肉です……」

「たまらないよね」

バルバノとの勝負を見て何かのスイッチが入ってしまったらしい。

腕や胸をすりすりと擦《こす》り、頬《ほお》ずりされる。

もう辛抱《しんぼう》たまらん。こうなったら無理やり犯《おか》してやろう。

ねじり込《こ》めば観念するだろうとセリアをひっくり返した時だった。

「友よ起きているか！　まずいことになった。目を覚ましてくれ」

バルバノがノックも無しに寝室《しんしつ》に飛び込んできたのだ。

女二人が悲鳴を上げて毛布を被《かぶ》ったせいで俺は全身剥き出しになる。

「……どうしたんだ」

「地虫共が沸《わ》いた。友の力も借りたい、来てくれ」

地虫が何かはわからんがただ事ではないらしい。

行くしかないが男根が勃ちすぎてズボンが入らない。

「友よ。お前の男棒は一段とでかいな。俺もでかいがそこまではない。しかし毛ならば俺の勝ちだ。竿《さお》の先まで生えているからな」

毛だるまの股間《こかん》を想像してしまった俺は一気に萎《な》えて問題なく服を着ることが出来た。

「で、詳細《しょうさい》を教えてくれ何があった？」

俺の横には既《すで》にセリアと護衛隊の面々が完全武装で揃《そろ》っている。

レアとアドルフ、そしてクレアは安全な部屋でドワーフ達が守ってくれるそうだ。

「地虫と言われても俺にはわからん」

「来ればわかる」

それだけ言ってバルバノはずんずんと坑道を山の奥深《おくふか》くまで進んでいく。

彼は力競べの時に使った斧を背中に担いでいた。

あれだけの重量を持って楽に歩くのは大したものだ。

屈強《くっきょう》なドワーフの背中を見ながら曲がりくねった坑道を進んでいくと突然天井《とつぜんてんじょう》が動く。

「地虫だ！」

バルバノが叫び、斧を振り上げるよりも早く、俺の槍がソレを刺《さ》し貫《つらぬ》いた。

人でも動物でもない不愉快な鳴き声が鳴り、ボトリと地面に落ちる。

「蜘蛛《くも》……でしょうか？　特大の」

「そう見えるな」

形自体は見慣れた蜘蛛、壁に張り付いていて家主を驚かす程度の虫だ。

だが大きさは異常で足を含《ふく》めると人程《ほど》もある。セリアなど頭からかじられてしまいそうだ。

「ぬうん！」

続いて現れた1匹《ぴき》をバルバノが斧で地面に叩《たた》きつけ、大蜘蛛は重たい斧の一撃で弾けるように砕け散った。緑色の汁《しる》が飛び散り、すえた異臭が立ち込める。

「そこにも！」

セリアが天井に張り付く蜘蛛を見つけて、両手で二本のナイフを飛ばす。

それは正確に胴体《どうたい》を捉《とら》えたが仕留めきれない。

「かかれ!!」

護衛隊の三人が槍を次々と突《つ》き刺して地面に落とし、更に滅多《めった》刺《さ》しにしてようやく仕留めた。

大きいだけあって仕留めるにも手間がかかりそうだ。

ましてここは上下左右が壁の坑道、蜘蛛相手に立ち回るには最悪の環境《かんきょう》と言っていい。

「こいつらは後どれぐらいいるんだ？」

「いくらでもいる！　湧き穴を塞《ふさ》がねば……」

バルバノも焦《あせ》りを感じているのか小走りに坑道内を駆《か》けて行く。

今更《いまさら》だが足が短すぎるので胴体だけが移動しているように見えて滑稽《こっけい》だな。

坑道を抜けるとむんと熱気のする部屋に出た。並んだいくつもの炉には火が灯《とも》っている。ドワーフ達が金属を加工する為に使う部屋なのだろう。

だが今ここは鍛冶の音ではなく戦いの音が支配していた。

天井や壁も含めて大量の蜘蛛が張り付いており、ドワーフ達もハンマーや斧を持って応戦していた。

「友よ、頼んだ！」

言われるまでもなく戦うしかあるまい。蜘蛛相手に言葉が通じるはずも無い。

「護衛隊は円になれ。上下左右何処《どこ》からでも来るぞ。天井を見落とすなよ」

それだけ言って俺は槍を抱《かか》えて突進、ドワーフに前脚《まえあし》を伸ばしていた蜘蛛を横合いから突き刺し、振り回して投げ捨てる。

更に頭上から落ちてくる一匹を柄《え》で殴りつけて壁で潰す。

身を低くして突進する一匹は上から刺して地面に縫《ぬ》いつけ、頭らしき場所を踏《ふ》み潰す。

大きくともやはり蜘蛛、硬くはないが動きが速い上に変則的だ。ドワーフ達の主な武器であるハンマーや大斧では相性《あいしょう》が悪いぞ。

「ぐあっ！」

近くで一人のドワーフが噛《か》まれたのか腕を押《お》さえた。

再度襲《おそ》おうとした蜘蛛を下から振り上げた槍で弾き飛ばして空中で両断する。

「大丈夫か？」

「こ、これしき……う、ぐぐぐぐ……」

傷自体は肉までだったが、そのドワーフは口から泡《あわ》を吹いて悶絶《もんぜつ》してしまう。

「気をつけろ毒持ちがいるぞ‼」

バルバノが叫ぶ。

そういうことは先に言ってくれよ。

「セリア、傷を負うな。安全にいけ」

「はい！」

セリアは太ももまで垂らしたマントを捲《めく》って短刀を取り出し、踊《おど》るように投擲《とうてき》する。

一撃で殺すのは難しいが天井に張り付いた蜘蛛を狙《ねら》って地面に叩き落としてくれるだけでも楽になる。

「危ない！　囲まれているぞ！」

ドワーフが警告してくれるが、既に知っている。

右手に二、左に一、後ろに一だな。

蜘蛛はタイミングを合わせたように同時に飛びかかって来るが、そっちの方がありがたい。

「ふん!!」

一息溜《た》めてから槍を全周に回す。

柔らかい肉を打つ音が鳴り、四匹の大蜘蛛は一瞬《いっしゅん》で吹き飛んだ。

三体は壁に衝突して潰れ、一体は火の入った炉《ろ》に飛び込んで聞くに堪《た》えない断末魔《だんまつま》の声を上げる。

「これで終わりか？」

動きの止まったもう一体に全力で槍を振り下ろしてバラバラにして吠《ほ》える。

蜘蛛の体液は嫌な臭《にお》いだが人間の臓物よりはまだマシと言うものだ。

周囲のドワーフからも歓声が上がり、勢いを取り戻《もど》して次々に蜘蛛を仕留めているようだ。

毒を受けた者は後ろに引きずって行かれ口に酒を流し込まれている。

「そら特効薬だ！　しっかり飲め！」

お前らはなんでも酒なんだな。

「しかしきりがないぞ。どうすればいい？」

「この先に湧き穴があるはずだ！　落盤で奈落と繋がってしまったのかもしれん」

なんのことかわからんがこの先だな。

早く片をつけないと、ごついドワーフが倒れる毒を女達が受けたら大変だ。

バルバノの先導で更に進むと天井のやや高い、小さな広場のような場所に出る。

だがその部屋の床《ゆか》は大きく陥没《かんぼつ》し、部屋全体がほぼ穴になってしまっていた。

抜《ぬ》け落ちた穴の底は真っ暗でどこまであるのかわからない。

「ここか……奈落まで穴があいてしまっとる！」

穴からはワサワサと嫌な音を立てて大蜘蛛が登ってくるのがわかる。

「どうするんだ？　火でも投《な》げ込むのか？」

「奈落は広大だ。そんなことをしても意味はない……穴を塞がねば……」

登ってくる蜘蛛を突き刺し、弾き飛ばして穴に落としながらバルバノは頭上を窺《うかが》っている。

後ろに回った一匹に対してセリアが前脚二本を切り飛ばし、頭に剣を突き立てる。

早くしてくれ、セリアが怪我《けが》する。

「よし……あそこを……いかん!!」

バルバノが何かを見つけたと思った途端《とたん》にこちらを振り返り、短い足で跳躍《ちょうやく》する。

悪い予感を感じてセリアを掴んで後ろへ転がる。

刹那《せつな》の間の後、穴から奇怪《きかい》な何かがにょきりと生えて護衛隊の一人を串刺《くしざ》しにする。

「ごぶぁ！」

哀れな部下は何が起こったかわからないままに鎧の上から腹を破られてそのまま穴に引きずり込まれてしまった。

「こいつは……参った」

奇怪な物の正体はすぐにわかる。

それは巨大《きょだい》な蜘蛛の脚……今までの大蜘蛛など比べようもない、５ｍはあろうかと言う特大蜘蛛だ。

「ぬぅぅ……」

「これは……さすがに」

セリアもバルバノも声を詰まらせている。

見た目からして人間の勝てる相手ではない。倒すには開けた場所で軍隊が必要だ。

「だが贅沢《ぜいたく》は言えん」

こんなのを後ろに通したらドワーフ達は忽《たちま》ち全滅《ぜんめつ》するだろうし、そうなればレア達も危ない。

ここで仕留めてしまうしかない。

俺は覚悟を決めて槍を構えるも、３ｍのそれがあまりにも小さく見える。

「出来るのか⁉」

「やるしかないだろ」

それだけ言って俺は突進し、蜘蛛の前脚をなぎ払う。

それなりの手応えはあったがでかいだけあって両断は出来ない。

そこから間髪《かんはつ》を容《い》れずの反撃《はんげき》で複数の脚が襲《おそ》いかかる。

二撃までは受け止め、残りは回避《かいひ》するしかない。

しかし回避した先にまた脚が振り下ろされ、転がって避けた所で牙《きば》が来る。

「ちっ！」

反射的に蜘蛛の頭を切りつけるが力が入っていないので致命傷《ちめいしよう》には程遠《ほどとお》い。こいつは本当に厄介だ。

何しろ相手の脚は八本もある。身体を支えるのが四本で、残り四本が攻撃《こうげき》に来るのに対してこちらは槍一本だ。

しかも相手の攻撃が鎧の上からでも致命傷になるのは兵士で実演済みなのだ。

せめてもう一つ武器がいる。

「バルバノ、斧を貸せ」

「斧？　……わかった」

俺に余裕《よゆう》がないのがわかったのかそれ以上聞かずに大斧をこちらに投げる。

超重量級のそれは地面に突き刺さり、地響《じひび》きに近い音を立てた。

「いくぞ怪物《かいぶつ》」

左手に槍を持ち換《か》え、右手一本で大斧を持ち上げる。

槍も相当な重量だったがこの斧は更に二倍以上ある。片手一本で支えるのは相当にしんどいが、力競べの時と違《ちが》って命がかかっている。

それにこの重さなら奴を仕留めるに足るだろう。

俺は大槍と斧を掲げて突進していく。

振り下ろされた前脚を受けずに躱《かわ》し、地面に突き立った所で思い切り斧を叩きつける。ドンと太い木を切るような音がして脚の一本が千切れた。

「まず一つ！」

奇声《きせい》を上げる巨大蜘蛛《きょだいぐも》に更に迫《せま》り、襲いかかる脚を払う。

更に頭上から降ってくるもう一本を斧で迎撃《げいげき》するが中途半端《ちゅうとはんぱ》な体勢だったので半ばまで食《く》い込んで止まってしまった。

だがまだ終わらない。食い込んだ斧を槍で叩き、無理やり脚を切り飛ばす。

「これで二つ！」

だがそこで残る二つの脚が同時に襲いかかり、咄嗟《とっさ》に武器を交差して防ぐが弾き飛ばされてしまった。壁にぶち当たった衝撃で息が詰まる。

「エイギル様!!」

セリアが短刀ではなく腰の剣を投擲したが分厚い体皮に阻《はば》まれて刺さりもしない。

お前は大人しくしていろ。俺はまだ死なん。

止《とど》めを刺そうと振り下ろした脚を斧で縦にかち割り、最後の一本は空振《からぶ》りさせてから素手で抱えるように掴んで力を込める。

もさもさした毛の生えた脚は最高に不愉快なはずだがなんだか癖《くせ》になるな。

「おぉぉぉぉ!!」

脚に抱《だ》きついたまま関節と反対に捻《ひね》ると湿《しめ》った音と共にベキリとへし折れた。

「四本！　終わりか⁉」

だが巨大蜘蛛はのた打ち回りながらもこちらに向きを変え、全力で突っ込んでくる。

脚ではなく牙……あるいはもう全身で潰すつもりなのかもしれない。

「それでいい。これでお前に刃《やいば》が届く」

でかすぎて立たれると脚以外には攻撃が届かなかったが牙を使ってくれるなら頭も近い。

決着と行こうじゃないか。

突進してくる敵の機先を制して槍を投擲する。

槍は概《おおむ》ね正確に頭部に突き立つが、体皮が硬いので奥《おく》までは貫けず致命傷ではない。

だがそれでいい。

目の間に槍が刺さり、一瞬動きが止まった敵に向かって走り寄っての体当たり、それもちょうど突き刺さった槍の柄に激突《げきとつ》するようにだ。

耳が潰れそうな鳴き声が響き、３ｍの槍の中程《なかほど》までが頭にめり込んだ。

のた打ち回る巨大蜘蛛、だがまだ終わりではない。

両手で大斧を振りかぶり、大きく息を吸《す》い込んでから跳躍、巨大蜘蛛の頭部に渾身の一撃を振り降ろした。

洞窟《どうくつ》中に響いていた奇声がピタリと止《や》み、巨体《きょたい》がゆっくりと崩れ落ちていく。

ぱっかりと割れた頭から洪水《こうずい》のように大量の緑の体液が流れ出す。

力を失った巨大蜘蛛はそのままずるずると穴の底へと滑り落ちていった。

しまった槍を持っていかれてしまった。気に入っていたのに。

周囲に静寂《せいじゃく》が訪《おとず》れる。

バルバノもセリアも護衛隊の面々も誰も言葉を発しない。事態は収拾《しゅうしゅう》していないだろうに。

「穴をなんとかしないのか？　次同じのが出たら俺も逃《に》げるぞ」

俺の言葉で我に返ったバルバノが慌《あわ》てて前に跳《と》んだ。

手に持っているのは斧程《おのほど》ではないが大きなハンマーだ。

「この割れ……ここか！」

バルバノは短足で器用に跳び、ハンマーで天井の一点を殴りつける。

するとバキバキと岩が割れる音が鳴り、頭上から石の破片《はへん》が次々と落ちてきた。

「この部屋を崩す！　外に出ろ！」

慌てて全員が穴の開いた部屋から逃《のが》れると同時に天井が崩れ、開いた穴の上に無数の岩が落ちていく。

落盤《らくばん》はしばらくの間続き、部屋は完全に岩と土に埋《う》まってしまった。

「穴は塞いだ……後は部屋の口を金属で塗《ぬ》り固《かた》めればもう心配はない」

「それは何より、俺は疲《つか》れたよ」

俺の鎧を剥《は》ぎ取り、必死に怪《け》我《が》がないか調べるセリアに身を任せて四肢《しし》を伸ばす。

今こそ強い酒が欲《ほ》しかった。

「結局あいつらはなんだったんだ？」

セリアの確認《かくにん》が終わるまではだらだらと言葉を交《か》わしたい気分だ。

「山の底……わしらが掘《ほ》り進《すす》む坑道よりずっと深くには奈落がある。奈落は地下に無限に広がり、得体の知れん魔物共で埋め尽《つ》くされているらしい」

もっとも見て戻った奴などいようはずもないが、と付け加える。

「まれに落盤のせいで奈落へ続く穴と坑道が繋《つな》がってしまうことがある。それでも奈落はどこまでも深く、魔物はそうそう登ってこれないのだが……」

「蜘蛛は登ってくるよな」

今日ので蜘蛛が嫌《きら》いになった。

「友よ、お前がいなければ大惨事《だいさんじ》になっていただろう。ここのドワーフが滅《ほろ》びたかもしれぬ」

「それも巡《めぐ》り合わせだ」

彼らの為に命を張った訳ではない。セリア達を守るためだったが結果は同じ事だ。

治療《ちりょう》が終わり、怪我がないのを確認したセリアが服を戻す。

護衛隊も死んだ一人以外に大怪我《おおけが》した者はいないようだ。

「先ほど死んだ男に家族はいるのか？」

「いる」

奴が妻に見送られていたのを覚えている。

バルバノがヒゲを整えて頭を下げた。

「わしらの不手際《ふてぎわ》ですまんことをした。償《つぐな》いはしよう」

それも巡り合わせかもしれない。他の九人は生き残った。奴の運が悪かったとも言える。

「お前の槍も失われてしまったな」

「そうだな……」

あれがデュアルクレイターだったらノンナが大泣きするところだった。

その意味ではまだ幸運だった。

バルバノが勢い良く立ち上がった。足が短いので高さはそれほど変わらないが。

「よし！　友の新しい武器はドワーフが作ろう！　どんなのがよい？　斧か？　戦槌《せんつい》か？」

「いや、槍で頼《たの》む。毎度化け物を相手する訳じゃない」

人間相手に彼らの斧は重すぎる。

「そうか……わかった。次はいつここに来る？」

山の民の所に行ってからだ。

「正確ではないが一週間ほどか」

「一週間とはなんだ？　どこかを回るのか？」

まあ暦《こよみ》が同じわけないよな。

「七日だ」

「日……？」

太陽が昇《のぼ》って――と言いかけたが、山の中で暮らしている相手には通じないと思い直す。

「飯を二十回食った頃《ころ》だ」

「いいだろう。それまでに仕上げておく」

バルバノは逞《たくま》しい胸板《むないた》をどんと叩く。

「なるべく頑丈《がんじょう》にしてくれ。細かい装飾《そうしょく》や華美《かび》なのは適《かな》わん」

王からもらった宝槍とかな。

実はこないだ興味で振ったら少し曲がった。反対にも曲げといたからばれないと思うが。

「ドワーフは頑丈な物しか作らん。頑丈で重厚《じゅうこう》な物だ！」

それは随分《ずいぶん》と俺《おれ》好みだ。楽しみにしていよう。

「ではそろそろ話は終わろう。奴らを追い払った記念に浴びる程酒を呑むぞ!!」

「うおおおお!!」「新たな友に！」「強き友に!!」

入り込んだ蜘蛛を駆除《くじょ》し終えたドワーフ達が巨大な金属の瓶《びん》で酒を持ってきて、そのまま大《だい》宴会《えんかい》が始まったのだ。

「怪我人には酒！」「毒には酒！」「勝利にも酒！」

大宴会は夜通し続き、セリアは臭いで倒れ、レアも一口で倒れた。

アドルフはカップ一杯《いっぱい》の酒を呑まされ、青くなって隅《すみ》で吐《は》いている。

滅茶苦茶だがこちらの方が陽気でいい。

死んだ兵には気の毒だが暗くしても生き返る訳ではない。

「人間の友よ、お前は女好きと聞いたぞ」

突然《とつぜん》一人のドワーフが酒を片手に話しかけて来る。いきなりなんだ？

「どうだ、彼女《かのじょ》は未亡人で男を欲しがっている。一晩遊んでみないか？」

横に連れている女……なのか？　彼女が熱っぽい視線を向けて来る。

「ドワーフの女もいいぞ。人間と違って肉がみっちり詰まって重厚だ」

重厚が女への褒《ほ》め言葉《ことば》とは珍《めずら》しい。

やはり文化の違いは大きい、この未亡人も濃《こ》い体毛と体型がまたすごいな。

イリジナを縦に押し潰して毛深くしたらこんな感じになるのだろうか？

きつい酒を呑んだせいか、こういうのも新鮮《しんせん》な気がして来たぞ。

「そこの部屋を使え」

男は指を立てて微笑《ほほえ》み、俺は女の手をとって部屋に入るのだった。

翌日、目覚めると俺の腕を枕《まくら》に重厚な女性が顔を赤らめ寝息《ねいき》を立てていた。

ベッドには昨晩の激しい行為《こうい》を物語るように体液……ではなく体毛が散らばっている。

そして満足げな顔で俺の腕を枕にする彼女の胸……ではなく胸毛の感触を感じながら覚醒《かくせい》し

たのだった。


山の入り口に背の低い男達《たち》が並ぶ。ドワーフ達が俺を見送るために出てきてくれたのだ。

彼らの先頭に立ってヌンと胸を張るのはもちろんバルバノだ。

「ではまたな」

「おう、友よ。飯を十七回食うまでに武器は揃えておく」

ちゃんと数えていたのか、豪快《ごうかい》な性格の割に律儀《りちぎ》な奴らだ。

「酒も馬車……だったか？　積んでおいた。少ないかも知れんが移動の間に味わってくれ」

金属の瓶で六つ分もある。あの馬鹿みたいにきつい酒をこの少人数で呑める訳無い。

苦笑《くしょう》しながらドワーフ達と別れて馬を進める。

ここまで来ていれば山の民との合流はすぐだ。ゆっくりいけばいい。

「しかし……むう」

どうにも手がムズムズする。

怪我をしたとかではなく毛深い体を触《さわ》りすぎた故《ゆえ》の違和感《いわかん》だ。

「ふえ？　どうしたの？」

俺は馬車に乗っていたレアを抱きあげて俺の前に乗せた。

セリアが不平の声、シュバルツが喜びの嘶《いなな》きをあげるが今は気にしない。

「大したことじゃないさ。レアは気にせずゆっくりしていればいい」

俺は右手で手綱《たづな》を持ったまま、左手をレアのスカートの中に入れる。

「ひゃっ！」

レアは少しだけ驚いたようだったが抵抗《ていこう》せずに足を開いた。

短いスカートの中を存分に撫で回してから、下着の中にも指を差し込む。

「すべすべだ」

レアは股間の毛が無い。元々薄《うす》いらしいが俺を楽しませる為に綺麗《きれい》に剃《そ》り落としている。

今はその無毛の感触を味わいたかった。

「くにくにするだけ？　中まで指入れちゃってもいいよ？」

「いや、これでいい」

今求めているのは湿った女の中ではなく、絹のような肌なのだ。

レアの女の無毛の下唇《したくちびる》をこね回し、ついでに服を捲ってすべすべの下腹と脇腹《わきばら》も撫でる。

「ど、どうしたの……撫でるばっかり……」

ドワーフの彼女は中々良い女だったのだが、こればっかりは好みがある。俺はすべすべがいい。

「わ、私も剃ります！　つるつるに！」

セリアの整った股《また》の毛は銀色で綺麗だから好きなのだが、無毛の穴を二つ重ねて交互《こうご》に犯すというのも悪くない。

「……ハードレット様の旅に随行《ずいこう》するのは初めてですが、人前でも平気で女性を触るのですね」

「ここまで行くと逆に剛毅《ごうき》にも見えますわ」

アドルフとクレアの呆《あき》れた声を聞きながらレアを撫で回してセリアに嫉妬される。

戦時の行軍と比べればお気楽な旅路で素晴《すば》らしい。いつもこうだと良いのだが。


そこからは特別なことは何もなく、俺達《おれたち》は無事山の民の集落に到着《とうちゃく》した。

「偉大《いだい》なる族長に乾杯《かんぱい》！」

「大いなる勝利に！」「一族の繁栄《はんえい》を！」「斃《たお》れた者の魂《たましい》に！」

山の民達は俺の来訪をもって移動をやめ、歓迎《かんげい》の宴会《えんかい》が始まった。

早馬が四方八方に散り、周辺の中小部族も続々と集まってきているようだ。

山の民は普段《ふだん》は遊牧をして生きている。決して豊かとはいえない土地、家畜《かちく》の餌《えさ》の関係上、普段は広く散って生活しているのだ。

それが女はもちろん老人から幼子までが馬に乗りみるみる集まって来る。

「今回は損害も出たがよくやってくれた」

俺がねぎらうと老年の長《おさ》が笑う。

「なんの、我らと族長様の強さが草原に知れたのならそれで本望《ほんもう》」

男手が減って苦しいのではと聞いてみても首を振る。

「そも共通の族長を頂いた故に一族ごとの争いもなくなり、随分と豊かになりました」

「その証拠《しょうこ》にご覧ください」

女達の腹は軒並《のきな》み大きい。

前回の出征《しゅっせい》前に種付けたのだろう。子供を作れるのは余裕あってこそだ。

各部族をまとめる長達――といっても百人近くいるのだが――彼らに声をかけて酒を注いでやる。

酒はドワーフからもらった物だ。大事に抱えていても仕方ないので宴会で飲んでしまうことにした。

「ぐっ……さすが族長様の火酒……これはすごい」

この人数では到底《とうてい》足りないと思ったが、ほとんどの者は小さなカップで一杯が限界のようだ。

「なんの部族きっての酒飲みたる俺が……ぐふ」

大言してジョッキで呷った青年が泡を噴《ふ》いてひっくり返る。

それだけこの酒は強い……全然減らんぞ。瓶六つ分もどうするんだ。

そして宴会の中、俺の周りには先に戻っていたルナとルビー姉妹《しまい》、そしてピピが侍《はべ》る。装《よそお》いは普段の動き易《やす》いものではなく、精一杯《せいいっぱい》着飾《かざ》った晴れ着だ。

セリアとレアもさすがにここでは譲《ゆず》るつもりなのか面白《おもしろ》くなさそうな顔で離《はな》れていた。

「族長様どうぞ」

ルナが酒を注ぎ、俺の口元まで運んでくれる。

「……私もどうぞ」

ルビーは肉を俺の口まで運んでくれる。

「ピピもだ！」

ピピは俺のあぐらの上に座《すわ》って時折キスをし、腰《こし》を揺《ゆ》すって甘《あま》えてくる。

さっき酒を一舐《ひとな》めしたせいか真っ赤になっているが大丈夫《だいじょうぶ》だろうか。

「何から何まで至《いた》れり尽くせりだな」

この状態のまま、俺は長達と歓談《かんだん》しているのだ。

王都の貴族やノンナが見たら卒倒《そっとう》するような無礼だろうな。

だがここではそれも普通《ふつう》、誰《だれ》も族長に女が侍るのは当然と、気にもしない。

むしろ三人ではなくもっと埋め尽くすべきじゃないか、と言う声さえする。

飯を食い、酒を飲み、女を侍らす。それがここでの支配者の行いなのだ。

「まさしく蛮族《ばんぞく》の王ですわね」

「もしハードレット様がここに生まれていたら、今頃《いまごろ》中央平原はまずいことになっていたかもしれませんねぇ」

クレアとアドルフは最近息があっているな。

俺がルナとルビーの胸元《むなもと》に手を突っ込んでいると一人の長が前に出てきた。

こいつは比《ひ》較的《かくてき》大きな部族の長だったからもう挨拶《あいさつ》は済ませているはずだが。

「族長様、宴《うたげ》の中で興を殺《そ》ぎますが、一つ手間をかけて頂いてもよろしいでしょうか？」

「手間？　今回はそもそもお前達へ感謝を言いに来たのだ。少々のことなら構わんぞ」

「おぉ！　ではおいで下さい」

連れられて外に出るとそこに四人の男が並んでいた。

宴に盛り上がっている周囲とは全く違う雰囲気《ふんいき》で革《かわ》の鎧を着込《きこ》み、彼らの正装たる飾《かざ》りをつけ、なんとも真剣《しんけん》な顔をしている。

よく見ると全員大人の男と言うにはまだ幼い。

「こいつらは？」

「この者達は長の血筋の者、春が来れば成人となり戦士を率いる立場となるのです」

「なるほどな」

後継者《こうけいしゃ》として元服の儀式的《ぎしきてき》な何かだろうか。

「我《わ》が部族では成人となった時、族長に挑《いど》むことが許されています。そして力を示せば相応の物を要求できるのです」

「つまり族長の立場を力で奪《うば》い取ることもできると？」

その長は重く頷《うなず》く。

「無論死を覚悟《かくご》した戦いになりますので本来は滅多《めった》なことでは挑みません。ただ族長様は草原におられたので、その強さを身近に感じられなかったのかと」

もしかしたらいけるかもと思われたのか。

「……族長様のお強さは何度も言って聞かせたのですが」

「ははは、周りの者に止められてもこのぐらいの年齢《ねんれい》の男は止まるものではないよな」

俺は笑いながら、族長の羽織りを脱ぎ捨てた。

「せめて族長様の戦いを見ていれば馬鹿なことも考えなかったのでしょうが……いかんせん掟《おきて》では挑戦《ちょうせん》は認められています」

こいつらは子供扱《あつか》いで戦場に来なかったから俺の戦いを見ていないのだ。

「いいさ。受けてやろう」

少年達の顔がぱっと輝《かがや》き、すぐに緊張《きんちょう》で引き締《し》まる。

「挑戦とはどうする？」

「一対一、弓と剣《けん》で戦って勝負をつけるのみです。他にルールはありません」

わかりやすくていいじゃないか。俺好みだ。

「挑戦が始まるぞ！」

「馬と武器を持て！」

周囲が騒《さわ》ぎ出して少年達が馬に飛び乗る。

「俺にも武器を用意してくれ」

槍《やり》はなくなったしデュアルクレイターを使ったらさすがに不公平だからな。

「私のものをお使い下さい」

差し出された片手剣を掴んでシュバルツに乗ろうとすると、剣を渡《わた》した長の一人が申し訳なさそうな顔をする。

「あれは私の倅《せがれ》です。どうにも馬鹿で言う事を聞きません。族長様に挑むなど恐《おそ》れ多い……」

だが顔に浮《う》かぶのは申し訳なさよりも心配だ。勿論俺《もちろんおれ》のではないだろう。

「心配するな。殺したりせんよ」

長は目を閉じて大きく頭を下げた。


そして俺と最初の少年は馬に乗って向かい合う。

仕掛《しか》けてこないのは俺が弓を持っていないのを怪訝《けげん》に思っているからか。

「俺に弓はいらん。遠慮なく射《う》って来い」

叫《さけ》ぶと同時に少年は大きく声を上げて馬を走らせ、馬上から矢を放った。

正面からの突撃《とつげき》で距離《きより》はたちまち詰《つ》まるのに、その僅《わず》かな時間で少年は三発も矢を放った。

大した射撃《しゃげき》速度で、狙いも正確だが正面からならば簡単に軌道《きどう》を見切れる。

放たれた矢の内、二本を素手《すで》で掴《つか》み、一本は剣で掃う。

「素手っ⁉　ま、まだまだ！　やぁぁぁぁ！」

少年は一瞬動揺《いっしゅんどうよう》したものの、弓を捨てて剣を抜き、気合いの声と共に斬《き》りかかって来る。

俺に向かって正面からの突撃など、本来ならすれ違い様に少年の首が飛んで終わりだが、今回は剣を狙って弾《はじ》き飛ばす。

「うわっ！」

同時に襟元《えりもと》を掴み、拾われた猫《ねこ》のように腕一本で持ち上げた。

「参ったか？」

「ま、参りました」

シュバルツに乗る俺の腕に掴まれてプラプラと揺れながら少年は降参した。

少年の馬が心配そうに戻って来たのでその上に放り投げて終わりだ。


「さて次」

次の少年は、肉弾戦《にくだんせん》は無理と諦《あきら》めて距離をとったまま次々と矢を射掛《いか》けてくる。

山の民にとって決闘《けっとう》では弓の腕も重要なので、この戦法も別に卑怯《ひきょう》ではない。

だが一対一の状況《じょうきょう》で俺に何本矢を射っても同じ事だ。飛んで来る矢が正確に見える以上、当たる事はありえない。

「矢をああも楽々と掴むとは……」

「子供が族長様に挑むなど百年早かったようだ。勝ち目などあろうはずもない」

外野の言葉に腹を立てたのか、矢がなくなったのか少年が遂《つい》に剣を抜いて飛び込んで来る。

弓の腕はなかなかだった。これからも頑張《がんば》れよ。

心の中で言いながら剣を合わせた途端に少年はころんと落馬する。

手加減はしたのだがあまりに手応えが軽すぎて加減を間違《まち》ったかもしれない。

幸運にも下は草が生えて柔らかい場所だったから大丈夫だろう。


「次来い！」

「うおおおおお!!」

次の少年は一番体格が大きかった。

弓がまったく通じないのを見て小細工はやめたらしく、いきなり真正面から突っ込んで来る。

その心意気だけは買うが戦法としては最悪だ。

自分よりあきらかにでかく強い相手に正面から突っ込んでは万が一にも勝ち目はない。少し教訓を与《あた》えてやろう。

「頭を使え阿呆《あほう》」

「ぐあああぁ!!」

すれ違い様に剣の鞘《さや》で胴体を一撃《いちげき》、少年は馬上で悶絶した末に馬から滑《すべ》り落ちる。

鎧《よろい》の上からなら大した怪我にはならないはず、しばらく悶《もだ》えて体で教訓を覚えろ。


「最後!」

「やっやあぁぁぁぁ」

気の抜ける掛け声だ。どうにも前の三人がやられるのを見て脅《おび》えてしまったようだ。

とりあえず矢を放ってから回り込んで剣を向けて来るが見るからに覇気《はき》がない。

「ウオォォォォ!!」

正面から睨《にら》んで吠え声をあげてやると完全に脅えて士気を失った。馬もそれを感じ取って棒立ちになってしまった。

戦意喪失《そうしつ》、まだ子供だ。これから度胸もついていくだろう。

こうして少年達の挑戦は終わった。

血が流れなかったことで見守っていた大人達も笑いながら宴会に戻る。

「この馬鹿者共が、族長様に敵《かな》う訳ないと言っただろうが」

「正面から行く奴《やつ》があるか、族長様がその気なら今頃は縦に真っ二つだぞ」

少年達は大人に囲まれて馬鹿だの愚《おろ》かだのと言われているがその表情は明るい。

「挑戦も終わりました。後は山に誓《ちか》いを立て、妻を娶《めと》って成人となります」

「妻？　まだ少年だろうに」

「女の方も似たようなものです。若造同士ですが共に居ればすぐに大人になりましょう」

なるほど……戦士達を少なからず戦争で殺してしまった罪滅《つみほろ》ぼしだ。

子孫繁栄に協力してやるとしよう。

夜

天幕の中には魔物《まもの》も含んだ様々な毛皮が敷《し》かれ、ベッドはなくともふかふかで心地《ここち》いい。

この天幕は俺の為《ため》に用意されたもので、当然ここで寝《ね》て女を抱くことになる。

そして俺の前には全裸《ぜんら》のルナ、ルビー、そしてピピがいる。

今夜、彼女達《かのじょたち》を貪《むさぼ》るのは当然で、ルビーも処女を喪失する覚悟でいるだろう。

そこに少し変わった趣向《しゅこう》も凝《こ》らしてみた。

「あ、あの……族長様？」

「俺達までどうしてこの天幕に？」

俺に挑んだ少年四人とその妻となる女……といっても年も似た少女四人も天幕に居るのだ。

長の血筋である彼《かれ》らは成人になった時点でまず一人妻を娶り、更《さら》に力に応じて女を増やして行くらしい。

「決まっている。お前達は初夜だろう？　戦士としてはまだ未熟だが、せめて夜の戦いで勝てるようにな」

「そ、そういう掟もあるのですか⁉」

「偉大な族長様にお教え願えるなら光栄です！」

いやお前らの掟などまったく知らんが、若い奴らと交じってするのも新鮮と思っただけだ。

「こちらにも処女がいる。どうせなら仲間が居た方が安心するだろう」

「覚悟は出来ています」

「ピピも遂に女になる！」

ルビーは入ると思うがさすがにピピは無理かもしれない。

「服を着たままでいても仕方ない。脱《ぬ》ぐぞ」

俺はそう言って上着を脱ぎ始める。

「はぅ……」

少女達は夫となる少年以外に裸体《らたい》を見せるのは抵抗があるのか少し躊躇《ちゆうちよ》していた。

よく見れば既《すで》に全裸のルビーも身体を手で隠《かく》している。ルナはさすがに男を知っているので、少年達を微笑ましげな表情で見ながら裸体を晒《さら》してピピは気にせず股を広げていたが。

「お前らの妻だろう。こう抱いてやれ」

俺は全裸のルビーを優《やさ》しく抱き締めてそのまま床に転がす。

「あ……」

ルビーは俺の腕《うで》に包まれて恥《は》ずかしさが消えたのだろう。身体をかばっていた手を解いた。

「い、いくぞ」「は、はい」

「ぬ、脱ぐんだ！」「うん……」

少年達も俺に倣《なら》って自分の妻を抱き締め服を優しく剥《は》いで行く。

少女達は皆裸《みなはだか》となり童貞《どうてい》の少年達が目の前に女体《にょたい》を晒されて冷静で居られるはずもない。

飛びつくように胸や太ももにむしゃぶりつく。

「きゃあ！」「あぁ！　せめてキス」「恥ずかしいよ！」

女達は豹変《ひょうへん》した夫に困惑《こんわく》している。

勢いでしてしまうのもいいのだがあまりに急すぎるな。これだから童貞は……。

俺は野獣《やじゅう》化した少年の額を指で弾く。

「むしゃぶりつくのはいつでも出来る。まずお前らも服を脱いで優しくキスをしてやれ」

我に返った少年達は破り取るように自分の服を脱ぎ捨てて少女の前に全てを晒す。

そして互《たが》いのモノを比べ合う。この辺りはまだまだガキだ。

「うおっ！　お前でけえな」

「へへ、そうだろ？　自慢《じまん》なんだ」

「お前さ……それ小指よりも」

「何も言わないでくれ……」

そして少女達は恥ずかしそうに顔を覆《おお》いながらも隙間《すきま》からしっかり夫のモノを観察してヒソヒソ、キャアキャアとこちらも興味津々《きょうみしんしん》のようだ。

俺としてはオスガキの男根なんて微塵《みじん》も興味ないが……一人ついてないのがいるな。いや、ほとんど見えないが一応あるのか、まさかあれで勃っているとは哀《あわ》れな。

「失礼します」

ルナが俺のズボンを下げて逸物《いちもつ》を取り出すと今まで騒いでいた少年少女達の空気が止まる。

「で、でっけぇ!!」

「大きいなんてもんじゃない。ほぼ腕じゃないか！」

「俺達が勝てる訳なかったんだよ……」

「大根……なんで俺のはもやしなんだ！」

少女達の叫びも続く。

「ひぃぃ……ばけちん」

「あんなのお股に入るわけないわ……おっぱいのところまできちゃうよ！」

「ルビー様が死んじゃう！」

「でもルナ様は入ってるのよね？」

新郎新婦《しんろう》の視線が俺の肉棒に集中する。これでもまだ8割勃ちぐらいなのだが。

「そら、人のを見てないで自分の女にキスしてやれ」

そういってから俺もルナに軽く、ルビーには覆いかぶさって激しくキスをする。少年達も俺の真似《まね》をするように自分の妻と唇《くちびる》を合わせ始めた。

「ルビー可愛《かわい》いぞ」

「そ、そんな事言って……そもそも大勢でなんかおかしいですよ」

ルビーは困ったように顔を伏《ふ》せる。

「横に誰が居ても関係ない。お前は可愛い、俺はお前を抱きたいんだ」

再びのキスと一緒《いっしょ》に姉よりも少しだけ大きい胸を触るとキスの度《たび》に乳首《ちくび》が硬《かた》くなっていく。

もう少し続ければ周りなんて気にしなくなるだろう。

「失礼しますね」

ルナが、ルビーに被《かぶ》さって愛撫《あいぶ》を続ける俺の股に顔を入れて逸物を口に含《ふく》む。更にピピが尻《しり》の方に回って肛門《こうもん》に口をつけてきた。何重もの刺激《しげき》で男根は更にそそり勃っていく。

いくつもの口付けの音と逸物をしゃぶる音が響《ひび》く。ルビーを始め処女の娘達《むすめたち》もその淫靡《いんび》な空間に毒されて段々と羞恥心《しゅうちしん》が消えていったようだ。しばらく水音を鳴らして、俺はいよいよルビーの処女を奪うことにした。

「お、大きすぎ……」

「大丈夫だ。洪水のように濡《ぬ》れている。全部任せろ」

見れば他の男女も俺に倣って正常位で繋がろうと逸物を当てている。こんな所まで俺に倣うこともないのだが童貞が好き勝手やるよりは女も気持ちいいだろう。

「よし、入れてやれ」

少年達が一斉《いっせい》に腰を押《お》し出す。

「ああっ入る！」

「う、おっき……痛ーい！」

「あは、入っちゃった」

「ん？　あれ？」

少女達がそれぞれ処女喪失の痛みを訴《うった》えて男の動きが止まってしまった。

「生殺しにする方が悪い。一気にお前らの女にしてやれ！」

俺もルビーの太ももを掴んで一思いにズンと奥まで突《つ》く。ぶちりと逸物が純潔を引き裂《さ》く感《かん》触《しょく》があった。

「ひっぎぃ！　いたぁぁぁい‼」

さすがにサイズ差で痛がるのは避《さ》けられないが、ルナとピピが両乳房《りょうちぶさ》を愛撫して俺もキスをしながら全身を優しく撫《な》でる。

強張《こわば》った全身がゆっくりと落ち着いて来たのを見てから腰を使い始める。

「あん……んん……あっ……んふ」

ゆっくりとした抜《ぬ》き差しに悲鳴は上がらず、未熟な動きながら女穴が絡《から》みついて来る。鼻から抜けるような小さな喘《あえ》ぎは首筋を舐め上げて乳首を刺激すると徐々《じょじょ》に大きくなっていく。

「どうだ。大きいのも慣れると結構いいだろう？」

「はう……まだ少し苦しいです。族長様」

ルビーはそう言ってすがるように俺の腕を掴む。

「傷……」

以前にルビーに切りつけられた痕《あと》のことだ。こんなのはほんのかすり傷でもっと深い傷痕《きずあと》はいくらでもある。

「気にしてないさ……それよりも」

俺はルビーの腹に手を置いた。

「ここの膜《まく》を引き裂いたのは俺だ。その傷は一生残る……これでお互い様だろ？」

ルビーは少しだけ笑うと力を抜いて身を任せ、好きにして下さいとばかりに目を閉じた。

俺のモノになったルビーに乗って腰を振《ふ》りながら童貞共はうまくやっているか見てみる。

「うおおおぉ!!　ティロォォォ！　俺のティロォォォォ!!」

「きゃあああ!!　激しいってばぁ！　初めてなのにそんなバコバコ突かないで！」

こいつは童貞丸出しだ。

「うわぁ！　出るっ出るっ!!　うっ!!」

「ええっ!?　もう!?　早い……」

暴発もまた童貞か。

「どうだ！　気持ちいいか！」

「早く入れてよぅ……え？　もう入ってるの？」

こいつには何も言うまい。

まあ童貞の初体験などこんなものか。

とりあえず入れるまでは上手《うま》くいったようだし次回から頑張るがいい。

俺もルビーを満足させることに集中しようと、包むように抱きしめて体ごと揺らす。

「ひう……大きい。アレだけじゃなくて体も分厚くて……あぁ」

優しく抱き締めながらねっとりと彼女を抱き、ルナやピピの助けも借りて少しずつルビーを頂点まで持ち上げていく。

そしていよいよ彼女が俺の肩《かた》を掴んで大きく震《ふる》えた所で一度ドスンと奥を突き、そのまま精を放つ。

出した瞬間《しゅんかん》にだけ脅えが見えたが、膣内《ちつない》に精液が満ちていくにつれ、女の本能なのかルビーの表情は柔《やわ》らかく変わっていく。

「どくんどくんしてる……中に出されるってこんな感触なんだ」

ルビーは俺が力を緩《ゆる》めると、しなやかな体を反らせて自ら俺の腰を抱き、深くまで密着して精液を受け入れる。

処女にここまでされれば男としては一滴《いってき》でも多く注いでやりたくなる。

俺はルビーの首筋を吸いながら、小さめの乳房を撫でるように揉《も》んで性感を高めてより大量の精液を送りこみ続けた。密着したままドクリドクリと心臓の鼓動《こどう》のように長い射精は続き、ルビーの小さな穴から精液が逆流したところでゆっくりと体を離す。

「お疲れさん。よかったぞ」

「私もです……ありがと……かくん」

ルビーは微笑みながら崩《くず》れて寝息を立ててしまう。処女喪失から絶頂までのセットで疲れて果ててしまったようだ。このまま寝かせておいてやろう。

次はピピか……無理だろう。

「そんなことはない！　ピピだって！」

わかったわかった。もう少し大きくなったらな。

俺はピピの性器に吸い付き、豆を舌で集中攻撃《こうげき》して絶頂させる。

無毛でとても舐め易く、潮を噴出《ふんしゅつ》しても止めることなく愛撫を続けてそのまま意識を飛ばしてやった。小さい体から流れ出る愛液を飲み干してルビーの横に寝かせてやる。

「お疲れ様にございました。妹の初物をご賞味頂きまして感謝致《いた》します」

「こちらこそだ。美味《おい》しかったぞ。これからもどんどん抱きたいものだ」

夢の中で声が聞こえたのか、ルビーは俺を迎《むか》えるように足を開いて手を伸《の》ばす。

「如何様《いかよう》にも。我ら姉妹は族長様の女にございます。どちらが先にややこをもらいますか」

弓騎兵《きへい》の統率《とうそつ》を考えればルナが孕《はら》んでしまうと痛いが、軍と女体を比較《ひかく》すれば女体が勝るのだからそうなってしまったら仕方ない。

「ふふ、出来るだけ交互に孕むようお抱き下さいね」

姉妹に交代で子を産ませる背徳感に逸物が勃ち上がる。

そういえば今日はまだルナを抱《だ》いていない。

「高ぶった。入れるぞ」

「歓迎致《かんげいいた》します……あら？」

ルナの怪訝な視線を追うと少年達の一人が寂《さび》しそうにこちらを見ている。

「どうした？」

「いえ……なんでもありません」

既に彼らの初夜は終わりかけていた。

少年の内二人は妻を満足させる前に寝てしまったようで、不満気な少女達が悪態をついていた。

残った一人は更に悲惨《ひさん》で必死に腰を振っているのに女が寝てしまったらしく、泣きながら性交を続けている。そっとしておこう。

さてこちらを見る少年の視線は俺ではなく犯《おか》されようとしているルナから離れない。

「ルナに惚《ほ》れていたか」

沈黙《ちんもく》は肯定《こうてい》だ。

腕試《うでため》しの時のこいつは他よりも頭一つ、いや二つか三つは強かった。

憧《あこが》れのルナが俺に取られて奮起した事もあったのかもしれない。

「俺はルナ様にずっと焦《こ》がれていました。強くて凛《りん》として、それでいて少し抜けていて俺が娶って傍《そば》に居《い》れたならと」

「ありがとう【ギド】でももう私は族長の女あああ!!」

話の途中《とちゅう》でルナに男根を叩《たた》き込《こ》む。

「い、いきなり……ふと……あぁぁぁぁ!!」

大きく張った肉傘《にくがさ》がルナの穴を蹂躙《じゅうりん》し大きな嬌声《きょうせい》が上がった。

自分に焦がれる少年の前でルナは腰を跳《は》ね上げ、高くあげた足を絡めて男を受け入れた。

「悪いがこいつはもう俺の女だ。誰にも渡す訳にはいかん」

焦がれていた女性がメスに変わる姿に呆然《ぼうぜん》とする……ギドに声をかける。

「ルナはもう俺の女だ。俺が抱いて俺が守る。お前には別に守るべき女がいるだろう?」

ギドが振り返ると、そこには涙目《なみだめ》で彼を見つめる新妻がいた。

初夜の直後に他の女に焦がれていると言い放ったのだから、さすがに修羅場《しゅらば》になるかと思ったが、妻はギドの胸に飛び込んで抱きしめる。

「ギドがルナ様が好きだって知ってた。それでも私はギドが好き! 貴方《あなた》の妻は私なの!」

なかなかうまい具合にいったな。これもギドが他の少年達と違《ちが》ってちゃんと妻を満足させていたからだろう。やはり女との関係をうまく回すにはしっかり抱いてやることだ。

「じゃあ始めるか」

俺はルナ組《く》み敷き、全身で伸《の》し掛かって押しつぶすように突く。

「ギド！　私達も負けていられないよ」

「あ、ああ」

ギドの妻もルナへの対抗心《たいこうしん》からか、隣《となり》に並びギドを体の上に導いた。そこからは二組のオスとメスが腰を打ち当てる音が鳴り続ける。

それにしても惚れた女を取り返すために俺に挑むとは中々面白い。少し褒美《ほうび》をやろう。

「ギドと言ったな？　ルナの感じている顔を見たいか？」

「ええっ⁉」

二度は言わない。

「見たい！」

「なっ！」

妻に睨まれながらも言い切る所が益々《ますます》気に入った。背中に回した手で盛大《せいだい》に爪《つめ》を立てられながらもルナから目を離さない。

「よーしよく見ていろよ！」

俺は男根を入れたままルナを四《よ》つん這《ば》いにしてギドの近くまで移動させる。

「さ、さすがにそれは恥ずかし……あぐっ！　あっぎっ！　激し……ひぃぃ！」

後背位でがっちりと尻を掴み、猛烈《もうれつ》な勢いで腰を振った。

肉の音が響き渡り、ルナの引き締まった尻が波打つように揺れまくる。

更に怒張《どちょう》した男根が濡れた穴の中を擦《こす》る音まではっきりと聞こえるほどだ。

「す、すげぇ……ルナ様の尻が……アソコが……」

「見ない……で……あっだめ……うぅぅ！　あがぁぁぁ！」

痛みにも近い強烈《きょうれつ》な性感で理性を飛ばしたルナは目を開き、口を開いて舌を突き出す。

「どうした。もっと近くで見ていいんだぞ」

「う、うん」

「や、やめ……ひぃぃぃぃ！」

肉のぶち当たる音と悲鳴のような嬌声を聞きながら、ギドはどんどん近寄って来る。

ギドとルナの距離は息がかかるほどに近くなり、ルナの口から飛ぶ唾液《だえき》がかかるほどだ。

「はぁ……はぁ……」

ギドは俺の突きに合わせて激しく上下するルナの胸へと手を伸ばそうとする。

奴の逸物ははち切れそうなほど膨張《ぼうちょう》していた。

だが俺はそれを睨みで止めた。見せてはやるがルナは既に俺の女だ。簡単に触《ふ》れさせる訳にはいかない。

ギドは手を引き戻《もど》して突如叫《とつじょさけ》ぶ。

「くっ……うぉぉぉぉ!!」

「きゃあ！　ちょっとこの流れは嫌《いや》！　ルナ様で勃てたモノなんて嫌だよ！」

ギドはうなり声を上げながら新妻を後ろ向きにして男根を叩き込む。

がむしゃらな腰使いな上に最悪の始まり方だ。さすがに女も最初は抵抗していたが……。

「嫌なのにさっきより気持ちいい！　さっきより大きいし上手くなってる！　悔《くや》しいのに！」

嫉妬《しっと》に狂《くる》って膨張したギドの逸物は新妻を虜《とりこ》にしてしまったようだ。

「こちらも負けてられないな」

俺《おれ》もルナの腰を抱《かか》え上げて腰の動きを激しくする。

後ろから乱暴に男に突かれる女二人は近寄っていき、やがて手を組み合ってキスまで始めた。

そこまでさせるつもりはなかったが女同士なら大目に見よう。

見ればギドの妻の穴からは大量の精が流れ出している。ギドは猛烈に腰を振りながら中に射精し続けているようだ。この絶倫《ぜつりん》ぶりなら経験を積めばいい男になるかもしれない。

やがて俺を除く三人の意識が曖昧《あいまい》になってくる。

まずギドの妻が最後の絶頂を迎えた。

「ギドっ!!　好きぃぃぃ!!」

新妻とギドは唇を合わせて互いの肺に絶頂の叫びを流し込み、互いに体を限界まで押し付け合いながら横倒《よこだお》しになってそのまま寝息をたて始めた。結合部からは湿《しめ》った音と共に二人の体液がダラダラと流れだす。

「エイギル様愛しております！　ああっ！」

そしてルナも俺に愛を囁《ささや》いてから体を反らせて倒《たお》れ込んだ。

「一仕事したな」

だが困った。射精できなかったので逸物が治まらないのだ。

見ればルナとルビーは手を繋《つな》いで幸せそうに気絶しており、逸物を捻《ね》じ込んで起こしてしまうのは可哀相《かわいそう》だ。

「あのぅ族長様」

声をかけてきたのは幸せそうに眠《ねむ》るギドカップルとは別の新妻二人、男が先に満足して寝てしまった可哀相な女達だ。

「折角《せっかく》の初夜が中途半端《ちゅうとはんぱ》で少し欲求不満でして……」

「族長様もまだ満足されてないみたいですし」

新婚《しんこん》初夜から浮気《うわき》とは好色すぎる。実にけしからん素晴らしい。

「さあ乗って来い」

あぐらをかいて両手を広げると女達は嬉《うれ》しそうな声をあげながら、俺の首に腕を回した。

子が産まれ易いように新妻の穴を拡張しておいてやるのも族長の務め、ついでに種も注いでやれば子供もできて一石二鳥というわけだ。

「どうだ！　いいのかっ！　気持ちいいか！　いくのか！」

「すー……すー……くかー……むにゃむにゃ」

俺達の横では最後の一組、もやしサイズの少年が眠りこける妻を相手に必死に腰を振っている。あの必死さでは俺達を見ていないだろうし遠慮《えんりょ》なく浮気しよう。

翌朝

まどろみの中で少年達《たち》の声が聞こえてくる。

「昨日は凄《すご》かったな」

「あぁ女ってのは最高だぜ」

ギドの声ではない。さすがに疲《つか》れてまだ寝ているのだろう。

先に寝てしまった二人組が、意識を失っている自分達の嫁《よめ》を見て騒いでいるのだ。

「いつの間にか寝ちまったけど俺ってすごいな。見ろよ嫁の股、種汁《たねじる》がドロドロに零《こぼ》れて一発で子が出来たかもしれないぞ」

「俺だって自覚はなかったが、すごい巨根《きょこん》だったみたいだ。ほら、こぶしが入りそうなぐらいガバガバになっているぜ。女を抱いたらここまで膨《ふく》らむみたいだ」

いい夢を見てくれ、俺は疲れた。


「褒美はいらないだと？」

歓迎の宴会と初夜の手ほどきを終えた俺は長《おさ》達に戦功の褒美を渡して帰路に就こうとしたのだが、辞退されてしまったのだ。

「我らの忠誠は山への誓いの下《もと》にあります。対価など不要です」

さすがにあれだけこき使ってなにも無しではあまりに一方的だ。長が納得《なっとく》しても家族を失った者に不満が残るかもしれないので無理やりでも何か渡したいところだ。

「俺が褒美をやりたいのだ。何か言え」

長達は顔を見合わせると、それではと口を開く。

「では死んだ者が多かった一族の女に族長様の強き子種を与えて下さい。族長様の子種はきっと百年先まで我らの力となりましょう！」

「族長様の血を継《つ》ぐ戦士がいれば怖《こわ》いものなどない」

「千人にも勝る！」

彼らにとって優秀《ゆうしゅう》な血は貴重らしいし、俺にとっても女を抱いて種を撒《ま》き散らすのは至福だ。これほど好都合な褒美もない。

「わかった、いい女を頼《たの》むぞ。他には無いか？」

するともう一人の長が口を開く。

「族長様のお傍にいる護衛は草原の戦士達ではございませんか？」

「ああ、そうだな」

彼らはセリアが選抜《せんばつ》してそのまま率いている俺の護衛隊、実質セリアの部隊と言っていい。少数だが体格・武芸共に一般《いっぱん》兵より秀《ひい》でた精鋭《せいえい》部隊だ。

「族長様の傍を守る戦士が草原の者だけとは口惜《くちお》しい。我らの戦士にもその役目をお与え願いたい」

構わんが護衛隊に入れるということはラーフェンで暮らすことになる。

全員をピピやルナ達のように特別扱いはしてやれないが大丈夫だろうか。

「草原の生活に馴染《なじ》むよう言い聞かせます。頭の固くなっていないない若い者を選びましょう」

それならいいか。

「褒美とは別だがお前達が安心して戦えるように食料は更に多く供給する。安心して腹いっぱい食え」

アドルフも俺を見て頷く。そもそも彼らが求めたのは褒美とも思えぬことだけ、これぐらいはしてもいい。

「では今回はよくやってくれた。しばらくは全員を招集するような事は無いと思うから今まで通りに訓練の時だけラーフェンまで来てくれ」

長達は一斉に頭を下げる。

「さて……それで俺はどこで女達に種を与えればいいんだ？」

翌日、俺は山の民達に別れを告げて帰路につく。ピピとルナ、そして俺の女にもなったルビーを連れてラーフェンに帰るのだ。

帰りの人数は行きよりもずっと多くなっていた。山の民が護衛隊に加えてくれと差し出した戦士達が三十名、いずれもラーフェンでの生活に適応できるように若者ばかりだ。

そこに初夜の世話をしてやったギドの姿もある。こいつは長の息子《むすこ》という立場でありながら自ら志願したらしい。

「新婚早々故郷《こきよう》を離れることもなかろうに」

「いいえ、俺も新しい世界を見てみたいですから」

まあ子供に冒険心《ぼうけんしん》は必要かもな。

「俺も族長様のように大きな男になりたいのです」

それはいいが何故《なぜ》股間《こかん》を見る。

「しかし本当に嫁も一緒で良かったのですか？」

「えへ……嫁……」

そしてギドの馬には新婚の妻も乗っていた。

旅立ちの時に——。

『俺は強い族長様についてより強い男になる。だからしばらく待っていてくれ』

『う、うん。ギドがそう決めたなら……。私は……待って……』

などと馬鹿なやり取りをしていたところでギドの頭を殴《なぐ》りつけ、嫁を担《かつ》ぎ上げて一緒に連れて来たのだ。

「まったく。女以上に価値あるものはないというのに。ましてずっと想《おも》い合っていた新婚の妻なら朝から晩まで抱きまくり、繋がったまま旅するぐらいでちょうどいいのだ」

「な、なるほど、それが草原の掟ですか。勉強になります」

「とんでもない価値観を吹《ふ》き込まない下さい……」

改めてギドを見てみる。身長はセリアよりも少し大きい程度だが体格はかなり逞《たくま》しい。年齢を考えればまだまだ育つだろうから優秀な戦士になる可能性はありそうだ。

顔立ちはまだ男になりかけの子供といった所だが、男の俺から見ても整った顔をしている。

初夜でも処女・童貞同士の交わりで一人だけ嫁を昇《のぼ》らせていたのがこいつだ。

「逸物が少々小さいのが気になるが、経験を積んで早漏《そうろう》が治ればいい男になりそうだ」

「や、やはり小さいですか……」

「そ、そんなことない！　族長様が大山脈なだけでギドもかなり大きいよ！　私凄い声出ちゃったし、最後は体が勝手に跳ねて……」

「ムオッホン！」

ギドの嫁をセリアの珍妙《ちんみょう》な咳払《せきばら》いが遮《さえぎ》り、しばらくの沈黙。

「あんまり世辞を言うな。調子に乗っちゃうだろ。俺なんて族長様の半分ほどの男さ」

「そ、それでも普《ふ》通《つう》に二十……」

山の民の護衛がギョッと目を剥《む》く。

「ギド。草原の国でもいっぱいしようね」

「ああ、可愛がってやる」

甘《あま》い雰囲気を漂《ただよ》わせる新婚二人をセリアがまた睨む。

「そんなにピリピリするなよ」

山の民の集落であまり構ってやれなかったから怒《おこ》っているのかな。

「放置して悪かった。色々やることがあってな」

償《つぐな》いに頭を撫でてやろう。

「処女を並べて裂いていくのも立派なお役目なんですね」

「それだけじゃないぞ。種を注ぎこんでようやく完成だ」

セリアは更にむくれ、すごいと拍手《はくしゅ》したレアの頬《ほ》っぺたを引っ張って八つ当たりしている。

二人まとめて頭を撫でてやるから機嫌《きげん》を直せ。

「いやはや、山の民の話は聞いていましたが実際に見ると文化の違いが目立ちますね」

アドルフも実際に彼らを目にした事で考えが変わったのだろう。こいつは以前からなんとか労役《ろうえき》やその他の開発に彼らを使えないかと考えていたようだが、彼らは荒野《こうや》を駆《か》ける民、いかに有意義だと説いても一所に留《とど》まって何かするのは無理なのだ。

「一度見ないことにはわかりませんね。貴重な経験です」

アドルフはなにやら考え始める。

職務熱心で結構、領民の生活はお前の肩にかかっているのだ。

「私も……素晴《すば》らしい経験をさせて頂きました」

続いてクレアが声を上げる。

「何か面白《おもしろ》い事はあったか？」

「ええ、大変に参考になりましたわ」

本来は俺の部下でもないクレアに見せるべきではなかっただろう。

だが借金も受けてくれたし、これからは鉱山の開発でも協力してもらうことになるからにはある程度信頼《しんらい》しないと始まらない。

「あまり言いふらさないでくれよ」

「もちろんです。折角の情報を皆《みな》に教えてしまっては価値も薄《うす》れますわ。それに伯爵《はくしゃく》様に不都合を成しても仕方ありません。私達の利益は共にあるのですから」

しなを作って寄りかかってくるクレア、セリアとレアにはない成熟した色香に思わず股座《またぐら》に手が伸びるが逃《に》げられてしまった。

「しかし商人の私としては山の民の生活よりも、鉱山と亜《あ》人達《じんたち》に興味がありますわ」

はて、ほとんど山から出てこない彼らと商売など成り立つのだろうか。

「だからこそ稀少《きしょう》価値があるのです。これをご覧下さい」

クレアが取り出したのはドワーフ達が酒を呑《の》むのに使っていた金属製のカップだ。

勝手に持ってくるとは悪い女だ。まあ別に貴重な扱《あつか》いでもなかったが。

「このカップは鉄でも青銅でもありません。貴金属にも見えますが違うようです」

そういえばバルバノが使っていた斧《おの》も材質は鉄ではなかったな。

「ぶつけて踏《ふ》んでも欠けない強度を持っていますが、それでいて華《か》麗《れい》で細かい装飾《そうしょく》がされています。私がこれを貴族に売るとすれば金貨20枚と言いますわ」

「そう思うなら返しておけよ」

あいつらは気のいい奴らだが、不義理をすると一気に怒りそうだぞ。

「……彼らの品を入手して売り捌《さば》けば……何を対価に……いっそ女でも……毛深く……太……」

クレアはカップを見ながらぶつぶつと考えこみ始めた。

まあやり過ぎない分にはクレアの商売に口を出す必要もない。

ドワーフ達の作るものは精緻《せいち》な装飾がありながらも極《きわ》めて頑強《がんきょう》に作られている。頼んだ槍《やり》も期待出来そうだ。

数日後　鉱山予定地
「戻ったぞ！　槍は出来ているか⁉」

赤茶けた山の前に立ち、適当な穴に向かって叫《さけ》んでみるが反応はない。

「顔も知っているのです。中に入られては？」

セリアに言われてそれもそうかと前に出るが動きを止める。

「どれが正解の穴だ？」

「……」

セリアが目を逸《そ》らす。レアを見ると可愛らしく首を傾《かし》げ、アドルフは両手を開いてわからないのポーズ、クレアは考え事をしている。

「ギドわかるか？」

「へっ⁉　い、いえ」

「バカッ！　バカッ！」

まあわかるわけないか。

あとギドの手が嫁のズボンの中から出てきたように見えたが気にしないでいてやる。

この山には結構な数の洞窟《どうくつ》があるし広大な上に見た目が同じなのでどこから入ったのかわからない。適当な洞窟に入ったらそのまま遭難《そうなん》は間違いない。

「困ったな」

俺としてもだらだらするつもりはなく、早く町に戻って美味《うま》い飯を食いたいし、待っている女達も抱きたい。ノンナはあまり待たせると拗《す》ねてまた無駄遣《むだづか》いを始めるだろう。

「ハンマーを貸してくれ。音を鳴らそう」

「またやるのですか」

呼びかけても出てこないならノックするしかない。

受け取ったハンマーを振りかぶって適当な洞窟の側壁《そくへき》をぶっ叩くと岩の割れる音が鳴った。

「そら、今回は落盤《らくばん》しなかった。そう毎度毎度崩《くず》れるもんじゃないさ」

そう言った途端《とたん》、暗闇《くらやみ》のずっと奥《おく》の方から腹に響く地響《じひび》きが鳴り、少しの間をおいて洞窟の入り口から大量の土煙《つちけむり》が噴《ふ》き出してきた。

「……崩れたじゃないですか。しかもかなり奥の方で」

「たまたま偶然落盤《らくばん》が起きたんだろう。こういうことも――」「またお前かぁあああ!!」

毎度ドワーフ共はきつめにノックしないと出てこないから困ったものだ。

「友よ。約束の槍は出来ている。さっきちょうど十八回目の飯を食い終わったからな」

「律儀《りちぎ》だな」

「ドワーフは約束を守る。特に酒を酌《く》み交《か》わした相手とは」

ドワーフ達の穴の中、バルバノと向かい合って酒を呑みながら話す。彼らは何かする前には絶対に呑むらしい。

「これだ」

差し出された槍を灯《あか》りにかざして確かめる。

色は褐色《かっしょく》と黒の間ぐらいで鈍《にぶ》く輝《かがや》いている。

長さは3mと少し、穂先《ほさき》には斧状の刃《は》がついているが返しはない。

以前の大槍よりも更に重いが重心の位置が完璧《かんぺき》で、試《ため》しに振り回しても体勢が崩れない。

持ち手は俺の手の形に合わせて僅《わず》かに窪《くぼ》んでおり、革を巻かなくてもまったく滑《すべ》らない。

小手をつけても素手《すで》でも問題なく扱えるだろう。

「俺の手にぴったりだな」

「素手で組み合えば手の形ぐらいわかる」

むさくるしい取っ組み合いも無駄《むだ》にならなかったようだ。

「切ってみろ」

差し出されたのは厚さ2㎝ほどの鉄板だ。

遠慮なく槍を回して横に切り払《はら》うと、耳障《みみざわ》りな金属音と共に鉄板は千切れ飛んだ。

デュアルクレイターと違ってバターのように切れてしまう訳ではなく、あくまで叩き切っている感覚なのだが、鋼の槍と違って軋《きし》んでいる感触は一切《いっさい》ない。

これなら何百回切っても槍が折れることはなさそうだ。

「頑丈《がんじょう》さは保証する。ドワーフが作るものは全て頑丈だがその中でもこいつはとびっきりだ」

素晴らしい。これなら戦場で大暴れしても折れてしまう心配はあるまい。遠慮なく頂いておこう。

礼を言った所でふと槍の別の一面にも気付いた。

派手な色ではなくデュアルクレイターのように眩《まばゆ》く輝くこともないが、よく見ると槍の表面に細かな模様がびっしりと刻まれているのだ。機能性を損《そこ》なわぬ位置に刻まれた紋様《もんよう》は芸術に無知な俺から見ても美しい。

「友への贈《おく》り物《もの》にただの棒ではつまらんだろう。強度には影響《えいきょう》ないようにしている」

「一週間でここまでやってくれるとは」

ただ板に刻んでも一月はかかりそうなのに。

「わしらにとって鍛冶《かじ》は酒の次に大事だからな。生半可なことはせん。本当はもっと重くしようと思ったのだが、両手に武器を持つと考えるとこの辺りが限度だろう」

「蜘蛛《くも》の時か？　あんなこと二度とやってたまるか……だがこれでいい。これ以上重くなったら俺はともかく馬がばてる」

斧と大槍の両手持ちなど、もうやる機会もないだろう。あの晩はさすがに腕が痛かった。

「ところでこの槍の材質はなんだ？　鋼ではなさそうだしこんな色は見たことが無いぞ」

「馬鹿をいえ。友へ贈る品に鉄など使うようなことはせん。それはもっと特別な物だ」

彼はなにやら金属の名を言っていたが聞き覚えが無かったので忘れてしまった。

「そんなことはどうでもよかろう。それより余った材料で剣《けん》もこしらえてみたぞ」

そう言ってバルバノは槍と同じ色の剣を取り出す。

刃渡《はわた》り80㎝ほど、やや大ぶりの片手剣だろうが。

「友が持つには小さいが腰《こし》にでも差しておけ」

バルバノはついでに小物を作った感覚らしく槍ほどの思い入れはないようだ。

まあ遠慮なく頂いておこう。

「対価というほどじゃないが干し肉を持ってきた。酒のあてにでもしてくれ」

「肉か！　それは楽しみだ。洞窟ネズミの肉は水っぽいからな」

それだけ言って酒を飲み干せば他に語ることはない。バルバノも俺もだらだら無駄話《むだばなし》を楽しむような性質ではないのだ。

「では俺は帰る」

「そうか友よ。また来い」

これだけで終わりだ。

俺達はドワーフの住処《すみか》を後にする。

やり残したことはもうない。ラーフェンへ向かって帰るだけだ。

「そうだ、セリア」

「はい？　なんでしょう」

先ほどバルバノから貰《もら》った剣を渡《わた》す。

「使うか？」

「ええっ⁉　よろしいのですか⁉」

俺はあまりこのサイズの剣を使わない。剣の間合いで戦うならデュアルクレイターもある。

実用重視に作られた剣だから腰の飾《かざ》りにするならセリアが使った方がいい。

「ありがとうございます！」

セリアはいささか過剰《かじょう》と思える程に喜んで剣を抱き締《し》めている。

それだけ喜んでくれるといい気分だ。

セリアは試しに振るつもりなのか鞘《さや》から出して振りかぶろうとして静止した。止まっただけではなく、可愛らしくぷるぷるしている。

「ぐ……重い……」

俺にとっては少し大きな片手剣程度だが、セリアの体格では両手剣だな。

素早《すばや》く動いて鎧《よろい》の隙間を攻《せ》めるような戦い方のセリアにとっては相性《あいしょう》が悪いか。

「……今までの剣を使っとけ。戦場で変なことすると死ぬぞ」

「次の戦いまでに絶対使いこなせるようになります‼　筋肉をいっぱいつけます！」

筋肉達磨《だるま》になったセリアは可愛くないからやめてくれ。

それでも涙目で剣を手放さないセリアを抱き寄せて頭を撫でまわす。

最近伸ばし始めたセリアの髪《かみ》の毛がぐしゃぐしゃになり、情けない声が上がった。

さてこのまま何事もなくラーフェンまで行けると思ったのだが。

「族長様、後ろから黒獣《こくじゅう》がついてきています。それも三体！」

新しく護衛隊に加わったギドが叫ぶ。

そうはいかなかったようだ。

黒獣とは行きに道路建設の所で仕留めたあいつのことか。

俺の目ではまだ何やら動物がいることしかわからないが山の民の視力は非常に優秀だから間《ま》違《ちが》いないだろう。

「ギド、あの魔物《まもの》について詳《くわ》しいか？」

俺は殺せることと黒いことしか知らないからな。

「はい。奴等《やつら》は我々の暮らす場所ではたまに出ます。肉は美味いけど強いから犠牲者《ぎせいしゃ》も出やすいので積極的に狩《か》りには行かないですが」

なるほど肉が美味いのか。

「こっちが大人数だと距離《きょり》を置いてついて来て油断して一人になる奴を狙《ねら》うんです」

それで三体ゆっくりついて来てるわけだな。

さすがに四十人もの武装兵には手が出ないようだが、このまま道路建設の現場まで連れて行くわけにもいかん。

「ここでやっておくか。ギド、嫁をレアと一緒に馬車に入れておけ」

「え？　でも族長様、あいつは大人数で追っても逃げてしまいます。足が速いから馬でも追いつけなくて」

俺はギドの額を小突《こづ》いた。

「何を言っている。俺とお前の二人でやるんだよ」

呆然とするギドを俺の横に並ばせる。

一緒《いっしょ》に戦うと言い張るセリアとルナには馬車の護衛を任せた。

以前戦った手応えから言えば俺一人でも三体ぐらい楽に屠《ほふ》れる。

だが命のかかった状況《じょうきょう》で、ギドの度胸を見てみたかったのだ。俺に挑《いど》んだ時の腕《うで》から見て、助ける間もなくやられる事はないだろう。

「いくぞ」

「は、はい！」

俺達は並んで馬を走らせる。

魔物三体は突っ込んで来る騎馬《きば》に一瞬《いっしゅん》逃げの態勢をとったが、こちらが二人なのを確認《かくにん》してか逆に向かって走ってきた。願ってもない狩りのチャンスという訳だ。

「はっ！」

まずギドが素早く矢を射る。立て続けに飛んだ矢は一体目の顔と首に突き刺《さ》さるが致命傷《ちめいしょう》にはなっていない。

魔物は苦悶《くもん》の叫びを上げながらも速度を落とさず、ギドはこれ以上矢を射る余裕《よゆう》はないと判断して剣を抜く。

なかなかいい判断じゃないか。

魔物の方も馬ごと引き倒そうと真正面から走りこみ、足を狙ってくる。

ギドはギリギリで馬の方向を変えて紙一重で魔物の牙《きば》を躱《かわ》しつつ、馬から身を乗り出して、すれ違いの勢いのまま黒獣の顔面を切りつけた。

魔物の大きな体躯《たいく》に対してギドの剣は馬上で振るう小型の物だが、勢いがついているため顔を深くえぐった。

牙が折れ飛び、魔物はもんどりうって引っくり返る。

「族長様！　前から来てます！」

おっとギドばかり見て忘れていた。俺の方にも一体来ていたな。

よそ見するなとばかりに嘶《いなな》くシュバルツの鬣《たてがみ》を軽く引っ張ってから、槍を向かってくる敵に合わせて勢いよく突《つ》き出す。

ドワーフの頑丈な槍なら真正面から叩き込んでも折れはしないと考えてのことだったが……

穂先についた斧状の大きな刃が魔物の顔面を叩き割り、首元まで裂《さ》いて外に突き出す。

顔面から延髄《えんずい》まで二つに割れた魔物は絶叫《ぜっきょう》すらせず、一度震《ふる》えて横倒しになり絶命する。

この槍は切れ味も鋼よりずっと上だが、何より魔物の体重の乗った突進《とっしん》を正面から貫《つらぬ》いて、しなりも軋みもしなかった。この槍ならばどんなに乱暴に使っても折れることはないだろう。

ちょうどいい試し切りができた。

「い、一撃《いちげき》で」

「おいギド、呆《ほう》けている暇《ひま》はない。そっちに行ったぞ」

最後の一匹《ぴき》が俺とギドを見比べてからギドの方に走っていく。

ギドは慌《あわ》てて馬を走らせるが、よそ見のせいで一呼吸遅《おく》れたな。

援護《えんご》に向かうがこのままでは俺が追いつく前にギドが追いつかれる。

「一息間に合わん。なんとかしろ！」

「な、なんとかって⁉」

ギドは一瞬《いっしゅん》情けなさそうな顔をしたがすぐに顔を引き締めた。

持っていた剣を投げ捨てると弓に持ち換《か》えて狙いを定める。近距離《きんきょり》で弓というのは血迷ったようにも思えるが……。

「しっ！」

後ろから馬に食いつこうとする魔物に向けて身をひねって至近距離から矢を放ち、それは正確に右目を撃《う》ち抜《ぬ》いた。

同時に今度は馬体を左へと急速に傾《かたむ》けた。

当然速度は落ちて、魔物は一気に仕留めようと飛びかかったものの、盛大に空振《からぶ》りして地面を転がる。

「なるほど、潰《つぶ》した目の方に曲がったのか」

咄嗟《とっさ》の状況で中々の判断力だ。こういう直感的な行動こそ戦場で命を救うことも多いだろう。

魔物はすぐに起き上がって再びギドを追おうとするがもう遅《おそ》い。

俺が追いついた。

「そらよ」

肉が美味いらしいから体をボロボロにしてもいけない。

鋭《するど》く振《ふ》り下ろした槍は地面に突き刺さり、数瞬《すうしゅん》おいて魔物の太い首がぼとりと落ちる。これなら血抜《ちぬ》きも楽になるだろう。

「ギド、一頭分はお前の戦果だ」

「一頭だけ……ですか？」

戻ってきたギドが不満そうな顔をする。

二頭仕留めたと言いたいのだろうが、最後の奴は目を潰しただけで仕留めたのは俺だ。

「そしてなにより」

俺は槍を両手で振り下ろし、ギドの後ろから迫《せま》っていた黒獣の脳天を叩き割る。

「最初の奴に止《とど》めを刺せていないぞ。半殺しが二頭で一頭分だ」

笑いながら槍を拭《ぬぐ》う。新品が一発で血脂《ちあぶら》まみれになってしまった。

ギドは悔しそうに頭のかち割れた魔物の死体を蹴《け》り上げる。

まだまだ甘い部分はあるが及第点《きゅうだいてん》、見込《みこ》みは十分ありそうだ。

「死体を潰すなよ。馬車の後ろにくくり付けて運ぼう。ボーナスついでに持って行ってやる」

「この魔物も、ここでしか取れないのなら特産品になりますかね？」

アドルフが言う。

うまく狩れるならなるんじゃないかな。

それよりも早く帰りたい。

山の民での乱交三昧《ざんまい》は大満足だったが、それとは別に山の民は全体的に乳が小さいから少しばかり巨乳《きょにゅう》に飢《う》えているのだ。

ノンナにカーラにメリッサ……溢《あふ》れんばかりの巨乳に包まれたい。

「いやらしいことを考えてらっしゃいますね」

セリアがジト目を向けて来る。

「いきなりなんだ？」

「前……お隠《かく》し下さい」

視線を下ろすとズボンは限界まで盛り上がって破れそうになっている。

ギドは悔し気《げ》に、奴の新妻は咄嗟に顔を隠した手の隙間《すきま》から見ている。

「……俺はちょっと休憩《きゅうけい》も兼《か》ねて馬車に入る。レアおいで」

「はーい」「わ、私も！」

第三章　自堕落女の大騒動

鉄鉱山への旅路から少し後。今日も俺は悠然《ゆうぜん》と執務室《しつむしつ》のソファに腰掛《こしか》け、アドルフの報告を聞き流して承認《しょうにん》を出す。奴が何を言っていたかさっぱり覚えていないが必要ならセリアに聞けばいいと、だらだらとしているうちに夜になる。夜は女と戯《たわむ》れる時間なので仕事はお終《しま》いだ。

「……貴族にとって領地は何より大切なものなのですよ？　部下の方に任せっきりでは危ないです」

ノンナに膝枕《ひざまくら》で叱《しか》られてしまった。

「そうは言っても俺にはなにが正しいのかさえわからん。任せておけばいいだろう」

そう返すとノンナは「もう！」と言いながら、俺がセリアにやるように頬《ほお》を撫《な》で回して引っ張る。

「特にアドルフさんに任せては駄目《だめ》です。あの人は私の買い物を邪魔《じゃま》するんですもの」

「それはお前がやりすぎるからだ」

ノンナのデコを指で弾《はじ》く。

ちょっとぐらいの装飾品《そうしょくひん》や高級食器程度ならアドルフだって何も言うまい。

お前の無駄遣いは規模がでかいのだ。

ノンナ主導で立ち上げた劇場も田舎《いなか》のラーフェンに来る旅芸人を公演させるには過剰すぎる。

「むぅっ！」

ノンナはそれ以上聞きたくないとばかりに胸をドシンと顔に乗せて来た。

最高の気分だが顔が全部埋《う》まって息が出来ない。

このまま窒息死《ちっそくし》する訳にはいかないが、爆乳《ばくにゅう》を押《お》し退《の》けるのは惜《お》しいのでギリギリまで耐《た》えるとしよう。

「ねぇ……ちょっといいかしら」

この声はカーラかな。乳に埋もれて見えないが。

「なんでしょう？」

「エイギルに用だけど、化け乳のせいで顔が見えないわ」

あぁ至高の感触《かんしょく》が離《はな》れてしまう。

「産婆《さんば》が言ってたわ。マリア近いうちに産気付くって」

「ほう。いよいよか」

そろそろマリアの子も生まれるし続いてメルも五人目を産むだろう。

春過ぎには別館の女達も一斉《いっせい》に産気付くはずだ。何しろ種が付いた二十人は同じ日に孕《はら》んでいるのだからな。

「……」

ノンナが静かだ。

子供の話題が出たらいつも嫉妬して騒《さわ》ぐか、種を寄越《よこ》せとベッドに向かうのに。

「まぁ授《さず》かり物です……いずれ私も頂くでしょう」

妙《みょう》に大人しくて気持ち悪い。何かあったのだろうか。


もっと聞いてみようと身を起こした時、勢いよく居間の扉《とびら》が開かれた。

現れたのはヨグリだった。いつもは飯以外ほとんど部屋から出てこないのに。

居間への入り口は二つあってヨグリは玄関《げんかん》側から入って来た。

外出していたなんて尚珍《なおめずら》しい。


「っ⁉」

だがヨグリは俺達には声もかけず、慌てて部屋を走り抜け、自室へ続くドアへ向かった。

「なんですか⁉　主人に挨拶《あいさつ》もしないなんて！」

ノンナは当然怒り心頭、俺も確かに今のは酷《ひど》いと思うぞ。

「ヨグリ？　あんた顔どうしたのよ？」

カーラが素早くヨグリを追いかけて腕を掴《つか》む。

「放して！　なんでもないからっ！」

ヨグリは俺達に顔を向けない不自然な体勢のままでカーラの腕を振り払った。

「なんでもないって腫《は》れあがってるじゃない」

「だから――」

「見せろ」

ヨグリを捕《つか》まえて強引《ごういん》に顔を向けさせる。彼女《かのじょ》の顔は頬から顎《あご》にかけて赤く腫れていた。

珍しくもない打撲《だぼく》だ。この程度の怪我《けが》は息をするぐらい頻繁《ひんぱん》に見てきたし骨も大丈夫《だいじょうぶ》そうだ。

ヨグリが兵士の一人なら水でも飲んどけと言うだけだろう。

だが俺の女が負ったとなると話が全然違《ちが》ってくる。

「殴られたな？　誰《だれ》だ」

「……」

ヨグリは顔を伏《ふ》せて答えない。

「どうせあのハーネスとか言うクズ男でしょ」

「そ、それは……」

なるほど【ハーネス】ね。

俺はデュアルクレイターを肩《かた》に担いで外に出ようとする。

「待って！　ハーネスを殺す気⁉」

死ぬか死なんかまではしらん。ちょっと手と首を斬《き》り落とすだけだ。

「ちょっとエイギル落ち着きなさいよ。街中のハーネスを斬って回る気？」

「貴女《あなた》もさっさと事情を説明してください。どうせしょうもないことでしょうけれど」

カーラとノンナに説得されて俺とヨグリはソファに座《すわ》り直《なお》し、ヨグリの顔にはリタが持ってきた冷やしたタオルが当てられる。

「よし何があったか説明しろ。何も言えないなら、ハルトスを刻んでから考えるぞ」

「……わかったわ」

「いや名前変わってるじゃないの」

「これで斬ったらほぼ辻斬《つじぎ》りですね」

カーラとノンナの突《つ》っ込《こ》みも今は耳に入らない。


話を聞くと実に簡単なことだった。

ヨグリはハーネスとかいう自称《じしょう》劇作家の男のために自分の小遣《こづか》いを貢《みつ》いでいた。彼女が言うには物語を書く紙やペンを買うためらしいが、まともな作品が仕上がることも無かったらしいからお察しだろう。

そして俺《おれ》から貰った金を他の男に貢ぐとは何事かとして小遣いが止められた後『これからお金はあげられないけど応援《おうえん》している』と言った所で男が激昂《げきこう》、なんとか金を持ってこいと言われ、抵抗《ていこう》するヨグリと揉《も》めた末に殴られたらしい。

結局その時の言い合いの中で男には物語を書くつもりなどなく、酒と遊びの金に消えていたことを知ってしまい、ショックを受けて帰宅したのが今だ。

「まったく……わかりきってるじゃない。馬鹿なんだから」

「なんでエイギル様が近くにいるのにそんな駄目男にひっかかるのですか」

カーラとノンナが容赦《ようしゃ》なく責め、ヨグリは頬を冷やしながら泣いてしまう。口の中が切れたのか話し方もぎこちない。

「だって……だって皆私を馬鹿にするのに……ハーネスだけが分かってくれて……うぅう」

ヨグリの頭を撫でてやると俺の太ももに突《つ》っ伏《ぷ》して大声をあげて泣き出してしまった。

「怪我人《けがにん》をこれ以上責めるな。もう自分で分かってるだろう」

こいつは純朴《じゅんぼく》な農村育ちだからな。悪い男に耐性《たいせい》がないのは仕方ないのだ。

「はぁ……女には甘いわね。こんなの庇《かば》うことないのよ」

「そうです。主人から貰った財を無駄に使うなんて！」

カーラとノンナが更《さら》に責めると、ヨグリは俺の腕の中に入り込んで更に泣く。

「あんたに言う資格ないわよ」

「なんでですか⁉」

言い合い始めたノンナとカーラを置いてリタを呼び、泣《な》き寝《ね》してしまったヨグリを任せる。

「一応医者に見せてやれ。顔だから傷が残らないように」

「はい……おでかけですか？」

「ああ」

単に騙《だま》されて捨てられたというならヨグリに見る目が無かったで仕舞《しま》いだが、殴ったとなってはそうはいかない。

俺の女に手を出した罪から、俺がヨグリの寂《さび》しさに気付いてやれなかった分を引き、女を殴った罪を掛《か》けると――両手を圧《へ》し折り顔の形が変わるまで殴るぐらいだろうか。

だが扉を開けた所で思わぬモノを見てしまう。

（お金だけとられて　捨てられて　殴られたの）

扉の前に立っていたのはケイシーだ。

今の騒ぎを聞きつけて来たのだろうが表情は蒼白《そうはく》……というより真っ白で目から黒目が失われている。更に首筋にはみるみる縄の痕《あとう》が浮き出てくる。

（許せない　女を騙す男許せない　許せない　許せない　許せない　あぁぁぁぁあああぁ）

「ひっ！」「なにっ⁉」

頭の中に直接絶叫が響《ひび》いた。

ノンナ達《たち》にも聞こえたのか、びっくりして言い合いが止まる。

ケイシーのちょっと抜けている柔《やわ》らかい感じの顔が歪《ゆが》み、眼球は消失して洞《ほら》のように黒く落ち込み、口からダラダラと血が流れ始める。

どこからどう見てもこの世に未練を残して死んだ怨霊《おんりょう》そのものだ。

（オォォォォォォ）

ケイシーはそのまま壁《かべ》を突き抜けて町の方へ行ってしまった。

まさかハーネスとかいう男の所に行ったのだろうか。

「……放置しておく訳にはいかんな」

このままではケイシーがまた怨霊に戻《もど》ってしまうかもしれない。男に制裁を加えた上で彼女を回収しないといけない。

足元には普段《ふだん》ケイシーが見えない人に存在を知らせるために首から下げていたクマのぬいぐるみが落ちている。怨霊化した時に紐《ひも》を引き千切ったようだ。

「うおっ」

拾い上げてみたがケイシーのナニかが伝わってしまったのか、粗悪《そあく》な羊毛製だったはずのぬいぐるみが人肌《ひとはだ》のような触感《しょっかん》になっており、ボタン製の目もまるで人間の眼球のように変わってしまっている。

更には独りでに両手足をグネグネと動かし、目を激しく回転させながら『クルヨクルヨ』と低い声で呟き続けていた。

直接の害はなさそうだが、正直かなり気持ち悪い。

「ともかく今はケイシーだ!」

廊下《ろうか》で見かけたメイドにぬいぐるみを渡してそのまま外に出て行く。

「旦那様《だんなさま》お出掛《でか》けでしょうか? あら、これは……ふぎゃぁぁぁぁ!!!」

玄関を出た所で凄《すさ》まじいメイドの絶叫が聞こえた。

◇◇◇◇◇◇◇◇◇◇◇◇◇◇◇◇◇◇◇◇◇◇◇◇◇◇◇◇◇◇◇◇

同時刻　ラーフェン　酒場

「ハーネス、今日は安酒だけか? しけてんな」

カウンターに座って酒を飲む男の後ろから二人の男が声をかける。

「いつも横に女侍《はべ》らせて機嫌よく飲んでるくせによ」

「うるせぇ。ちょっと事情が変わったんだよ」

男達はハーネスの両隣《りょうどなり》に座り、嫌《いや》みに笑う。

「へへ、ついにたかってた女に愛想尽《あいそつ》かされたんだろ」

「お前は女の財布《さいふ》で飲む酒が決まるからなぁ」

「うるせぇって言ってるだろ！」

ハーネスは笑い声と共に肩に置かれた腕を振り払って乱暴に席を立つ。

「銅貨10。ツケは利《き》かねえぞ」

「ちっ！　まずい酒で偉《えら》そうに！」

ハーネスは銅貨をカウンターに叩《たた》きつけて店を出た。

「どいつもこいつもクソばっかだ！　特にあの女、機嫌よく金出してりゃいいってのに」

既《すで》に日が落ちた町で灯《あかり》を灯《とも》しているのは娼館《しょうかん》と酒場だけ、先程《さきほど》の払いでポケットを空にしたハーネスは通り過ぎるしかない。

「殴ったのは失敗だったぜ……言った分だけ金を出してくれる都合のいい女だったのに、ついカッとなって殴っちまった。もう引っ張れねえよな」

ハーネスは舌打ちしながら路上の石を蹴り飛ばす。

石が飛んだ先にいた娼婦《しょうふ》が罵声《ばせい》をあげると、下品な言葉とともに唾《つば》を吐《は》き、用心棒に睨《にら》まれ慌てて逃げる。

「ヨグリめ自分は領主の女とか言ってたな。マジだったらやべぇがどうせ一回手を付けられただけの使用人だろ……頭は弱かったが良い身体してやがったなぁ。もっとやっときゃ良かった」

ハーネスは長らく職を持たない身にしては小奇麗《こぎれい》な部屋——ヨグリの金で借りた——自宅に帰りつき、扉を乱暴に開く。

そして硬直《こうちょく》したように立ち尽《つ》くす。

部屋の真ん中に女が立っていたからだ。

女はハーネスに背を向けており、僅かな月明かりだけでは髪色《かみいろ》も体格もわからない。

「……ヨグリか？」

呼びかけるも女はなにも答えない。

だがハーネスはヨグリと確信した。

返事をしないのは殴《なぐ》ったせいでむくれているから、それでも自分のことが忘れられずに部屋まで来たのだと。

ハーネスはニチャリと汚《きたな》い音を立てて笑顔《えがお》を作る。

「あー殴ったのは謝《あやま》る！　俺が悪かったよ。だからまた二人で一緒に本？　でも書こうぜ」

媚《こび》と下心を煮詰《につ》めたような声、だが女は後ろを向いたまま微動《びどう》だにしない。

途端にハーネスの表情が怒りに変わる。

「んだよ！　優《やさ》しくしてやってんだ！　黙《だま》ってねえでなんとか……」

苛立《いらだ》って肩に手をかけると女がゆっくりと振り返った。

眼球のない黒く落ち込んだ目、だらりと口から出る舌、首にはくっきりと分かる縄の痕。

「ひっ！」

絶句するハーネスに向かって女は手を突き出す。

（私を捨てたな　利用して　だまして　捨てたな　よくも　よくも）

「ひっ⁉　な、なんだおまぁ……ひぃぃぃぃ‼」

ハーネスが腰を抜かして倒《たお》れこむとソレはゆっくりと左右に揺《ゆ》れながら近づいていく。

よく見ると揺れてはいるが足は地面についていなかった。

「ひぃい幽霊《ゆうれい》⁉」

ソレはゆっくりと、しかし確実に距離を詰《つ》める。そしてついにその手が男の顔に届き……。

「うわぁぁぁぁぁ‼」

間一髪《かんいっぱつ》、ハーネスは転がるように外に飛び出す。腰が抜けて立てないのか四《よ》つん這《ば》いのまま無様に逃げる。

「くそっ！　なんだありゃ‼　まさかヨグリの奴、首吊《くびつ》りやがったのか⁉」

だとすれば繋《つな》がる。

「畜生《ちくしょう》、一発殴っただけで勝手に死んで祟《たた》るなんざありかよ！　あのバカ女どこまで鬱陶《うっとう》しいんだ！」

罵《ののし》りながら足元の石を拾って投げつけるが手応えなく素《す》通《どお》りする。

（許せない　許せない　許せない）

「やめろ!!」

頭の中に直接流れ込んで来る声を振り払うようにハーネスはなんとか立ち上がって逃げる。

「おい見ろよ。なんだあいつ」

「なんもねえとこに石投げて何してんだ?」

深夜とは言え、発展著《いちじる》しいラーフェンの夜は無人ではない。

まばらながらも道を歩く人間にハーネスは助けを求めた。

「お、おいあんた！　頼《たの》む助けてくれ、追われてるんだ！」

彼《かれ》が泣きついたのは酒場の用心棒らしき大男だった。

「あん?　何にだ?」

大男は鬱陶しそうにしながらも一応ハーネスの逃げてきた先を窺《うかが》って首を傾げる。

「そこにいるだろうが！　俺を追いかけて来る亡霊《ぼうれい》がよ！」

途端に大男は溜息《ためいき》をついた。

「ちっ酔《よ》っ払《ぱら》いか。どけ邪魔だ」

そして縋《すが》りつくハーネスを蹴り飛ばす。

「な、なんでだよ！　いるだろうがすげぇ形相の女が!!」

「寝言《ねごと》はよそで言え！　店の壁に小便でもひっかけたら殺すからな」

用心棒はそれっきり口を利《き》かなくなった。

「見えてないのか……もしかすると酒飲み過ぎて幻覚《げんかく》を……」

（絶対に許さない　殺してやる）

頭に恨《うら》みの籠《こも》った声が響く。

「幻覚なんてありえねぇ！」

ハーネスはその後も数人に助けを求めたが……。

「亡霊？　こんな町中に出るわけねえだろ」

「頭がおかしいんだよ。行こうぜ」

「最近戦争多かったしな。こういうのも増えるだろ」

「亡霊騒《さわ》ぎなら墓地でやれ。商売の邪魔なんだよ！」

まったく相手にされないどころか、娼館の用心棒に殴り付けられる始末だった。

「ひ、ひぃ……こ、こうなったらリモネの店だ！　とっくに捨てたってのに、体まで売って必死に俺の種を育てているらしいからな。上手《うま》いことヨグリをなすりつけられるかも」

しかしハーネスは捨てた女の家など覚えておらず見通しの悪い路地に入ってしまう。

「た、確か店はここを曲がって……しまった！」

そして迷って走るうちに袋小路《ふくろこうじ》へ入ってしまった。目の前には三方に高い壁があり乗り越《こ》えられそうにはない。

「や、やばい……いや待てもう振り切ったかもしれない。あれだけ入り組んだ道を逃《に》げたんだ。そう簡単に追いかけられれは――」

（見つけた）

「ひいっ！」

姿はまだ見えないがハーネスは確実に見つかったと確信する。一直線にこっちに向かってきていると。

「どこだ……どこに……」

背中を壁につけたまま必死に前方の道に目を凝《こ》らすが何も見えない。

そこでハーネスは背筋に悪寒《おかん》を感じた。

いや悪寒程度ではない。恨みと憎《にく》しみが染《し》みる強烈《きょうれつ》な害意――。

「あ、あ、あ……」

ハーネスが錆《さ》びた玩具《おもちゃ》のようにゆっくりと首を上に向けると……そこには目鼻口からどす黒い血を垂れる女の顔があった。

(見　つ　け　た　ぞ)

「うわぁぁぁぁぁ!!」

ハーネスはもはやここまでと頭を押《お》さえてしゃがみこむ。

だが数秒待っても最後の瞬間《しゅんかん》はやってこない。

「ち、ちら」

薄《うっす》すら目を明けると信じられない光景が広がっている。

「ほら大人しくしろ」

見るからに強そうな筋骨隆々《りゅうりゅう》の男が幽霊を片手で捕まえているのだ。幽霊は大暴れしているが素手で掴まれたまま抜け出せていない。

男は明確にこいつが見えているし、問題なく押さえられるようだった。

「……た、助かった」

ハーネスの口から十秒続くような溜息が出る。

「糞女《くそおんな》に祟られて死ぬなんて絶対ごめんだぜ」

その言葉に男が反応する。

「こいつはお前を追いかけていたんだよな？」

「あぁ大馬鹿の勘違《かんちが》い幽霊さ。しかし助かったぜ。どうよ一杯奢《いっぱいおご》るから「ところで」

男が強い調子で言葉を遮《さえぎ》る。

「お前の名前はなんというのだ？」

ハーネスは随分《ずいぶん》と強引な奴だと気分を損ねるが、それでも死を感じた直後のことで怒鳴《どな》ることもなく、彼にしては丁寧《ていねい》に答えた。

「俺はハーネスってんだ。ところであんた……」

ものすごい衝撃《しょうげき》がハーネスの顔面を襲《おそ》い、何が起こったかもわからぬままに意識を失った。

◇◇◇◇◇◇◇◇◇◇◇◇◇◇◇◇◇◇◇◇◇◇◇◇◇◇◇◇

「ふむ、こんなもんか」

振りぬいた拳《こぶし》は目の前の男の顔面を見事に捉《とら》えて壁まで吹《ふ》き飛ばした。鼻は横向きに折れ曲がっているし前歯は全部砕《くだ》けただろう。

ただ滑《すべ》らせるように殴ったので命までは失うまい。

男女の差を考えればこれぐらいで相応の罰《ばつ》としておくか。

残るはこっちだ。

俺は男を殴ったのとは逆の手で捕まえた暴れるケイシーを見る。

(殺す　悔《くや》しい　復讐《ふくしゅう》　憎い)

完全に暴走して怨霊化してしまっている。

前のようにキスでもすれば戻るだろうか？　それとも、もっと過激な行為《こうい》が必要なのかもしれない。

「とりあえず入れてみようか」

幸いこの一帯は庶民《しょみん》の住居地区なので深夜に人通りはない。こっそり交われば騒ぎにならないはずだ。

では早速《さっそく》とズボンを下ろした隙《すき》にケイシーが腕からニュルンと抜け出して、ハーネスに這《は》い寄っていってしまう。

血まみれの手がハーネスの頭部に吸《す》い込まれた途《と》端《たん》に奴はバタバタと暴れ始めた。

「ゲ……ゲヒ……キ……キョキ……」

などと珍妙《ちんみょう》な声をあげて両手両足をばたつかせながら、その場で回転し続けてる。口から泡《あわ》を噴《ふ》きながら満面の笑《え》みを浮かべている様子は尋常《じんじょう》ではない。

「そら、もうやめとけ」

俺はケイシーを後ろから捕まえた。

さすがに今の顔を見ると萎《な》えてしまうのでこのまま後ろから入れてしまおう。

下ろしかけていたズボンから逸物《いちもつ》を取り出し、羽交《はが》い締《じ》めにしたケイシーを壁に押し付けるようにして挿入《そうにゆう》する。

「よっと」

(憎……憎い……オォォォ……アウッ！)

興奮を高める要素がなかったので逸物は軟《やわ》らかいままだったが、ふわふわの不思議物質で出来ているケイシーの中を掻《か》き分けるには十分だ。

俺は奥《おく》までモノを押し込み、ケイシーの手をとって壁につかせる。

そして一呼吸おいてから体全体を持ち上げるほどの勢いで腰を打ち付けた。まあケイシーの体はもともと浮いているが。

(ヒウッ！　お、おくまで　この恨み……アァン！)

おどろおどろしい怨霊の声色《こわいろ》のままでの嬌声《きようせい》が脳内に響く。

俺は片手でケイシーの肩を掴んで壁に押し付けながら、もう片方の手で尻《しり》を掴み、激しく腰を打ち付ける。

(アッアアッ！　呪《のろ》って……中で膨《ふく》らんで　深い！　祟り……奥にめり込む！)

ケイシーも感じ始めたのか、俺の突きに腰を合わせて来るが、未《いま》だに声は怨霊のままだし、呪いの声も混じっている。

「こら首だけ回してキスしようとするんじゃない」

ただでさえ血まみれで眼球もない怨霊顔になっているのに、この上そんなホラーな体位になったらせっかく勃ったモノが萎えるだろ。

呪いの言葉と嬌声を交互《こうご》にあげる怨霊ケイシー、彼女を後ろから抱《だ》きしめて激しく腰《こし》を振る俺、傍《そば》の地面を転がり回りながら笑い続けるハーネス、なんだこりゃ。

そこでふと気になってしまう。今のケイシーは俺とハーネス以外に見えているのだろうか？　仮に誰かに見つかったとして、ケイシーが見えるなら我慢《がまん》できずに野外で始めてしまったカップルで問題ないが、見えていなければ俺が一人で壁に向かって男根を擦《こす》りつけているように見えてしまうじゃないか。

馬鹿なことを考えているうちに、腰が限界を訴《うった》えて震《ふる》えはじめる。睾丸《こうがん》がせり上がって収縮し、熱い体液が尿道《にょうどう》を駆《か》け上る。

「そろそろ限界だ。出すぞ」

俺は言いながらケイシーの首筋にキスをした。彼女の死因となった縄の痕を掻き消すように強く吸う。

またもホラーチックに首を回そうとするケイシーの髪を掴み、俺の方から顔を寄せて顔の半分ぐらいありそうな口にキスをしてやる。

（あっ）

そして射精。キスをしながら二度の脈動、そこからがっちりと抱きしめ腰を押し付けて三度脈動させ、前のめりに倒れようとする腕を掴んで性器だけで繋がりながら五度脈打たせ、向きを変え正面から抱きしめながら地面に倒れて五度の脈動で行為を終えた。

「ふーどれどれ」

長い射精を終えた俺は半透明《はんとうめい》の乳房《ちぶさ》を一吸いしてからケイシーの髪《かみ》をかき上げる。

（はへぇ　気持ち良かったぁ）

よし、普段の少し抜けた感じのケイシーに戻ったな。

（ごめんね　ヨグリさんが酷いことをされたの見てからわけわからなくなっちゃって）

「ははは、戻ったならいい。次からは突然《とつぜん》なるのは勘弁《かんべん》してくれよ」

そう言いながらケイシーの頭をグリグリ撫でる。

（この人の頭の中めちゃめちゃにしちゃった　ごめんね）

「いいさ自業自得《じごうじとく》だ。ここに置いて帰ろう」

こうしてケイシーは元に戻った。

ちなみに彼女の持っていたぬいぐるみはケイシーが戻った後も延々とぐねぐねし続け、気持ち悪すぎるという家族と使用人の意見で箱に入れて町の外に埋められた。

ケイシーが言うには恨みの塊《かたまり》みたいになっており、近くに置くだけで良くないモノらしいので誰かが掘《ほ》り出したりしないことを祈《いの》ろう。

（女の子に酷いことしたら　私が出るよ）

だそうだ。

しかし、これにて一件落着……とはならなかった。


居間に女達が集まり、中心にはノンナがどんと座って威圧感《いあつ》を撒《ま》き散らす。

今だけは関わらないで欲《ほ》しいとノンナが言うので、俺は端《はし》に座ってレアとセリアに挟《はさ》まれてお菓子《かし》を楽しむしかない。

レアは口が膨らむほどいっぱいにお菓子を放《ほう》り込んで幸せそうに目が垂れ、セリアは静かに味わっているが口に放り込む速度はレアより速い。女性陣《じょせいじん》で一番お菓子が好きなのは実はセリアなのだ。

だが和《なご》やかな俺の周りと対照的にノンナの側は緊張感《きんちょう》が漂《ただよ》っている。

「ヨグリさん。怪我は大丈夫ですか？」

同じ高さの椅子《いす》なのにヨグリだけ地べたに座っているかのように小さく見える。

「おかげさまで、なんとか、えへ」

まだ冷やしたタオルを当てているが傷は残らないそうだ。

「おほん。では早速お聞きしたいことがあります」

ヨグリがまた小さくなる。

「貴女をそんな目に遭《あ》わせた男……その男と寝たのですか？」

「なっ！　何をいきなり！」

「答えなさいヨグリさん！」

怒鳴りつけながら机を叩くノンナの剣幕《けんまく》に堪忍《かんにん》してかヨグリは短く悲鳴をあげる。

「今、机を叩いたの手じゃなくておっぱいですよね」

セリアは余計な茶々を入れなくていい。

しかしすごい音だった。一度顔を叩いて貰《もら》おうか。

「寝たのですね？」

「……はい」

言うまでもなくわかっていたが気分のいいモノじゃない。

セリアを撫でて癒《い》やされよう。

「エイギル様の屋敷《やしき》で暮らし、小遣いまでもらっておいて他の男に抱かれるなんて……」

ノンナは信じられないとばかりに天を仰《あお》ぐ。

他の女も非難するような視線を向けて、ヨグリはますます小さくなる。

「もう責めても仕方ありませんね。ではヨグリさん怪我《けが》がよくなったら早々に荷物をまとめて出て行ってくださいね」

「え？　なんで？」

ヨグリはポカンと口を開く。

「当たり前でしょう！　他の男に抱かれる女をどうしてエイギル様が面倒見《めんどうみ》ないといけないのですか。同郷の方々のいる村にお戻りなさい」

ヨグリの村はアークランドとの戦争で荒《あ》れ果てたが、協力の褒美《ほうび》として豊かな土地を与《あた》えてやった。

「そんなぁ……私まだやりたいことがあるのに」

ノンナの顔色を窺うヨグリを威嚇《いかく》するようにノンナの乳房が揺れる。

「村に戻ってやりなさい。自分でラーフェンに家を買っても構いませんし」

「うー……そんなお金ないわ」

ヨグリは泣き声を上げて懇願《こんがん》するがノンナの態度は冷たい。他の女も助け船は出さない。

「なら頑張《がんば》って美味《おい》しい小麦を作ってください」

ノンナは話は終わりとばかりにお茶のおかわりを要求しセバスチャンが迅速《じんそく》に応える。

この老人は空気のように気配を消している上に、目の前で何が起こっても微動だにしない。

万策尽《ばんさくつ》きたヨグリは視線を俺に投げてきた。目が助けてくれと言っているのはわかる。しかし彼女の後ろからノンナのきつい視線も向けられているのだ。

残念だがちょっとした縁《えん》で一緒《いつしよ》に居るヨグリより愛するノンナを優先するのは当然なのだ。

「お前の同郷の者達は新しい村で飢えることもなく平穏《へいおん》に暮らしている。お前が戻れば歓迎《かんげい》してくれるんじゃないか？」

逆にまったく村に戻ってこないヨグリを心配しているかもしれないからいい機会だ。

「美味しい屋台……外国のお酒……熱いお風呂《ふろ》……」

ヨグリは泣きそうな顔のまま四つん這いで俺の所にやってくる。上目遣いが可愛《かわい》いな。

「エイギル様ぁ。本当に出て行かなきゃ駄目？」

「駄目です」

後ろからノンナの追撃《ついげき》が入るが、ヨグリは構わず俺に縋りついてくる。

「……はぁ。処女をもらった仲だ。嫌《いや》だと言うのを放り出すのも気が引けるか」

「馬鹿は一度痛い目見なきゃわかんないのよ」

カーラが遠慮《えんりょ》ない言葉をぶつける。

まあ顔を殴られたのは十分痛い目で良いだろう。

「そうだよね⁉　お願い！　もう他の男に近寄ったりしないし無駄遣《むだづか》いしないからぁ」

太ももに縋りついて前後に揺する。まるで小さな子供みたいなおねだりだが、形の良い胸が当たるので気持ちが揺らぐ。

「まったくしょうがな――」「駄目です‼」

ノンナが怒声《どせい》をあげる。

「他の男に股《また》を開くような女と一緒に暮らしたくありません‼　エイギル様は私とその女のどっちを選ぶのですか⁉」

まぁ落ち着け。

「ヨグリをここに置くのに条件を出す。まず毎日ゴロゴロせず規則正しく生活すること。役目も一つやってもらう。次に俺の渡《わた》した金を変な男に貢いだ罰でも受けてもらう。これでどうだ」

他の男に抱かれたといってもヨグリは居候《いそうろう》に近い存在で俺だけの女ではなかったのだ。もちろん気分は良くないが。

「だがこれ以上、屋敷に居たいなら俺だけの女になってもらう。浮気《うわき》は許さんし俺の好きな時に抱く。種も遠慮なくつけるぞ」

「子供もかぁ……まぁ仕方ないわね」

「この女!! エイギル様甘《あま》すぎます!!」

遂《つい》に物理的に動いたノンナを押し留《とど》める。お前の平手打ちは普通《ふつう》だが、一秒ほど遅《おく》れてくる乳ビンタはカーラが一回転するほど強烈なのだ。

「まぁ聞け。まず役目のことだが、お前の同郷がいる村とその周囲の村の状況《じょうきょう》を毎週一回、詳《しょう》細《さい》に報告してもらう。当然自分の目で見に行くんだぞ？ サボって適当な報告書だけ書いてみろ、胸倉《むなぐら》掴《つか》んで怒鳴りつけてから寒空の下で六時間も歩哨《ほしょう》をさせるぞ」

「エイギル様がエイリヒさんにやられたようにですね？ フガッ！ 痛いれふ！」

セリアの頬《ほ》っぺたを伸《の》ばしながらヨグリを見下ろす。

丸一日かかるぐらいの範囲《はんい》をアドルフに調整させよう。毎週やらせればベッドに根を張ってしまうこともない。ヨグリの報告に何か期待する訳ではないが堕落《だらく》を防ぐ意味がある。

「毎週回るの？ めんどくさいなぁ……」

「いい加減にしろよバカ女。張り倒すぞ」

今の乱暴な声は誰だ？

メルの方から聞こえた気がするが目をやると優しい顔で膨らんだ腹を撫でている。クウとルウが驚《おどろ》いた顔で母親を見ているが気のせいだろう。

「わかった……やります」

「よし、後は罰の事だが……」

少しばかり辱《はずかし》めながら抱いてやろうと思ったが言い出す前にノンナが遮る。

「待って下さい！　どうせエイギル様ですから、いやらしいことをさせて終わりでしょう？」

よくわかったな。

「罰の内容は私達が決めます！」

ノンナと女達がドンと並んで言う。

「まぁ構わんが……あまり酷いことは駄目だぞ」

「ちょっと待ってよ！　私は――」

「だまらっしゃい、浮気女！」

ヨグリの抗議《こうぎ》を黙らせて女達は全員で固まってヒソヒソ話を始めた。

「お尻……瓜《うり》……」

「山芋《やまいも》……塗《ぬ》りたくって……」

「馬と……一晩」

「便を……」

「黙りなさい変態カーラ！」

なにやら不穏《ふおん》な単語が断片的《だんぺんてき》に聞こえてくる。

ヨグリは脅《おび》えて俺を見る。だが女性陣は更に盛り上がる。

「みんなでアレを……」

「ピアスを……」

「舌を……あと歯も」

「メル……あんた怖《こわ》いのよ」

「ひぃぃ！　舌って言った！　歯って言った！」

あまり過激な事を言うな。脅えてしまってるじゃないか。

やがて結論が出たのか女達は輪を解く。

「結論がでたわよ」

カーラが言ってノンナも続く。

「市中引き回しの上で死刑《しけい》です」

「なんでよ！」

冗談《じょうだん》ですと言い直す。ノンナとカーラは喧嘩《けんか》ばかりだが仲良いよな。

「エイギル様の希望通りいやらしいことでもあります」

「覚悟《かくご》してるわ……」

あまりに酷いならやめさせるが、どんないやらしい罰なのか楽しみだ。

女達がヨグリに罰の説明すると彼女の顔が段々と歪《ゆが》んでいく。

「こ、これはダメでしょ！　あんまりでしょ！」

確かにあんまりだが、痛いことでもないし苦しいことでもないな。むしろ笑える。

「いいだろう。その罰にしよう」

「そんなぁ!!」

翌日　朝

俺が家に居る時は、なるたけ食事は家族全員で取るのが我《わ》が家《や》のルールだ。

今日も全員が食堂に集まり料理が並べられている。まだ来ていないのはヨグリだけだ。

「いつもご飯だけはきっちり起きて来るのですけどね」

「今日は罰を受ける初日だからな。さすがに抵抗があるのだろ」

言っているとドアがゆっくりと開いてヨグリが入って来る。

「……くぅ」

ヨグリは俯《うつむ》きながら幼子のような歩幅《ほはば》で歩いて末席に座る。

「揃《そろ》ったな。じゃあ食おうか」

全員が食事を始める。ただ今年三歳《さい》になるメルの娘《むすめ》スウだけがヨグリを見続けていた。

「ママ～。ヨグリはだかんぼ」

使用人達もヨグリを見ながらヒソヒソ話をしている。

それも当然でヨグリは一糸まとわぬ全裸《ぜんら》なのだ。

俺が女達を抱く中で使用人に見られることはよくある。

リタを空き部屋に連れ込んで挿入中に別のメイドが掃除《そうじ》に来たこともあるし、メイドを部屋に待機させたまま妻達を抱くことも珍しくない。そのまま勢い余ってメイドまで抱いてしまうことだって日常茶飯事《にちじょうさはんじ》だ。

だがそれでも日常的に食堂や廊下を全裸で歩き回る女はいない。俺に抱かれている訳でもなく、朝食に裸《はだか》で来るのはどう見ても変態の所業だ。

早く食べ終えて部屋に戻るつもりなのかヨグリは食事を一気に掻き込もうとした。

「ヨグリさん下品ですよ。もっと落ち着いて食べなさい」

ノンナがぴしゃりと叱《しか》る。

「うぅ鬼《おに》ぃ……」

「何とでも言いなさい。今日から一週間ですからね」

女性陣が決めた罰は『ヨグリは一週間いかなる衣類も着てはいけない』だった。

もちろん来客や男の使用人の前でも全裸でいなければならない。

「あまりに場違《ばちが》いな場所で全裸だと興奮するより異物感がすごいな」

全裸のヨグリを観察しながら飯を食う。

「うーむ。かなり肉付きがよくなったな。食《く》っちゃ寝ばかりで太ったろ。あと股間《こかん》の毛もなかなか豪快《ごうかい》なことになってるぞ。手入れした方がいいぞ」

「うわーん！　こんなのいやぁ！」

泣き言を言うヨグリだが、ここで許してしまっては罰にならないのでしっかり一週間務めてもらおう。

結局、罰は緩和《かんわ》されることなく、一週間ヨグリは裸体《らたい》を晒《さら》し続けた。

屋敷のメイドには軽蔑《けいべつ》の目で見られ、出入りの商人の間でも話題となった。

そして豊満な体をしているヨグリは庭師や調理担当など若い男達にとって格好の自慰《じい》の対象となっていたらしい。

ちなみにクロルも毎夜何時間もモノが擦り切れるぐらいこすっていると、ケイシーがゲラゲラ笑いながら言いふらしていた。

「あんまり徳の低いことばかりしていると本物の悪霊《あくりょう》になるぞ」

(あはは　まさか私がそんな悪霊なんて　はっはっは)

笑いながら肩《かた》を叩いてくるケイシー、割と近い位置に居ると思うぞ。


さて満足した女性達に比べてヨグリはこの一週間で随分やつれてしまったな。ちゃんと罰も受けた事だし少し甘やかしてやろう。

「と言う訳だから甘やかしてやる。何か希望はあるか？」

夜にヨグリの部屋に訪《おとず》れ、なんともひどい駄文《だぶん》を書いている彼女《かのじょ》の頭を撫《な》でる。

「……明日から服着て部屋を出られると思うだけで十分幸せよ」

まぁそう言わずにと机から彼女を持ち上げてベッドに移して服を剥《は》ぐ。

ついでに俺《おれ》も服を脱《ぬ》いでおく。

「結局、やりたいから来たわけ？」

「そういうことだ」

堂々と言い放ち、以前より少し柔らかくなったヨグリの身体を抱き締《し》める。

ヨグリは文句を言いつつ、されるがままに俺の頭に手を回す。

「他の男としてごめんなさい……言い訳になるけど最初は酔わされて起きたらもう……そこからなし崩《くず》しに……」

あの男、殺しておくべきだった。いや、もう死んだようなものか。

「もういいさ。女を責めるなど下らない」

俺達《おれたち》は熱いキスを交《か》わす。

「触《さわ》ってくれ」

「うん」

俺はヨグリの前に仁王立《におうだ》ちになり、脈打ちながら肥大化していく男根を握《にぎ》らせる。

「すっご……みるみる膨らんでくる」

ヨグリは甘い声と共にゆっくり男根をしごいてから、突然大根でも洗うような勢いで擦る。

「ぐうっ！」

突然の刺激《しげき》に思わず腰が持ち上がると、ヨグリは頭を下げて突《つ》き出た先端《せんたん》を一舐《ひとな》めだけして後ずさる。女の舌に包まれたつもりの男根から情けなく透明《とうめい》の汁《しる》が垂れ落ちた。

「ぷっ。ビクビクってなった」

「こいつめ。懲《こ》らしめてやる」

俺は笑いながら言ってヨグリの股を開かせ、俺に指摘《してき》されたせいか薄く綺麗《きれい》に整えられた毛を掻き分けて女の穴に指を差し込《こ》む。

「ん……」

小さく喘《あえ》いだだけのヨグリと目を合わせてから、腰ごと持ち上がるほど指を奥に入れた。

「きゃあっ！　ふ、深いって！　ちょっとちょっと！」

そしてそのまま激しく手を動かす。ヨグリは俺の手を掴《つか》んで抵抗《ていこう》しようとするが、体ごと持ち上げられていては何もできない。

「ふふふ、知っているぞ。お前は乱暴な愛撫《あいぶ》が好きだろ？」

「そ、そんなわけ……あくぅ！」

いきなりこんな激しい愛撫をすれば痛みを訴えるのが普通だ。

だがヨグリの口から出たのは快楽の叫《さけ》びだった。

指を抜《ぬ》くとヨグリの腰はガクガクと震え、彼女の股から大量の汁が流れ出す。

「や、やったなぁ」

ヨグリと俺は正面から抱きしめ合い、互《たが》いの肩に手を置いて見つめ合いながら、もう片方の手でお互いの性器を愛撫する。

ヨグリは俺のモノを擦り、俺はヨグリの中を指でかき回す。

徐々《じょじょ》に荒《あら》くなっていく息がお互いの顔に吹きかかり、俺が低く呻《うめ》けばヨグリがニヤつき、ヨグリが体を震わせれば俺がニヤつく。

二十分ほど愛撫は続き、俺は唐突《とうとつ》にヨグリの穴から指を引き抜いて彼女をベッドに突き飛ばした。ヨグリも抵抗せず、仰向《あおむ》けに倒れ込んだまま内股《うちまた》まで濡《ぬ》れた足を大きく開く。

俺を迎《むか》えるように開いた足の間に体を入れつつ、最大まで勃起《ぼっき》した男根を荒い息と共に上下する白い腹の上に乗せた。

そしてヘソから胸まで数回擦り付けながら聞いた。

「どうだ。俺の方がでかいだろう？」

無論比べるのはハーネスだ。

「当たり前よ。太さも長さも比べ物にならないわ……三倍以上ある」

俺は誇《ほこ》らしげにヨグリの腹をモノで叩いて続きを言わせる。

「こんなに大きいのに石みたいに硬《かた》い。傘《かさ》も太くて返しもすごいし、おまけに真っ黒……これに勝てる男なんて……あっ！　ぐぅ……うぅぅぅぅ！　はぁはぁ……世界にいるの？」

褒《ほ》められている途中《とちゆう》で我慢できずに挿入してしまった。

ヨグリの苦悶《くもん》の声と、押《お》し広がる性器の感触《かんしよく》で寝取《ねと》り返したと実感する。

俺はヨグリの両肩《りようかた》を掴んで体重を乗せていく。

既に最奥《さいおう》まで入っていた男根が更《さら》に数cmめり込み、ヨグリは俺の肩に爪《つめ》を立てて呻く。

「よし俺の形になった」

次はテクニックでも寝取ろう。

俺はヨグリの奥深《おくふか》くまで差し込んだまま、体を半回転させた。

ヨグリの片脚《かたあし》を肩に乗せ、もう片脚はベッドの上に伸ばさせる。

「ちょ！　この恰好《かっこう》！　変なとこ擦《す》れ……わきゃあ！」

そして腰を突き出すが激しくはしない。

ゆっくりと入ってゆっくりと引き抜く。

突き込むごとに角度を変え、ヨグリの顔を見ながら腰を使う。

そしてある一点を擦った瞬間、ヨグリが今まで出したことのない声を出した。

思わず顔をあげたヨグリと目が合う。

「ま、待って！　そ、そこ本当に弱いの！　だから……」

「奴《やつ》にも見つかったのか？」

目を逸《そ》らすのが答えだ。だが嫉妬心《しっとしん》はなく逆に嬉《うれ》しい。

俺は腹に力を入れ、逸物をより硬く勃たせながら奥へと進む。

「く、苦し……」

ヨグリの穴が限界に近付いたところで動きを止め、ゆっくりとナメクジが這うような速度で引き抜きながら、膨張《ぼうちょう》した先端で弱点を抉《えぐ》り抜いた。

「き、キャアア！　ヒィイイーー!!」

ヨグリの口から絶叫《ぜっきょう》と舌が飛び出す。足はピンと伸びてから虚空《こくう》を蹴《け》って暴れ、噴き出す大量の潮が俺の顔にまで飛んだ。

「ハッハッハッ、そこは……本当にダ……」

最後まで言わせない。俺は男根で弱点を抉ったまま腰を掴んで体位を変えた。

先端の出っ張りが弱点を削《けず》りながら回転する。

「ウゥゥゥアァァァ！」

野獣《やじゅう》のような叫びは一瞬《いっしゅん》だけだ。肺の空気が出切ったのか声は止まり、掴んでいたシーツが破れる。

俺は後背位に体位を変えてヨグリに覆《おお》いかぶさり、耳元で囁《ささや》く。

「止《と》めをいくぞ」

「はが……らへ……じぅ……」

『ダメ死ぬ』と言いたいのだろうが。

「すまん。聞き取れないな」

俺はヨグリの肩を甘噛《あまが》みしながら全体重をかけて弱点を押しつぶした。

「オゴッ！」

ヨグリの体が反り返る。全身が痙攣《けいれん》し、激しい水音とともに連続して潮が噴き出る。

そして焦点《しょうてん》の合わない目を向けてくる。

「俺の方が良いだろ？」

ヨグリは舌を出し涎《よだれ》を流しながらコクリと小さく頷《うなず》き、そのまま気を失った。

俺は完全勝利に胸を張る。

「というわけでだ」

俺は仰向けに倒れてヨグリを上に乗せ、勢いよく最奥を突いた。

「ひぎっ！」

強い刺激で、失神していたヨグリが目を覚ます。

「ふふふ、テクニックも俺の勝ちだな次は……持続力だな」

「んんんーー!?」

必死に何かを訴えるヨグリを愛《いと》しげに抱き寄せ、濃厚《のうこう》にキスしてから腰を動かし始める。

オスの意地をかけた戦いに負けられるはずはない。

俺はしっかり五時間ほど性交し続けた。

「あぅ……はぅ……あひ……」

「どうだった？」

俺は息も絶え絶えのヨグリを抱き起す。

「かち……エイギルさんの……かちぃ……死ぬぅ……殺して……」

俺は満足げに頷き、ドシンと一番奥に逸物を食い込ませて精を放った。

「あぐっ！　で、出てる……ビュービュー出てる……塊みたいな精子が……ドバドバ……」

「あぁ。たっぷり出る」

五時間耐《た》えた精液の噴射《ふんしゃ》は凄《すさ》まじい。下手をすると小便よりも強い勢いでヨグリの穴を駆け上っていく。

俺の呻きとヨグリの声にならない息が漏《も》れるような叫び、そして精が飛び出る粘着質《ねんちゃくしつ》な音が鳴り続けた。

「ふーこんなに出したのは久々だ。三日ぶりぐらいだな」

腰を小刻みに振《ふ》って種を出し切った時、股間に温かい感触が広がった。また潮を噴いたのかと思ったが量が多すぎる上に異臭《いしゅう》までしてくる。

「あーあ、漏らしたのか」

調子に乗って昇《のぼ》らせ過ぎてしまったようだ。

モノを引き抜くと、ヨグリは潰《つぶ》れたカエルのようなガニ股でまだ尿《にょう》を漏らしている。

ベッドは酷《ひど》い状況だ。これは使用人達《たち》に相当な手間をかけるだろう。

ただでさえ自堕落《じだらく》と全裸生活のせいでヨグリの評判は地を這う勢いだ。

その上、ベッドに小便を撒いたとなれば使用人達から酷い扱《あつか》いを受けるかもしれない。

俺が伝えるのが一番良いのだが、小便を浴びたのでさっさと風呂に行きたいし……メモを残しておこう。

紙を探すがヨグリが物書き用に揃えている紙しかない。

結構貴重なものだろうし、メモなんかに使ったら可哀相《かわいそう》だな。

仕方ない。ヨグリの身体に直接インクで書いておこう。

書く場所が少ないから文字数を絞《しぼ》らないといけない。

『放尿《ほうにょう》は命令』これに俺の署名をしておけば俺のせいになってヨグリが責められることはなか

ろう。

さて、風呂でも入るか。

翌日、使用人達の間でヨグリが俺に浮気の罰を受け、肉便器として調教されてしまったという噂《うわさ》が流れた。使用人達の目が厳しくなることはなかったが生暖かい視線を向けられることになってしまったようだ。

更にヨグリの方も全裸生活のせいで耐性《たいせい》がついてしまったのか、人前での性交にも抵抗がなくなってしまい、セバスチャンやメイドのいる居間でも平気で逸物をしゃぶってくるようになった。

余談　堕ちたるもの

最初の違和感《いわかん》は些細《ささい》なものだった。

女の悲鳴でベッドから跳《は》ね起きる。家族の声ではないから使用人だろうか。

「どうした誰《だれ》かに犯《おか》されたか！　慰《なぐさ》めてやるぞ！」

駆けつけると夜の見回りをしていたメイドがへたり込んで天井《てんじょう》を指差している。追って見るとケイシーが困った顔で頭を掻いていた。

俺は苦笑《くしょう》しながら安堵《あんど》の息を吐《は》き、少しだけ膨らんでいた股間を鎮《しず》める。

「お、お、お化けが……」

(寝《ね》る前にお茶のみすぎて　おトイレ行こうとおもって)

幽霊《ゆうれい》らしからぬ理由でケイシーが屋敷をうろつくのはいつものことだし、新しく入った使用人が腰を抜かすのもいつものことだ。

「驚くだろうが害はないから慣れてくれ。よく見ると間抜《まぬ》け顔で怖くないぞ」

(あー酷いこと言ったな　ぶーぶー)

「は、はい……あーびっくりした」

尻餅《しりもち》をつくメイドの大きな尻を見て、俺はふと首を傾《かし》げる。確か先月に窓ふきをしながら揺れていたこの尻を撫でた覚えがあるのだ。

ケイシーは見える人間と見えない人間がはっきり分かれる。繊細《せんさい》だったり細かい気配りができたりする者は見えやすいらしくセリアやノンナなどははっきり見える。逆に大雑把《おおざっぱ》な奴ほど見えないらしくカーラなどは首から下げた人形がないと気付けない。

怒《いか》りや絶望で悪霊化すればほぼ全員から見えるようになるものの、今のケイシーは尿を我慢してモジモジしているだけだ。ちなみに悪霊化してもイリジナには見えない。

つまりケイシーに驚くのは『見える』新人ということになるのだが、このメイドは俺が先月尻を撫でている。

（もう漏れちゃうからトイレいくね～）

「まあ、そういうこともあるか。そもそも不可思議な存在だしな」

というかあいつがトイレで出しているのはなんだろう？　変態趣味《しゅみ》はないが見てみたい。

部屋に戻《もど》る俺の背後から再び悲鳴とケイシーが謝《あやま》る声が聞こえた。

さらに後日
「む……青豆」
「ノンナ、あんた綺麗な作法で避《よ》けてるんじゃないわよ」
ノンナとカーラがまたくだらない言い争いをしている中で、ケイシーが椅子に座《すわ》って困惑《こんわく》の表情を浮《う》かべている。

（あれ？　今日はカボチャスープのはずじゃなかった？）

給仕《きゅうじ》をしてくれていたリタが苦笑する。

「申し訳ありません。使うはずだったカボチャが傷んでおりまして、明日新しいものが来ますので今日は玉ねぎと青豆のスープに致《いた》しました」

それがノンナとカーラの言い争いの原因か。ちなみにセリアもいそいそ豆をよけてレアに渡そうとしていたので、ちら見してやると諦《あきら》めたように目を瞑《つぶ》って食べ始めた。

（なんでカボチャじゃないの？　私の嫌《きら》いな青豆に変えるなんて）

「ははは、ノンナとセリアにケイシーまでか。塩味で結構美味《うま》いと思うんだが」

俺とリタが項垂《うなだ》れたケイシーに笑いかける。

（なんでこんなことするの　酷い　酷い）

顔をあげたケイシーがリタを睨《にら》みつける。

思わずリタは後ずさり、俺の笑いも消える。ケイシーの目に殺気が籠《こ》っていたからだ。

「おい」

「みんなデザートにリンゴパイを焼いたよ～」

マリアの声でケイシーの目に光が戻る。

（え　あ　冗談だよ！　パイ美味しそう！　カボチャも楽しみだな～　でも豆はいらないよ～）

ケイシーはマリアの周りを飛び回り、鍛錬《たんれん》で遅れてきたイリジナに激突《げきとつ》して壁《かべ》にめり込む。

「「……」」

俺とリタは軽く視線を合わせてから食事に戻るのだった。

更に数日ほど経《た》った頃《ころ》だろうか。

「エイギル様」

ノンナが真面目な調子で俺を呼ぶ。隣《となり》にはセリアとメル、リタと使用人達も並んでいる。

「ご相談したいことが」

そこでドアがバンと開き、ケイシーが飛び込んできた。

(やほー　今日のお菓子はなにかなぁ！　ってなにこの雰囲気《ふんいき》)

文字通り部屋を飛び回るケイシーを捕《つか》まえて隣に座らせる。

「話がある」

(昨日言ってた　えっちな遊びのこと？　催眠《さいみん》……)

全員が信じられないと俺を見る。

「違《ちが》う。昨日は確かに言ったがそれじゃない！　お前のことだ」

途端《とたん》に逃《に》げ出そうとするケイシーを捕まえる。

「最近のお前は明らかにおかしい」

(月のモノが重くて機嫌《きげん》が悪くて)

幽霊に来てたまるか。

「鏡を見ろ」

ケイシーに鏡をつきつける。

（か　顔が濃《こ》くなってる⁉）

ケイシーは輪郭《りんかく》がはっきりして顔にも影《かげ》ができ、禍々《まがまが》しくなってきているのだ。

（これはこれで綺麗になってるかも）

「うむ。俺も割と好みで抱き心地《ごこち》もよくなってきたが、そういう話はしていない。ケイシーお前……怨霊《おんりょう》化してきているぞ」

（な　なんだってー‼）

こうしてケイシーを元に戻すアレコレが始まった。


まずはその道のプロを屋敷に呼んだ。

「私の行きつけの店の店長の先輩《せんぱい》が昔お世話になった霊能力者《れいのうりょくしゃ》だそうです」

「怪《あや》しさの足し算やめてくれない？」

俺の後ろで言い合うノンナとカーラ、俺も最初はカーラと同じ顔になったが他に当ても無いので仕方ない。

自称《じしょう》霊能者は無数の呪具をジャラつかせながら呪文《じゅもん》らしきものを唱える。

「むむ……見える。憎《にく》しみに染まった者達が領主様の背後におる……」

「なに、本当か」

ちなみにケイシーは隣で居《い》眠《ねむ》りしているぞ。お前見えてないだろ。

「領主様が戦の中で殺《あや》めた……これは老婆《ろうば》か、決して許さぬ七代祟《たた》ると」

ノンナが俺に向けてジェスチャーで謝る。

「この恨《うら》みを取り去るには特別な祈祷《きとう》と希少で高価な神具が……」

俺は寝こけるケイシーの背中に冷水を垂らした。

（みぎゃあ！　ちびたいぃぃぃぃ！）

飛び起きたケイシーは悲鳴と共に部屋中を飛び回る。

ケイシーが見えない人間からすればとんでもない怪現象《かいげんしょう》だ。

「うわぁぁぁ！　これは凍死《とうし》した子供の霊《れい》！　もう手遅《ておく》れじゃあ！」

霊能者はスッ転んで床《ゆか》に顔を打ち付け、あらぬ方向に祈祷しながら逃げていく。

俺は溜息《ためいき》混じりに黒いモヤをつかんでインチキ野郎《やろう》に投げつけた。

そこで執事《しつじ》のセバスチャンが進み出る。

「僭越《せんえつ》ながら。以前お仕えしていたお屋敷にて祈祷を依頼《いらい》していた者ならばご紹介《しょうかい》できます。私は霊能力については存じあげませんが、少なくともぼったくりをする者ではございません」

「セバスチャンが言うならノンナとは信頼度《しんらいど》が段違《だんちが》いよね」

よし次はそいつにしよう。

セバスチャンに紹介された者に連絡《れんらく》を取ると、屋敷には来ずに呼びつけられた。

腹は立つが仕方ないとケイシーを抱《かか》えていくと、その男は俺達を見て露骨《ろこつ》に顔をしかめてから木の杖《つえ》を振るって斬《き》り祓《はら》う。

「ほう見えるのか？」

「見えるというより臭《にお》いますな」

どうやらこいつは本物のようだ。

「娼館《しょうかん》に寄ってから来なさったでしょう。常識はないのですか」

「お気に入りの店が近かったんだよ」

（どうりで香水臭《こうすいくさ》いと思った！）

言いながらも男はケイシーをまっすぐ見据《みす》える。本物で間違《まちが》いはないようだ。

「良いものではありませんな。早めに祓《はら》った方がよいかと」

（た　確かに最近我を忘れることが多かったかも）

「できるのか」

男は前のインチキ者とは違って簡素なネックレスと装具を取り出す。

「儂《わし》はそれで飯を食っておりますからな。では悪いモノを祓いましょう」

「頼《たの》む」

（おねがいします）

男が祈祷を始めるなりケイシーに変化が出た。

濃くなってきていた輪郭が薄《うす》く変わり、怨念《おんねん》が滲《にじ》んでいた表情が安らかに変わっていく。

（ああ　温かい　これが――）

そしてどこからか光が差し始め、ケイシーは光の粒《つぶ》となって――。

「って待て！　成仏《じょうぶつ》しかけているじゃないか！」

俺が大声を出すと光が消えてケイシーはポンと音を立てて元に戻る。

「御身《おんみ》に憑《つ》いた悪霊を祓うのでは？」

「違う。こいつが変になってきているので治したいんだ」

（そうだそうだ！　私は悪霊なんかじゃないぞ！）

ケイシーと二人で抗議すると、男は咳払《せきばら》いして経緯《けいい》を聞いてくる。

（悪い男に騙《だま》されて自殺しちゃって）

「その恨みで成仏できずに家に憑き、訪れた奴に悪さをしていたんだよな」

「悪霊ですな」

俺とケイシーは顔を見合わせる。

「それでも今は大人しいぞ。感情が高ぶると危ないが」

（持ってた人形も動きだしちゃった）

「まごうことなき怨霊ですな。それも人や物に影響《えいきょう》を与えるタチの悪いタイプです」

再び顔を見合わせる。言葉に出すとそのものだった。

「お帰り下さい。儂は悪いモノを祓うことしかできません。気休めですが暴れたらこれを」

札《ふだ》の束を渡されたので一枚ケイシーに貼《は》ってみる。

（しびびびびびびび）

動けなくなった。この男すごいな。

俺が他を当たろうとケイシーを担《かつ》ぎ上げると男が溜息混じりに言う。

「決断はお早めにされた方が良い」

「ケイシーを消せと？」

男は是《ぜ》とも否《ひ》とも言わず続ける。

「いかに楽しく話そうとも彼女の恨みは消えておりません。故《ゆえ》に現世にあるだけでどんどん悪くなっていく」

さて次に行こうとモヤを踏《ふ》み潰して歩き出す。

（動けないからってお尻触《しりさわ》らないで！）

「既《すで》に形無き怨念が集まり始めております。人の形を留めているうちに送るのが情けかと」


ラーフェン近くの森にあるカーラお勧《すす》めのスポットに来てみた。

なんでも太古の精霊《せいれい》の祠《ほこら》があって悪いものが浄化《じょうか》されていくらしく、ジュウジュウ音を立てて溶《と》けていく様はなんとも爽快《そうかい》だ。

「ここにしばらく居れば……おおっ」

この場所は街中で知られているのだろう。祠の周りには結構な人が居たのだが、昼間からこんな場所で時間を使えるのは裕福《ゆうふく》な家の女性が多い。しかもより多く精霊の加護を浴びようとして下着姿や裸の者まで居る。

「これは郷《ごう》に従わねば……づわっ！」

即座《そくざ》に服を脱ぎ捨てて祠に近づこうとすると、股間にバチンと電気が走った。しかもモノが見えない壁にひっかかって祠に近づけない。

（邪念《じゃねん》が多すぎてソレだけ悪いもの判定されたんだね）

「くそう。生殖《せいしょく》本能を悪者とは、やはり精霊と人は相容《あいい》れないか」

そう言って振り返るとケイシーが笑っていた。乾《かわ》いて脅えた笑顔《えがお》だった。

（私もね　入れないの）

ケイシーが手をかざすと俺の股間の数倍はある勢いで弾《はじ》かれる。

ついで黒いモヤ、ケイシーに集まりつつある悪い物が音を立てて弾けていく。

朝のモヤは見つけて潰せる程度だったのに、どんどん増えて今はもうケイシーの頭上で渦《うず》を巻いている。まるで同じになるのを待っているかのようだ。

（これじゃお家には戻れないよね）

「そうだな。適当に休める場所を見つけよう」


俺達は町はずれの農具小屋に並んで座る。

ケイシーに群がる黒いモヤはもう追い払《はら》える数ではなくなっているので、俺のマントの中に入れて守っていた。

（分厚い胸板《むないた》　落ち着く）

ケイシーは俺の胸に顔を埋《うず》めている。ただそうしたいのか、顔を見せたくないのか。

「おう。好きなだけ埋めていろ」

俺はケイシーの頭を撫で、すり寄ろうとするモヤを睨みつける。

(このまま悪霊になっちゃうなら　消えた方がいいよね)

ケイシーはドスが利《き》いたり、甲高《かんだか》くなったりする声……いや脳内に直接だから思念か……を絞り出す。

俺は何も答えない。ケイシーから差し出された札も投げ捨てる。

確かにケイシーはとっくに死んだ人間で、このままでは悪霊に成り果てる。もし俺が同じ立場なら家族を危険に晒さない為《ため》に諦めてさっさと行くだろう。

それが正解なのははっきりしている。だが正しさなんてどうでもいい。

「『この方がいい』とか『すべきだ』ってのはどうでもいい。二択《たく》だ。居るか？　逝《い》くか？」

俺はケイシーをマントから出した。途端に無数の黒いモヤが一斉《いっせい》に襲《おそ》いくる。

「女と話している。邪魔《じゃま》をするな」

俺は小屋にあった棒切れを掴みあげ、その全てを叩《たた》き落とした。

モヤは殴《なぐ》って倒《たお》せるものではないらしく、砕《くだ》き潰しても再び湧《わ》き上がってケイシーに迫《せま》る。

十か二十では効かないモヤを潰しながら、俺はケイシーに呼びかける。

「さあどうしたいんだ？」

ケイシーは黒く染まった目で俺を見ながら慟哭《どうこく》する。

（一人は嫌《いや》だ！　寂《さび》しい　寂しい一緒《いっしょ》に居たい！　一緒に来いぃぃぃ!!）

モヤの動きが更に活発になり、一つ一つに顔らしきものまで浮かべて襲いくる。

俺は構わず棒で叩き落とし、掻《か》い潜《くぐ》ってケイシーに潜《もぐ》りこもうとしたモヤは素手《すで》で掴んで握りつぶす。

（一人は嫌か。なら連れて行ってみろ」

悪霊化したケイシーが俺に向けて手を伸《の》ばし俺は血まみれの手を避けずに受け止める。腕《うで》は俺の胸に沈《しず》み、怨嗟《えんさ》と寂しさが流れ込んだ。そしてケイシーは俺の奥底《おくそこ》にある……恐《おそ》らくは魂《たましい》の部分に手をかける。

一瞬体が揺《ゆ》らいだが、すぐに立て直してモヤを叩き続けた。

（アタタカイ　ホシイ　イッショ　シノウ）

ケイシーはニタリと笑いながら俺の魂を引き抜く。引き抜こうとする。

（ウバッテ　ウバ　グゥゥ　ヌケナイ！　カッタイ　抜けないよこれ！）

「ふははは、俺だって現世に未練があるからな。その程度の恨みで連れては行けんぞ」

ケイシーが激怒《げきど》して怨霊パワーをあげる。呼応してモヤの速度も速くなり、濁流《だくりゅう》のように押し寄せて来る。

（モウイイ　ノロイコロシテやる!!）

俺も対抗《たいこう》して現世への執着《しゅうちゃく》、差し当たっては今夜抱《だ》く約束したノンナの巨乳《きょにゅう》を思い浮かべる。

巨乳への未練でへばりついた魂はケイシーの恨み程度ではビクともしない。

俺の体に張り付いていたモヤ共も弾《はじ》け飛ぶ。

（タマシイがぶっとスギル！　オノレ　ウラミパワー全開！）

ケイシーは持てる全てのパワーで俺の魂を連れて行こうとする。モヤ共も質量を感じるほどの怨念となって群がって来る。既に払い除《の》けられる数ではない。

この時を待っていた。黒いモヤも含《ふく》めた全てのパワーをあえて受け止め。

「砕く」

俺は最大の執着であるルーシィ、そして家族の顔を思い浮かべながら、掴みなおした棒切れを渾身《こんしん》の力でぐるり一周振り抜いた。

（アァァァァァ　力がキエテ　引き込まれ――）

まとわりついていたモヤは俺渾身の一撃《いちげき》でバラバラとなり周囲一帯に四散する。

（ヤメロォォォォ！）

そして絶叫するケイシーの顔が不意にいつもと同じ笑顔に戻った。次の瞬間《しゅんかん》、俺の胸に突っ込んでいた手を追いかけるようにケイシーの全身がスポンと体の中に入った。

「ん？」

場は静まり返り、禍々しい雰囲気も消失した。これで一件落着なのだが。

「いかん。ケイシーを吸《す》い込んでしまった！」

ケイシーの恨みと俺の魂の強さが違いすぎて吸収してしまったのだ。

（あったかい）

俺の内側から声が聞こえる。

「温かいじゃない。中に入ってどうする」

（もうここでいいかも　憑りついたってことで一つ）

バカな言い合いをしていると腹が壮絶《そうぜつ》な音を立て始めた。

ケイシーを吸い込んだ時一緒にモヤ――霊能者が言う形無き怨念も結構な量を吸い込んでしまったのだ。自分の形も保てない怨念など屁《へ》でもないが変なものを体内に入れたせいで腹が下ってしまった。

「ぐ……これはたまらん。便所……便所はどこだ」

（待って　私は魂にいるんだよね？　なんか引っ張られてる感覚あるんだけど！）

街はずれが災《わざわ》いして便所などない。かくなる上は止《や》むを得《え》ん――。

（ちょ！　下に引っ張られてる　やめて！　やめてやめて！　ヤメロォォォ！）

いかに恐ろしい幽霊でもこの欲求だけは止められないのだ。

夜
（……）

「ケイシーさん一応見た目は元通りになっていますけど、話しませんね」

「全てを失ったみたいな顔していますけど。本当に上手《うま》くいったのですか？」

リタとセリアがヒソヒソと聞いてくる。

「うむ万事上手《ばんじ》くいった。少しばかり荒療治《あらりょうじ》だったがちゃんと出てきた。疲《つか》れているだけさ」

俺は浄化されたケイシーを抱き寄せる。そして軽く臭いを嗅《か》ぐ。

（あーーー！　嗅いだ！　今嗅いだ！　確かめた！）

ケイシーの猛烈《もうれつ》な乱打を受けていると脳内に囁きが聞こえてくる。

（ありがとう　もう悪くならないようにするね）

俺もケイシーにだけ聞こえるように返す。

（なったらなったで　またなんとかしてやるさ）

いつの間にか殴打《おうだ》も優《やさ》しく変わっている。

（生前不幸だったんだから　もうしばらく遊んでいけ　俺がいる間ぐらいは）

（うん！）

満面の笑《え》みを浮かべるケイシー、その可愛《かわい》さに見惚《みと》れたせいでケイシーの殴打を受け止め損《そこ》ねてしまった。途端に意識がバチンと落ちる。

（ふへ？　なにかぶっといのが抜けちゃった　まさかこれエイギルさんの魂⁉）

「こんな所で寝たら風邪《かぜ》をひきますよ。あれ、エイギル様息が……エイギル様⁉」

（あわわわわ！　ど、どこから抜けたっけ！　確か右側の袋《ふくろ》……ここだ‼）

再びバチリと音がして意識が戻る。視界いっぱいに慌《あわ》てるセリアが映る。

「む、寝ていたか。どうした慌てた顔して」

「あっ。い、いえエイギル様が息をしていないと勘違《かんちが》いしてしまいました。びっくりしました」

なにもないのに息が止まる訳ないじゃないか。それにしても突然寝込《とつぜんねこ》んだな。疲れていたか。

（あんな場所に魂が　大変なことを知ってしまった　この秘密は墓までもっていかないと）

ケイシーが何やら決意している。どんな秘密か知らないが割と近場への配達だから大したものではないのだろう。

今日も平穏《へいおん》だ。

◇◇◇◇◇◇◇◇◇◇◇◇◇◇◇◇◇◇◇◇◇◇◇◇◇◇◇◇◇◇◇◇◇◇◇◇

王都ゴルドニア　王宮
「余はマグラードとの関係を永続的なものにするつもりは毛頭ない」

重臣達を前に王は静かに、かつ重々しく宣言する。

戦争宣言にも等しいが、その場にいる者に驚《おどろ》きは無い。

王がマグラードとの一年の停戦を望んで受けいれた訳でないことは明白だったし、戦力が整えばその停戦すら破って侵攻《しんこう》を開始するとこの場の全員が理解していた。


「財務卿《きょう》、国庫の具合はどうか」

「は、残念ながら春の人頭税を前提としても我《わ》が国《くに》の財政は近年無い程《ほど》に逼迫《ひっぱく》しております」

王の機嫌は目に見えて悪くなり比例して会議の空気も重くなる。

「アークランド戦争から続く大戦争を短期間に二度も行い、戦費と軍の拡張は莫大《ばくだい》な出費です。

更にその……西岸への上陸失敗による損失の補填《ほてん》が追い討《う》ちを……」

財務卿は冷《ひ》や汗《あせ》を流しながら述べる。

西岸への上陸失敗によって多数の大型船を失ったことは財政逼迫に少なからず影響していた。しかしこの作戦は王が主導したもので、批判は王の責任を問うに等しかったからだ。

「よい。あれは余の失態でもあった。口に出しても咎《とが》めはせん」

「は……。戦争によって得た領土……特にトリエアの大都市は王領となっておりますが、一年や二年で戦費を補填する程の税収が上がるわけではありません」

征服《せいふく》した土地から順調に税が上がるはずがない。無理にとれば乱となり一層状況《じょうきょう》は悪くなる。

「トリエアからの略奪品《りゃくだつひん》は足しにはならんか」

「残念ながらトリエア王家がマグラードに脱出《だっしゅつ》した際、王家の主要な財宝はほとんど持ち去られたと思われます」

王家以外の貴族の財は接収したが、莫大な戦費を補填出来るほどあるはずもない。

王は不機嫌《ふきげん》に報告を了承《りょうしょう》し、続いて外務卿たるケネスを見る。

「トリエアを併合《へいごう》したことで南部諸国への道も拓《ひら》けた。交易など出来んか？」

「現在外交官を送って接触《せっしょく》を試みています。しかしながらトリエアを武力で潰した我が国への警戒感《けいかいかん》は強く、即座に大規模に交易を始める雰囲気ではないようです」

長年の隣人《りんじん》が突然殴《とつぜんなぐ》り倒され、話でしか聞いたことのない者がやってきた。

その者が手を伸ばしてこれから仲良くと言われても信じることは出来ないだろう。信頼《しんらい》の醸《じょう》成《せい》には相応の行動と期間が必要だった。

「更に我が国、最大の交易相手オルガ連邦《れんぽう》との交易にも影が落ちています。大口交易のほとんどが船を使って行われていますが、両岸の国家が敵対しておりますので……」

連邦から続く陸路街道《かいどう》も整備はされているものの、馬車で遠路を行く交易は効率が悪く、冬季は更に悪くなる。

よって北部や東部など限られた地域や金のない行商人以外は基本的に河を使う。

だが船は大量の品を積める分、沈んだり奪《うば》われたりすれば名のある商会でも一度で傾《かたむ》くこともある。

停戦中とは言え、敵対する両国の間を通る交易から手を引いたり、規模を絞る商人も少なからず出てきているのだ。

「やはりマグラードを一息に潰せなかったのが痛かった。ラッドハルデ卿……軍の建て直しはどうなっている」

「現在中央軍は五個の兵団、七万五千の規模にまで兵力を回復しておりますが、新たに募《ぼ》兵《へい》した者の練熟には今しばらくの時間が必要です」

「仕方あるまい。余もすぐに行動を起こせるとは思っておらぬ故、十分に鍛《きた》えよ。資金に関しても優先的に入れる。……マグラードを除けば財政も回復しよう。逆に奴らを倒せなければ、少々節約した所で意味は無い」

「ありがとうございます。して王はどの辺りまで軍の拡張を考えておいでですか？」

王は僅《わず》かに不機嫌顔をやめて笑みを浮かべる。

「八個兵団十二万、この程度がゴルドニアの力から考えれば適当だろう」

会議室から声が漏れる。軍人からは期待の声、内政官からは不安含《ふく》みの驚愕《きょうがく》の声だ。

「は……ではそのように編制いたします」

ゴルドニアはトリエア王国、ユレスト連合を吸収したことによって人口は二五〇万を超《こ》える国家となっていた。

人口から考えれば余力十分だが、武力で併合した両国の民が進んで軍に加わるとは考えにくく、十二万という数字はそれ程余裕《よゆう》のある数字ではなかった。

「これだけあればマグラードも圧倒《あっとう》出来よう。して何か問題はあるか？」

王は笑顔で構想を語る。

機嫌を取るなら「何も問題はありません」と答えるべきだったがエイリヒは残念ながらそう言えなかった。

「残念ながら二つ程あります」

「……言ってみろ」

不機嫌になった王を見て、皆《みな》がエイリヒに困った目線を向ける。

「一つは広大になった国境線です。トリエア併合で発生した南部諸国との国境線はともかく、マグラードを警戒するには河沿いの全域に兵を置いて監視《かんし》せねばなりません。遺憾《いかん》ながら今、河を支配しているのは彼《かれ》らです。その気になれば彼らは何処《どこ》にでも上陸出来るでしょう」

「ふむ、広域に兵を分散してしまっては訓練にも編制にも支障が出るな」

「はい。大きな町に駐屯地《ちゆうとんち》を作って警戒しておりますが。それでも範囲《はんい》が広すぎます」

中央軍はそもそもがまとまって強力な敵と戦う為の部隊であって日々の警備や治安維持《いじ》の為の部隊ではない。

そういった役目には別に警備軍がいたが、彼らは装備のこともあって本格的な侵攻には対抗出来ない。

双方《そうほう》が役割を分担することが必要なのだが、残念ながら両者の指揮系統は完全に異なる。

王軍総司令官グドロア＝フーバー侯爵《こうしやく》との確執《かくしつ》もある。彼は軍の最高司令官に任じられているが更《さら》に上位者たる王が直接中央軍司令官エイリヒに命令を出すので地位は形骸化《けいがいか》していた。

しかし中央軍以外の王軍、つまり警備軍にはまだ影響力《えいきようりよく》を持っており、事あるごとに自らの地位を誇示《こじ》しようとしていたのだ。

「そうだな……動けぬ今が良い機会だ。思い切って軍の形を変えるとするか」

そう言って王は側近に文書を持ってこさせる。突然《とつぜん》思いついたように言いながらもしっかりと準備され、機会を待っていたことは明らかだった。

「本日を以《もつ》て全ての王軍・国軍を解体する。そして新しくゴルドニア王国軍を立ち上げ、全てを統合するのだ。中央軍・警備軍・近衛軍、王領の治安部隊も全てだ」

これにはさすがに武官、文官全てから驚きの声が上がる。

驚いていないのはエイリヒとケネスのみ。

何より呆然《ぼうぜん》としているのは王軍総司令官グドロア＝フーバー侯爵だった。

「お、お待ち下さい！　総司令官の私は何も聞いておりませんぞ⁉」

慌てて王に食い下がるが、反応は冷たい。

「それはそうであろう。余が今決断したのだ」

「しかし一声ぐらいは……」

「余の決断にそちの助言が必要かは余が決めることだ」

王は冷淡《れいたん》に言って全員の顔を見る。

エイリヒを除く武官達も一様に不安げな顔をしている。突然の大規模な再編制、裏を知らなければ王の気まぐれにも思える状況だ。

「心配はいらぬ。部隊の人事や編制まで変えはせん。軍に要《い》らぬ混乱を起こすのは余の本意ではない」

王の言葉にほとんどの武官が安堵の息を漏らすが、表情が凍《こお》ったままの者達もいる。

第一声で自らの総司令官たる地位が奪われることが確定したフーバー侯爵とその側近達だ。

「新たに編制するゴルドニア王国軍はその傘下《さんか》に今の中央軍、警備軍、そして近衛をも統合する。その最高司令官には……」

全員に緊張《きんちょう》が走る。

王の言葉から考えれば新生王国軍は王が持つ兵力全てを統括《とうかつ》する強大な組織だ。

その最高司令官となれば権力は一大臣とは比較《ひかく》にならない。

その地位に相応《ふさわ》しい人物は格で考えるならば元王軍総司令のフーバー侯爵以外にはないが、彼が王に嫌われていることはこの場の全員が知っている。まさかの視線が一人に集中する。

「ラッドハルデ伯《はく》。戦功、能力、いずれで考えてもそちしかおるまい。受けてくれるか？」

「非才の身なれど、身命を賭《と》してお受けいたします」

王に野次《やじ》を飛ばす者はいないが不満や驚愕が地を這《は》う呟《つぶや》きとなって議場を満たす。

ここにゴルドニアの軍権力は王の下、エイリヒに集約されたのだ。

「さて、これでそちは思うとおりに全ての軍を動かせる。警備軍と……中央軍と呼ぶ必要ももうないか、何か相応しい名を考えておこう。それらを好きに配置、増強することが出来る。これで問題は解決するか？」

「勿論《もちろん》です陛下」

「よし、委細は後で詰《つ》めよ。話が飛んだがもう一つあったな？」

あくまで話の中で出てきただけという流れにフーバー侯爵は思わず立ち上がる。

王軍の根底に関わる大改造だ。数ヶ月かけて議論され、年単位の時間を以て実行されるべきだと信じていた。

「お待ち下さい！　王国の大事を安易に決めてはなりません！」

「安易だと？　侯爵はゴルドニアの支配者たる余の決断、余の令を安易と言うのか？」

「う……そういう訳ではございませんが……」

「ならば何か」

あくまで王の言葉は冷たい。

ここまでつらく当たることも無かろうにという同情の空気さえ場に漂《ただよ》う。

「わ、私とて今まで王軍の総司令を務めてきた自負がございます。なんの落ち度もなく、唐突《とうとつ》に役目を奪われては他の忠勤の者達への動揺《どうよう》も広がりましょう」

王は少しだけ考えるふりをする。

「ふむ、今回の事はあくまで再編であって、そちへの咎めのつもりはないのだが……。無役と言うのも無慈悲《むじひ》に過ぎるか。ではそちは警備軍の司令官でもやるか？　どうせ今までとやる事は大差あるまい」

「それはっ!!」

今までとは根本的に違う。

あくまでエイリヒの上官として位置していながらも事実上中央軍に手出し出来なかった今までと違い、王国軍の下にある警備軍司令官になるということは正式にエイリヒの部下となるのだ。

代々続く侯爵が新興伯爵《はくしゃく》の配下となるなど到底《とうてい》受けいれられることではなかった。

「そ、それはあまりにも無体……」

「なんだ我侭《わがまま》な奴《やつ》だな。ではそちは予備役《よびえき》の司令官として置こう。戦時に『必要があれば』ラッドハルデ伯の判断でそちに兵団を任せる事になる。それでよいな？」

配下に就く事は変わりない。

だが常時指示を受ける訳ではなく、伝統的にも総司令官より家柄《いえがら》や爵位《しゃくい》に勝る老将が予備役として非常の備えにされる事は珍《めずら》しくないので尊厳は傷つかない。本当に召集《しょうしゅう》されるかは甚《はなは》だ疑問であったが。

フーバー侯爵は力なく席に着き、周りの取り巻きはざわざわと騒《さわ》ぐ。彼だけではなく彼についてきた者にとっても一大事なのだ。

「話が折れてしまったな。もう一つの問題を聞こう」

「は、兵力の増強に関しまして兵卒の増強はなんとか予定通りに進めておりますが中級指揮官の数が圧倒的《あっとうてき》に足りません。希望者はいくらでもおりますが必要とされる技量を持った者となりますと、ほとんどいないのが実情です」

「指揮官？　育てる訳にはいかぬのか？」

「実戦経験は不問にするとしても基礎的《きそてき》な教育すら受けていない者を一から教練するとなれば五年十年とかかりましょう」

「……既存《きそん》の騎士《きし》か貴族家の者に限られるか」

「はい」

騎士や貴族の嫡子《ちゃくし》などは最低限必要な教育を受けている。

しかしながら伝統貴族の彼らの中にはエイリヒ他、新貴族が要職を占《し》める中央軍への参加をよしとしない者も多い。

よほど困窮《こんきゅう》していれば別だが、領地を持ち余裕のある彼らが、わざわざ王の軍へ参加する必要はなかった。

エイリヒが事実上軍の頂点となったことで更にこの傾向《けいこう》が強まることが予想された。

「余からも再度軍への参加を呼びかけはする。だが強制することもできんな。教育か……ふむ、それについては余がなんとかする。当面は現状で最善を尽《つ》くせ」

王は面白《おもしろ》そうな笑みを浮かべる。エイリヒもそれ以上は語らない。

最高司令官として最善を尽くす事が彼に与《あた》えられた使命、それよりも上位のことは王が成すべき事だった。

「軍はより効率的に建て直す。そして内政も同様に効率化せねばならん。外交、財務、商業、農業と別々に意見を集めるのは非効率であるし無用な齟齬《そご》や誤解を生むことにもなる」

次は内務かと文官達に緊張が走る。

「ボールドウィン外務卿、そちが大臣達をまとめよ。外務は兼任《けんにん》でこなせ」

「は、身に余る光栄にございます」

再び場はざわめくが当人とエイリヒは動じない。全て予《あらかじ》め決まっており、機会を待っていただけのことだったのだ。

それでもエイリヒの表情にはやや不愉快《ふゆかい》な色も見える。

「名称《めいしょう》は……そうだな政務総監《そうかん》とする。ラッドハルデ卿もこれにあわせて軍務総監としよう。この二つの新職を以て我が国はより一層の発展を成すだろう」

微妙《びみょう》な顔をする文官達の中で喜色を放っているのはケネス子飼いの者達、更にエイリヒ子飼いの新貴族達も喜びの表情を浮かべる。

一方で憤怒《ふんぬ》に染まっているのは元王軍総司令官フーバー本人とその一派だった。

今にも切りかからん程の殺気を纏《まと》い、会議終了《しゅうりょう》の合図と同時に一言も発することなく全員が退席していく。

対して実質ケネスの下に置かれることとなった大臣達は不愉快な表情こそ浮かべているが、事前に根回しをしていたらしく表立っては反発せず心にもない賛辞を述べる。

こうして本来宰相《さいしょう》が行う役割が政軍と分けられる形で二人の人間に担《にな》われることとなる。

しかし両者は互《たが》いに祝福を交《か》わしながらも最後まで笑みを向け合うことはなかった。

◇◇◇◇◇◇◇◇◇◇◇◇◇◇◇◇◇◇◇◇◇◇◇◇◇◇◇◇◇◇

同時刻　ラーフェン
「ヨグリがノンナにいびられてるだと？」

「そう、事あるごとにネチネチと聞いてるこっちが不愉快よ」

カーラがソファに飛び乗りながら言う。

まさかノンナがそんな……いや割と簡単に想像できるな。うん。

カーラが自分の喉《のど》をいじくり、胸にクッションを詰める。

「あらヨグリさん。働かずに食べるご飯は美味《おい》しいですか？」

「あらおでかけ？　次はどんな男と逢《あ》い引《び》きですか」

「ヨグリさんもお体を大事に　どこかの男の種でそろそろお腹《なか》が膨《ふく》らむのでしょう？」

カーラの声真似《まね》に思わず笑ってしまう。

ノンナの真似が一番うまいのは間違いなくカーラだ。

「まぁヨグリが悪いのはわかるけど、あんまり追い詰めてもいけないでしょ」

ヨグリは元々気が強い方で言われるまま小さくなる女ではない。

言い返せないのは負い目があるからだが、罰《ばつ》も受けたし仕事も与えた。これ以上責めるのも可哀相《かわいそう》だ。

「ノンナの嫌《いや》みは本当に腹が立つらしいからな」

ミティを抱いた後のまどろみの中で聞いたことがある。

手の出る大喧嘩《おおげんか》になっても大抵《たいてい》その場で終わってしまうセリアやカーラと違ってノンナはいつまでも言ってくるらしい。

「粘着気質《ねんちゃくきしつ》なのよ。ちなみに直接言っちゃだめよ？　ヨグリが告げ口したと思われたらもっと酷《ひど》くなるから」

「カーラも気が回るようになったんだな」

以前のこいつは無遠慮《ぶえんりょ》の塊《かたまり》みたいだった。

「あたしも成長したってこと。ミティと違ってヨグリに味方はいないしエイギルが気にしてあげて」

「あぁ、俺《おれ》も家の中で喧嘩《けんか》されたらいい思いはしない。ノンナをなんとか宥《なだ》めてみるよ」

カーラが言うにはヨグリを直接責めるのはノンナで一番やばそうなのがメルらしい。

「というわけでお願いね。あたしはしばらく留守にするからさ」

カーラは胸に詰めていたクッションを捨てて立ち上がった。

今更《いまさら》だがそのクッション物真似に必要だったのか。

「べつに構わんが遠出か？」

「ん、そうね。一週間ぐらい出るかも」

随分《ずいぶん》長いな。

カーラは普段《ふだん》から自由に外出して町の外を馬で走ったりもしているようだが一週間も留守にすることは無かった。だからこそ許可を求めたのだろうが。

「うん、用事があるのよ。エイギルにも良い事だからさ」

あえてぼかしたのだから言う気はないのだろう。

「外出は構わんが危なくはないのか？　妻を危険な旅に出すわけにはいかんぞ」

「んー、まぁ絶対安全なわけじゃないだろうけど、それを言ったらどこにも行けないしね」

「じゃあ護衛を――」

「いやよ、知らない人と一緒に旅なんて」

それもそうか。

「なら俺も――」

「今エイギルがいなくなったらノンナがヨグリをいびりまくるわよ」

少し心配だが仕方ないか。

「せめてシュバルツに乗っていけ。あいつなら盗賊《とうぞく》や魔物《まもの》は振《ふ》りきれる」

それに万が一の時、奴は命に替《か》えても女を守る。特にカーラには特別懐《なつ》いているから。

「ん、そうね。シュバルツならあっと言う間に着けそう」

「それと……浮気《うわき》するなよ」

冗談《じょうだん》めかして言ってやる。もしカーラが浮気したら俺は相手の男を殺してしまうだろう。

「しないわよ。あたしがどれだけエイギルに惚《ほ》れてるか知らないの？」

「すまんな、知ってるよ」

熱く濃厚《のうこう》なキスを交わす。

キスで密着した腰《こし》から俺の逸物《いちもつ》が再び硬《かた》くなるのを感じたカーラが悪戯《いたずら》に言う。

「でもシュバルツのモノを興味本位で味わっちゃうかも」

「こいつめ、帰って来たら隅々《すみずみ》まで調べてやる」

カーラは笑いながらソファに転がって俯《うつぶ》せになった。

「隅々ってどこまで？」

振られる尻《しり》と散々使われてうすく開いた穴ときゅっと窄《すぼ》まった穴が見えた。

カーラの腰を掴《つか》んで、いつものようにモノを押《お》し当て、僅かに上にずらす。

「いやん、お尻を掘《ほ》られちゃう」

「覚悟《かくご》しろ……」

腰を突《つ》き出すが中々入っていかず、掴んだ尻が白くなるほど力をこめる。

こちらを使う時はかなり無茶《むちゃ》をしないと入らないのだ。

押し付けた腰がぐいりぐいりと少しずつ進んでいく。

「もー前が使えるのにお尻なんて……うぐ先が入って……ぐぅ……おご……オォォ！」

合わせてカーラの声が俺を挑発《ちょうはつ》する可愛いものから獣《けもの》のように変わっていく。

「まだまだ入るぞ。これが尻の醍醐味《だいごみ》だ」

俺の男根を根元まで飲《の》み込《こ》める女は限られているが、尻の穴に最奥《さいおう》はない。

カーラが尻を切らないようにゆっくりと腰を進めていく。

「くぅ……圧迫《あっぱく》感すっごい。ずるずるって無限に入って来てる」

カーラのまん丸に開いた尻を眺《なが》めながら腰を進め、遂《つい》に根元まで押し込んだ。

「は、入った。すっごい圧迫感、お尻からギチギチ音してるわ。息するのも……やっと」

カーラは冷や汗を垂らしながら息を荒《あら》らげるが以前のように出血したり激痛を感じたりはしないようだ。

「カーラ、いい尻の穴だ。気持ちいいぞ」

「エイギルに広げられたのよ……それでもぎちぎち……ゆっくり突いて」

言葉に甘《あま》えてゆっくり、本当にゆっくりと体全体を動かしてカーラの尻穴を味わう。

尻穴の中はとても熱くて、無意識かわざとか、肛門《こうもん》の入り口が蠢《うごめ》いて根元を締《し》める。

「こらこら、締めると気持ち良すぎて更に膨張《ぼうちょう》してしまうぞ」

我ながら信じられないほど大きくなってしまった。

「だって痛くて苦しいのに……あぁ気持ちいい！　勝手に締まっちゃうの！」

ほんのわずかな動きでもカーラはびくびくと震《ふる》えて大きな声を出し、俺も嬉《うれ》しくなって腰を大きく使う。

尻穴での交わりは女を支配した気になる。嗜虐《しぎゃく》的な快感を得ながら腰を動かしていると扉《とびら》が開く。

「誰《だれ》かいますか？　ハードレット卿に軍の再編のことで……どわぁ！」

現れたのはマイラだった。彼女《かのじょ》はレオポルトと並んで休暇《きゅうか》を終えて再び召集されている兵士の訓練に当たっていた。その報告にきたら俺達《おれたち》が交尾《こうび》中だったと。

「見ての通りだ少し待っててくれないか？」

「ノックぐらいしなさ……ひぎっ！　なんで見られて膨らむのよ！」

カーラはマイラに文句を言おうとしたが逸物が膨らんだせいでその余裕もない。

「ノックも何もここは居間です！　こんな場所で交わるなんて……ぎゃああ!!」

マイラがまたも悲鳴をあげる。今度はなんだ？

「し、尻!?　ありえない……なんて不道徳！　不潔！　汚潔！」

俺の逸物が尻に突き刺《さ》さっているのを見て尻餅《しりもち》をついてしまったらしい。最後のはちょっと上手いこと言ったな。

しかし性交を続ける雰囲気《ふんいき》ではなくなってしまった。

「今抜《ぬ》いちゃ駄目《だめ》！　そんなカチカチのまま引き抜かれたら肉傘《にくがさ》でお尻が裂《さ》けちゃう！」

そういえば前にカーラと尻でやっていた時にノンナが来て慌てて抜いてしまい、その後しばらく薬の世話になっていた。

「というわけだから出るまで続けようと思う」

「報告しなくていいです！」

俺は尻餅をついたマイラの前でカーラの尻を犯《おか》し続ける。

俺もカーラも尻穴での背徳的な交わりに興奮し、二頭の獣となって声をあげて絶頂した。

「行くぞ！」

「きてっ！」

最後の瞬間カーラを持ち上げ、床《ゆか》に座《すわ》り込むマイラの眼前に結合部を晒《さら》すようにして大量に射精した。

逸物は根元まで沈み、臓腑《ぞうふ》を圧迫される感覚にカーラは全身から汗を流しながら流れ込んでくる種汁《たねじる》をたっぷりと味わった。

マイラは俺達に非難の言葉をぶつけながら、結合部を凝視《ぎょうし》し続けていたのだった。

長い射精が終わると逸物は役目を終えて小さくなり、自然と尻穴から抜け落ちる。

その瞬間にカーラは顔を青くして腹と尻を押さえてゆっくりと部屋を出て行く。尻穴を使った後は何も言わずにトイレに行かせてやるのが暗黙《あんもく》のルールだ。

俺は種汁が多いので便秘の解消にはいいらしい。

「さてなんの用だい？」

「……逸物を拭《ふ》いて下さい!!　そもそも早くしまって下さい!!」

細かい奴だ。


「オホン、それではご報告します」

「マイラ、そこは種が飛んでるぞ」

しかもカーラの尻から噴《ふ》き出た分だから綺麗《きれい》な種じゃない。

「ひっ！　ゲフン！　軍の訓練は順調、但《ただ》し本格的に数を戻《もど》すには時期尚早《じきしょうそう》とのことです」

「そうだろうな」

戦争前には三千も居た私軍だが、確固たる目標がないのに数を維持するのは難しい。

彼らは他に食《く》い扶持《ぶち》がないのに加えて戦場での略奪品を取れるからこそ薄給《はっきゅう》で集めることが出来たのだ。

ラーフェンもそれなりに発展して兵士以外にいくらでも働き口はある。兵士をやれるほど健康な男手など引く手数多《あまた》なのだ。

となれば当然、人並みの賃金を求めるはずで、月金貨1枚でも毎月3千枚も消えることになる。

まともに戦える兵士なら月2枚求めても不思議ではなく、とても今の収入では維持出来ない。

「それと新たに得た領土は所属だけ変わりましたが現状手付かずです。降伏《こうふく》したトリエア時代の領主がそのまま代官として管理しています」

アドルフも言っていたな。

どの道、手も金も足りないから彼らに任せて放置し、余裕が出来てからなんとかするらしい。

「春までに兵を千程度まで揃《そろ》え、弓騎兵《きへい》千と合わせて軍を形成して南部地域を周ります。これは新領主を民に知らしめると共に、現在の代官達の更迭《こうてつ》や配置換えを判断した際の抵抗《ていこう》を潰《つぶ》す為でもあります」

新領土は戦時中に一度中央軍が清掃《せいそう》している。その際に兵力は奪われているので二千もあれば十分だろうという判断だ。

「威嚇《いかく》しつつ、こちらの好きなように人事をいじるってことだな」

「そうですね。レオポルト殿《どの》は激発してくれればありがたいとも言ってました」

あいつらしい。

「そしてこれは私からの要望と提案なのですが……」

「ん？　言ってみろ」

「若干《じゃっかん》の軽騎兵と三十程度の軽歩兵をお預け願えませんか？」

「何に使うんだ」

マイラは俺を軽く睨《にら》む。

「ラーフェンの町の風紀を正すのです！　娼館《しょうかん》に立ち入り検査し、街娼《がいしょう》を取り締まります！

無頼《ぶらい》の輩《やから》は町から放り出し、いかがわしい酒場を健全なお店に！」

「却下《きゃっか》だ」

俺はダメだとマイラの額をつつく。

「何故《なぜ》ですか⁉　このままではこの屋敷《やしき》のみならず町全体が淫獄《いんごく》となってしまいます！」

「ラーフェンには若い男が多いのに色事の店を無くしてどうする。女を犯す輩が出始めるぞ」

俺もしょっちゅう娼館行っているからとは言わない。怒《おこ》るだろうし。

「そ、そうならないよう厳罰《げんばつ》をもってこれを誅《ちゅう》します‼」

「機嫌《きげん》よく働いて女を買ってる奴らが囚人《しゅうじん》になったらそれこそ損失じゃないか。それに娼館を潰したら娼婦《しょうふ》も行き場がなくなる。路肩《ろかた》に座って銅貨数枚で股《また》を開くしかない」

「べ、別の職を斡旋《あっせん》するのです」

「今まで男に抱かれることしかしてこなかった女達にか？　そういう教育をするのも良いがいきなりは無理だ。人は一週間食わないだけで死ぬんだぞ」

マイラは育ちが良いし性格もあってか色事を良く思わない所がある。特に娼婦や卑猥《ひわい》な催《もよお》しをする酒場等は嫌悪《けんお》していると言ってもいい。

「勝手な取《と》り締《し》まりは許さんが発想は悪くない。何人かつけてやるから悪い店を見つけたら教えてくれ」

普通《ふつう》の娼館なら問題ないが町が大きくなると色々なものが増えてくる。

小さな子供を抱かせる店や、誘拐《ゆうかい》した奴隷《どれい》を扱《あつか》う店があるかもしれない。

そういうのを潰していくのは正しいことだし、もしかすると非業《ひごう》の美女を救い、諸々《もろもろ》あった末に俺の女に出来ることもあるだろう。

「もちろんです！　法に触《ふ》れる輩は全て一掃《いっそう》してやりますとも！」

マイラは決意を新たにズンズンと部屋を出て行く。やりすぎないでくれよ。


「さて小腹が減ったな」

中途半端《ちゅうとはんぱ》な時間だが料理人に言って軽い物でも作ってもらおうと、食堂に向かって歩いていると金属をひっかくような甲高《かんだか》い声が――ノンナだな。

「ちょっとヨグリさん！　昼間からまたふらふらしているんですか!?」

「ち、違《ちが》うよ。ちょっと小腹が空いたからパンでも貰《もら》おうと」

「まぁ、調理人と浮気でもするつもりなのでしょうか」

「そんなことする訳ない！　なんでそんなこと言うの！」

「きゃっ!?　私に殴《なぐ》りかかるつもりですか？　野蛮《やばん》で浮気性《うわきしょう》なんて救いようが……」

「手なんて出してないのに……」

「……」

カーラが言っていたのはこれか。

俺が気付いていない振りをして顔を出すと、ノンナが涙《なみだ》を浮《う》かべて俺の胸に飛び込んでくる。

今の一瞬《いっしゅん》で泣いたのか、すごいな。

「エイギル様！　この女、怠《なま》けているのを注意したら私に乱暴するんです」

「そんなぁ……」

ノンナはしゃくりあげながら訴《うった》え、ヨグリはしょんぼりと肩《かた》を落とす。

「わかったよ。注意しておくから居間に行っているんだ」

ノンナは俺にキスをしてその場を立ち去る。

だが注意して見ていると廊下《ろうか》を曲がる所で邪悪《じゃあく》な笑みを浮かべていた。彼女の少し黒い所も可愛いんだ……まぁ今はヨグリのフォローだ。

「さてヨグリ」

「はい……ごめんなさい」

ヨグリは諦《あきら》めた表情で悲しそうに謝《あやま》る。

「謝るようなことはしてないだろ？　聞いてたよ」

ヨグリは安堵《あんど》したように俺を見るが目には少し涙が浮かんでいる。直情的な性格の彼女はネチネチと言われるほうがこたえるのだ。

「私が悪いのは……わかってるから我慢《がまん》するよ」

「罰は受けたんだからもう俺は気にしてない。但しノンナと他の女に何を言われても絶対に手を出すな。それをやったら庇《かば》えなくなる」

「うん、分かってます」

よし、ならばいい。助け船を出してやろう。

「メリッサはお前がちゃんと生活していればしつこく責めて来ることはない。困ったら助けてもらえ」

メリッサはマリアとカトリーヌと一緒《いっしょ》に居ることも多い。マリアも優しい性格なのでヨグリが再び堕落《だらく》しなければつらく当たることはないだろう。二人程話せる人間がいれば孤独《こどく》感もないだろう。

「うん。ありがとう」

「後、イリジナも面白い奴だぞ」

あいつは馬鹿だからな。多分なんで揉《も》めたのかもわかってない。

「どうしてもつらくなったら言え、なんとかしてやる」

あくまで俺はヨグリより妻達を優先する。

だが彼女達《かのじょたち》を立てたままヨグリを救ってやることもきっと出来る。

「うぅ、なんで私こんないい男の所に居たのに他の男に目が行ったんだろう……」

ヨグリが洟《はな》をすすりながら抱《だ》きついてきた。柔《やわ》らかい乳が腹に当たって潰れる。

「そうだ、もっと俺に惚れてくれ。他の男なんか見えないぐらいにな」

「うん、もっと惚れるよ。身も心もあげちゃいたくなるぐらいに……」

俺に抱きつくヨグリの頭を撫《な》でているとワイワイと騒がしい一団が廊下を通る。

腹の大きいメルを中心に二人の幼児をそれぞれ抱き上げたクウとルウだ。

彼女達はヨグリが泣きながら肩を震わせているのを見て、俺に軽く挨拶《あいさつ》して足早に通りぬける。そしてすれ違い様。

「調子に乗るなよ」

発生源のわからない低い声。

一瞬ケイシーを捜《さが》してしまったが、彼女はベランダで寝《ね》ていたはずだ。

「ひぃっ！」

「……まぁメルにはあまり近寄らない方がいいかもな」

その後、何者かがノンナにヨグリが俺の胸で泣いていたことを密告し、怒《いか》り狂《くる》ったノンナを宥めるのに少々の手間を取られてしまった。

全て綺麗にとはいかなかったが、それでも潔《いさぎよ》く頭を下げてメリッサやマリアに面倒《めんどう》を見て貰い、なんとかヨグリが完全に孤立《こりつ》することは避《さ》けられたようだ。

ちなみにヨグリの書いている物語を暇《ひま》つぶしに読んでみたが、文章が絶望的に幼稚《ようち》で見るに堪《た》えないが話の流れは結構面白かった。ちゃんと表現や文体を勉強したらそれなりに見られるんじゃないだろうかと思う。

そして家内がなんとか平静を取り戻し、いよいよ冬も終盤《しゅうばん》となった頃《ころ》だった。

「失礼致《いた》します。旦那《だんな》様《さま》、お手紙が来ております」

「セバスチャンか」

手紙は一通が王都から、春の召集命令だ。

普段は領地にいる領主貴族も年一度は王都に赴《おもむ》き、王に挨拶して臣従を確認《かくにん》する必要がある。

今年は冬に戦争が終わって王に会っているが、それでも慣《なら》わし通り春には行かねばならんらしい。

まぁそれはいい。年一度の命令ぐらい聞いてもバチは当たらない。

「もう一通…… 一通?」

「一通にございます」

もう五十通と言ってもおかしくない紙の束を前に俺は溜息《ためいき》をつくのだった。

第四章　ラーフェン街案内

「うぅ……またこれを読むんですか？」

げんなりしているセリアの前にはどっさりと紙の束がある。

差出人は言うまでもなくクラウディアだ。

「普段のやり取りでは十枚分ぐらいしかないのに、これだけ送って来たってことは何か違うことがあるんだろう」

まあ十枚でも大概《たいがい》だが。

「ご自分で読んで欲《ほ》しいです……」

普段は俺に忠実で文句など言わないセリアが嫌《いや》そうな顔を隠《かく》さない。

はっきり言ってクラウディアの手紙にほぼ内容はない。一つの単語を三の言葉で装飾《そうしょく》し、更に三の言葉で言い換えているので信じられないぐらい長いのだ。

面倒臭《めんどうくさ》すぎる手紙を全部読むのは御免《ごめん》なのでセリアに丸投げする。

しかもどうでもいい中に重要な用件が紛《まぎ》れているから一応は全て読まないといけないのだ。

「お手紙かぁ……すごい量だね。読めないからわかんないや」

レアにも字ぐらいは教えてやらないとな。

俺の傍《そば》にいるのはセリアとレアだけだ。

ノンナやメルも最初だけ顔を出したのだが『あの女の手紙など見たくもない』と連れ立って外食に行ってしまった。

「オホン……では要約しますね」

セリアが手紙を読んでまとめていく。

最初は不満げに、やがて苛々《いらいら》を隠し切れず、次第《しだい》に感情を殺したのか無表情となり、それでも耐えきれず変な汗《あせ》をかき始めたところでようやっと完了《かんりょう》した。

その内容は――。

「新年あけましておめでとうございます」

「今年の春にゴルドニアの王都に赴かれると聞きました。日程を合わせて私も参ります」

「今回は公的な役割ではありませんので自由に動けます。ご領地にもお邪魔《じゃま》したいです」

「面白いおみやげも手に入ったので楽しみにしていて下さいね」

「会えると思うだけで胸が破れそうです。クララも連れていきますので気が狂うほど性交しましょう」

「会えない間に少しだけ体がだらしなくなってしまいました。怒らないで下さいね」

俺はゆっくりと頷《うなず》く。

「ふむ、今回はそれなりに内容があったな。きっちり読んでよかった」

俺なら手紙半分、無駄話《むだばなし》の多いアドルフでも二枚で収まるだろうが。

「ぐう」

疲弊《ひへい》して机に突《つ》っ伏《ぷ》してしまったセリアに果物のジュースと砂糖菓子《がし》を与えて復活させる。

「本当にあの豚女《ぶたおんな》は……手紙にも益々《ますます》太ったとか書いていますよ」

豚女と言ってやるな、金貨5千枚ポンとくれた恩人だぞ。

あれがなければ領地の発展もかなり遅《おく》れていた、その砂糖菓子を売っている店も出ていなかったかもしれない。

「今回はこっちまで来るらしいじゃないですか。絶対余計なことしますよ……」

「目に余ったら俺が言うさ。一年も構ってやれなかったんだ。少し舞《ま》い上がるのは仕方ない
……おみやげもくれると言っている」

セリアが僅かに葛藤《かっとう》したが、やはり不快感が勝ったようだ。

「気が狂うほど女を抱けますしね」

「そうだな」

成長したクララを抱くのも楽しみだし、俺はクラウディアも相手すると疲《つか》れるものの結構気に入っている。

あのだらしない身体は抱き締めるとじつに柔らかいし、壊《こわ》れる心配なく激しくできるのがいい。必死に俺を求めてくるのも優越感《ゆうえつかん》を覚えて嫌《きら》いではない。

「毛深くもないしな」

「逸物を突き込んで金貨を吐《は》かせるぐらいの扱いでちょうどいいのです」

しかしクラウディアは屋敷の女達からは蛇蝎《だかつ》のごとく嫌われている。

贈《おく》り物があるそうだが彼女達を刺激《しげき》する妙《みょう》な物でなければいいのだが。

「ま、来るのは春だからまだ間はある。その間にノンナ達に心の準備をさせておくか」

言いながら俺はソファから立ち上がる。

俺は膝《ひざ》に乗ってきていたレアの頬《ほお》を一揉みして立たせる。

対抗《たいこう》して顔を向けてきたセリアはメチャクチャに揉み解《ほぐ》す。

「構ってやりたいがアドルフの奴に街を見て回れと言われていてな」

無視しても良いがブツブツうるさいのだ。

「私も同行します」

「いや、一人でいい。セリアは少しゆっくりして身体を休めておけ」

セリアは頑張《がんば》り過ぎるから家では少しだらけるぐらいでちょうどいい。

「……女を作りませんよね？」

「……外出する度《たび》に女を増やすと思ってるのか？」

「はい」

即答《そくとう》された。

「今回は女目当てじゃない。本当に街を見回るだけだよ」

セリアは不満げな顔をしていたが同行できないとわかるとソファに深くもたれて目を閉じる。

やはりクラウディアの手紙に体力を吸われていたらしい。

「セリアちゃん大丈夫《だいじょうぶ》。今こっそり玉を触《さわ》ったの、外で出してたら軽くなるからわかるよ」

(私も憑《つ》いていこうか？)

えぇい、ついて来るな。

ケイシーは呪《のろ》いの人形となってしまったぬいぐるみに替わってアルマ手作りの可愛《かわい》い女の子人形を首から下げている。

これなら見えない使用人達にもそれほど恐怖《きょうふ》は与えないはずだ。

なのにセリアもレアも怖《こわ》がっているのは何故だろう。

「最初に見たときより……毛が伸《の》びているの」

はて髪《かみ》の長さはどうだったかと人形を見ると目が合う。

まあそういうこともあるだろう。

「ともかく行って来る。セリアは大人しく居眠《いねむ》りでもしていろ」

さっさと済ませて帰って来るか。

玄関前《げんかんまえ》ではリタがメイド二人に清掃の指示を出していたので、当然に抱き寄せてキスをする。

「掃除《そうじ》の手順は決して省略することが許されません。一日のサボりが大きな——んむっ！」

「ふえっ旦那様!?」

「ま、真昼間から玄関《げんかん》でなんて……ひゃあ」

そして間髪《かんはつ》を容《い》れずに舌をズルリと奥《おく》まで捻じり込む。

「ぐ……ぐむ……れろ……んちゅ……んも」

「り、リタ様が旦那様の愛人だとは知ってたけど……あんな濃厚なキス……ひえぇ」

「リタ様の目が蕩《とろ》けてくわ……」

仕上げとばかりにリタのでかい尻を両手で掴み、腰を押し付けながら大量の唾液《だえき》を流し込んで口を離《はな》した。

「んふぅ……じゅる……ごく……ぷはぁ。ハァハァハァ」

「す、すごいキス……ほとんどセックスだわ」

「厳しいリタ様がメスの顔で腰をへこつかせるなんて」

俺は最後にリタ様の尻を一撫でして家を出た。

「はぁ……はぁ……な、なにを見ているのです！　ふうふぅ……早く掃除の続きをなさい！

私は用がありゅので自室に戻ります」

「……一人でするんだわ」

「……旦那様の悪戯で盛ったんだわ」

可愛い奴だ。今日はリタをベッドに呼んでやろう。

む、シュバルツがいない。あぁカーラを乗せていったのだった。仕方ない徒歩で行くか。


久しぶりにゆっくりと歩いてラーフェンの街を見て回る。

ラーフェンは小高くなった屋敷のある丘《おか》から下りると大路が南北と東西に二本走っており、路《みち》に分けられる形で四分割《ぶんかつ》されている。

「街壁《がいへき》を広く取りすぎてスカスカだ。将来とかなんとか言ってたが」

アドルフの指示で街壁は街のサイズより遥《はる》かに広く作られている。そのせいで区画はどこもスカスカで、特に南東側の区画など、まだほとんどが土のままで子供達が遊び場にしている。

ただ、家の建造はそこら中で続いており、ラーフェンの人口は増え続けて、とっくに万を超《こ》えているだろう。正確にはアドルフの台帳を見ないとわからないが。

そして二本の大路が交差する場所、街の中心点とも言える場所にノンナがおっ建てた劇場がある。最近ようやく完成して公演もしているらしい。

近い場所なので少し覗《のぞ》いてみよう。

「これは御領主様《ごりょうしゅ》！　おい皆《みな》集まれ!!」

劇場の管理を任されている者達が俺の顔を見て、どやどや出てくる。

「ぶらりと来ただけだ。気にせず仕事に戻ってくれ」

軽く中を見てみると客の入りはまばらだった。

立ち見まで想定して作られた百を超える席はほとんど空席だ。

舞台《ぶたい》では何かの劇が演じられているのだが、いまいち華《はな》もなく路上でやっている旅芸人の演劇とさほど変わらないように見える。

「ま、こんなもんか」

「申し訳ありません……」

劇場の支配人らしき老人が頭を下げる。

「なにぶんラーフェンは移住者が多く……新たな生活で精一杯《せいいっぱい》な様子で演劇や歌劇などには興味を示していないのです」

王都でもこういう劇を見るのは金持ちか貴族連中だ。

庶民《しょみん》は演劇を見る時間があれば働くし、歌劇に払《はら》う金があれば飯を多く食うだろう。

ましてラーフェンに多い若者であれば金と時間が余れば女と酒に使うはずだ。

「更《さら》にラーフェンに本格的な劇団はなく訪《おとず》れた旅芸人が都度演じておりますので……」

「この程度なら路肩で見た方が安上がりか」

やはりノンナが思いつきで作った劇場が盛況《せいきょう》になるはずもない。

「優秀《ゆうしゅう》な劇団や歌い手は王都に集まるものです。なかなか地方都市……失礼ですがラーフェンは王都の人々にとっては田舎《いなか》のイメージしかないでしょうから」

「だろうなぁ」

今でこそ王都からの道も通じて、それなりに発展しているが今までは原野と言っても問題なかった。都会文化の象徴《しょうちょう》である劇関係の人間が好き好んでやって来る所ではない。

「近く王都へ行く機会もあるから声ぐらいはかけてみるが期待は出来んな。有望な旅芸人の一座でもあったら適当に押《お》さえておけ」

「承知しました。あと奥様《おくさま》のことなのですが、色々と運営にご助言頂いておりまして……その」

老人の困った顔で全てを察した。

「困ったら俺に直接言って来い。アドルフに言ってもノンナは止まらんだろう。不在の時はカーラに言えばなんとかなる」

「お心遣《こころづか》い感謝致します」

ノンナを止められるのは俺かカーラぐらいだ。ノンナはレオポルトも苦手のようだがさすがに奴は門外漢だからな。

だがこれでまた仕事が増えてしまった。アドルフもこれ幸いとばかりにノンナ関係のトラブルは俺に振ってくるだろう。

さて劇場を出て今度は商店が並ぶ場所へ向かう。

大通り沿いには比較的《ひかくてき》大きな店舗《てんぽ》や旅館が、わき道に入ると小さな店や露店《ろてん》、そして見るからに怪《あや》しい店もある。

大きな店だと俺の顔を知っているだろうし一々挨拶されるのも面倒くさいので流し見ていく。

これらの店は別々の商店主がいるものの系列として全てクレアの傘下《さんか》に入っているらしい。

アドルフは多様性や独占《どくせん》がどうのと文句を言っていたな。

売り物は食料品や衣料品が多く、装飾品《そうしょくひん》などを置いている店はほとんどない。まだそんな物が売れるほど民が豊かでないのだろう。

その中で大通りにある高級菓子屋《がしや》を支えているのは間違《まちが》いなく俺の屋敷の女性陣《じょせいじん》だ。

他の街と比べてラーフェンには貴族や騎士《きし》階級がいないという特徴《とくちょう》がある。

俺以外に爵位《しゃくい》を持つのはマイラしか居ない。

特権階級が居ないので変なしがらみもないが、逆にぜいたく品の需要《じゅよう》も少ない。

「まあこのまま人が増えていけば、そのうち金持ちになって贅沢《ぜいたく》する奴《やつ》も出るだろ」

独り言を言って露店で銅貨10枚の骨付き肉を買う。

安くて硬い肉にかぶりつきながら歩いていると袖《そで》を掴まれる。

何だと振り返ると、まだ幼さを残す果物売りの少女だ。

「お兄さん！　鶏肉《とりにく》に合うレモンがあるよ！　今なら……領主様⁉」

「そうだな、一つ貰えるか」

驚《おどろ》く少女の頭を撫でて籠《かご》に入ったレモンを貰う。

「はい！　御代《おだい》はいいです。領主様が税を安くしてくれたおかげで母も私も飢《う》えないで暮らせてますから！」

はきはきと話す元気な少女だ。

税を決めるのはアドルフで俺は適当に判をついているだけ、税率も覚えていないのだがお礼は受け取っておこう。

もちろん金も払うつもりだったが、好意でくれるという者に金を押し付けるのは悪いな。

「じゃあ貰っておこう。何か礼をしないとな」

「大丈夫です！　でもどうせなら領主様と口付け～なんてね！」

ケラケラと笑う少女。

俺も声を出して笑いながら、少女の肩と腰に手を回す。

「やーん領主様ったら手が早い！　本当に口付けされちゃうかも～」

五分後路地裏

「あっ！　あぅっ！　うぅぅぅっ！　き、気持ちいい！　腰が抜けちゃうよぉ！」

俺は少女のロングスカートの中に突っ込んだ手で大事な場所をかき回していた。

明るくノリの良い少女とふざけていたら、どうしてかこうなったのだ。

立ったまま壁に手をつかせて愛撫《あいぶ》していると、少女の腰がどんどん突き出して来る。

「おいおい、そんなに腰を突き出すと処女がなくなってしまうぞ」

「はぁ……はぁ……気持ちいい……もっと」

俺の警告も性感に茹《ゆだ》った少女には届いていないようだ。

いっそ貰ってしまおうかとも思うが、指でかき回した感じまだまだ青く食《た》べ頃《ごろ》はもう少し先だろう。それに初めてが路地裏というのも気の毒だ。

「ふーふー……自分でするのと……比べ物に……ならない……領主様上手すぎ……ああっ！」

今は思い切り感じさせるだけにしておこう。

「レモンのお礼だ。ほら飛ばしてやる」

俺は最初の約束通り少女の唇《くちびる》を奪《うば》い、絶叫《ぜっきょう》が漏《も》れないようにしてから指を激しく動かす。

「んんんん!!　んむぅぅ!!」

少女は突き出した腰を振りたくり、最後に爪先立《つまさきだ》ちになって全身を痙攣《けいれん》させた。

同時に足の間から飛沫《しぶき》がとび、スカートが内側から湿《しめ》っていく。

無事に絶頂することが出来たようだ。

力が抜けて倒《たお》れそうになる少女を支えながら改めて舌を絡《から》める濃厚なキスで唾液を交換《こうかん》してから汚《よご》れていない木箱に座らせる。

「はひ……はひぃ……もうらめ……」

「うーむ、その様子じゃ今日はもう商売できなそうだな」

俺は少女の売っていたレモンを籠ごと貰い、銀貨を胸元《むなもと》に入れる。対価としては十分だろう。

さて次は何処《どこ》に行くのだったか。


レモンを齧《かじ》りながら街壁近くまで歩いてみる。

街壁そのものはもう出来ているようだが、堀《ほり》を掘ったり見張り台を作ったりの作業が続いているようだ。

俺に気付いた監督《かんとく》らしき人物が出てくる。

「これはこれは御領主様自らおいで下さるとは……」

「ちょっと見に来ただけだから気にするな。食うか？」

監督にレモンを差し出すと微妙《びみょう》な顔をされた。籠一杯のレモンを延々一人で食べていると味覚が変になりそうなんだよ。

レモンを齧りながらふと見れば普通に働いている者の他に首輪をつけた男共がいる。更にそいつらを見張るように棒を持った者までいるのだ。

「奴らはなんだ？　奴隷など入れた覚えは無いぞ」

アドルフが人員不足で勝手にやったのだろうか？

すると監督は顔色をなくして千切れんばかりに首を横に振った。

「彼《かれ》らは奴隷ではなく囚人です。ご領地内で罪を犯した者……主に泥棒《どろぼう》と人を傷つけた者を中心に集めております。領主様の認可《にんか》を得てのことですが……」

初耳だ。決済書類は全部読み飛ばしていたからわからんが、少なくとも聞いたのは初めてだ。

「強制労働ではありません。飯と水以外は何も出ない一日仕事ですが、労役《ろうえき》を選択《せんたく》すれば牢《ろう》に入る四分の一の期間で罪が赦《ゆる》されるのです。選択したのは囚人自身です」

「なるほど」

飯と水が十分出るならとりあえず死なないし、牢に二年のところが半年になるなら労働を選択する男は多いだろう。こちらとしても牢に押し込める手間が省け労働力として利用もできるとはなかなか賢《かしこ》いやり方だ。

さすがアドルフ……いや認可したのだからさすが俺《おれ》だ。

「逃《に》げて街で何かするような奴が出ないだろうな？　路地裏で女に悪戯するような悪漢が出たら一大事だ」

「逃走《とうそう》は無条件で死罪となります。首輪は人の力では外れませんので逃げてもすぐにわかります。今の所逃走した者はおりません」

ふむ、なら良し。

「……ざっと四十人か。これで晩飯に肉一品つけてやれ」

金貨を1枚渡《わた》しておく。たまには肉でも食わんと力も出るまい。

「聞いたかお前ら！　サボった奴に肉はやらんぞ。働け!!」

目に見えて全員の作業速度が上がる。安直な方法が一番効くのだよな。

さて改めて見るとラーフェン周りには今までの簡易な木壁の外側に堀と石垣《いしがき》が出来つつある。見張り台も一定間隔《かんかく》で建っているし、ここに警備兵が詰《つ》めれば夜陰《やいん》をついて魔物《まもの》や盗賊団《とうぞく》がこっそり侵入《しんにゅう》することは不可能だろう。

軍隊を防げるかは大変怪しいが、街に住む者を守る役目は十分果たすはずだ。

『街壁は軍事的な意味合いだけではなく市民に安心感を与《あた》えて移民も促進《そくしん》する』とはアドルフの弁だ。奴が広くし過ぎたので、やたらに時間がかかったがいよいよ完成する。

さて次は何処へ行こうか……まだ籠にレモンが十個以上残っている。いよいよ口が酸《す》っぱい形から戻らなくなってきたぞ。

すっぱい顔をしながら歩いていくと空き地に武器を持った男達《たち》十人程が集まっている。

最初は警備隊か訓練中の軍かと思ったがどうやら違うようだ。一般人《いっぱんじん》が武器を持って集まる事は厳重に禁止されているはずだが。

「これは領主様！　おいてめぇら！　領主様が見えた、武運が上がるぞ!!」

見るからに荒くれ者といった風体《ふうてい》の大男がでかい声を張り上げる。

「ほう威勢《いせい》が良いな。レモンをやろう」

荒《あら》くれの口にレモンを押《お》し込《こ》んでから、なにをしているのか聞いてみる。

「今から山の民の領域に出発でさあ。なぁに黒獣《こくじゅう》ごとき十でも二十でも狩《か》って来ますよ」

大男は槍《やり》を担《かつ》いで他の男達とともに馬車に乗り込んでいく。

彼らはそのまま門を通って街の外に出て行く。全然わからんぞ、なんだあいつら。

「まぁ伯爵《はくしゃく》様。こんな所までご足労頂くなんて」

声に振《ふ》り返ると息を乱したクレアだ。俺が来たというので急いで駆《か》けつけたようだ。

大きく開いた胸元が上下する度、俺の頭も上下する。

「とすると今のはお前の関係か？」

「はい。アドルフ様を通じて許可を頂いたのですけど……」

これも初耳だ。そも俺は書類など見ないで判をつくし、それもめんどうくさい時はセリアが代わりに捺《お》している。

「彼らは狩人《かりゅうど》の一団ですわ」

俺の困惑《こんわく》を感じ取ったのか説明してくれるようだ。ものわかりのいい女で助かる。

「狩人？」

狩人が街に集合とは妙なことだ。それに槍やクロスボウで武装して何を獲《と》るというのか。

「ええ、彼らが獲るのは例の黒獣——山の民の領域に出たアレです」

あの黒い魔物……それなら理解できる。あれを狩るにはそれなりの装備と人数が必要だろう。

「あの魔物の肉はそのまま焼くのは勿論《もちろん》、干し肉にしても美味なので高値で売れそうなのです」

「確かに美味《うま》かったなぁ」

俺も試《ため》しに食べてみたがかなりの美味さだった。

「しかも山の民の領域にしか出ませんので実質私達が独占です。これはいい商売になると思いまして、最初は商会で契約《けいやく》した狩人を送りこんでみたのですけれど……」

「帰って来なかったと」

クレアはヨヨヨと泣き崩《くず》れる。

「死亡保障を契約に入れていたので大損害ですわ」

そっちかよ。怖い女だ。

「伯爵様は軽く屠《ほふ》っておられましたが、あれを仕留めるのは随分《ずいぶん》な手間なのです。怪我《けが》や死亡のリスクを考えると子飼いの者は向かわせられません」

「じゃあ、やつらは？」

「彼らが黒獣を狩ってきたら私達が高額で買い取ります。現地までの足も保証します。でも雇用契約《ようけいやく》はなくて一匹《ぴき》いくらの成果給です。もちろん死亡保障はありません」

領主が雇《やと》う傭兵《ようへい》みたいなものだな。

「肉の売値から考えても、一度の狩りを十人でかかって二、三匹仕留めれば並の月収は超えます。命を賭《か》けて挑《いど》む馬鹿――失礼、勇者はいくらでもいるのです」

先ほどの男達が哀《あわ》れに思えてきたが納得《なっとく》の上なら仕方ない。大きな利益を狙《ねら》うには相応の危険を伴《ともな》うものだ。

「この方法なら損害が出ようが出まいが安定して利益が上がりますからね」

「魔物の買取額と肉の売値の差はどれぐらいだ?」

クレアは答えずにホホホと上品に笑う。

領民があまり死ぬのも困るが狩りは必要なことでもある。

あの地域に魔物が溢《あふ》れていては街道《かいどう》を作る工事にも支障が出るし、出来ても簡単に往復出来なくなるので街道沿いを中心に狩りまくって根絶やしにしてもらいたい。

本来なら兵士を出してやる仕事をクレアの金で荒くれ達がやってくれるのだから、文句を言ってはいけないな。

そうこうしている内に街の外から馬車が入って来る。随伴《ずいはん》する荷馬車に黒獣の死体が二頭乗せられている。件《くだん》の狩りが成功したようだ。

「なんとか二頭……だがグレスとマローダーが」

「ま、分け前は増える。やつらは運がなかったんだな」

「今月はもう金の心配をしなくていい。皆で飲んで奴らを弔《とむら》おう。それで終わりだ」

狩人達《かりゅうどたち》が頷き合う。

しかしクレアが見ているのは獲物《えもの》の方だけだ。

「かなり大きな個体ですわね。損傷も少なく肉も完全に取れるでしょう。後ほど伯爵様のお屋敷にもお持ち致しますので晩餐《ばんさん》にお使い下さいな」

怖い女だ。

余談だがこの狩りは極《きわ》めて危険だが実入りが大きいとラーフェンの民の間では有名になっており、運と実力に恵《めぐ》まれれば月の収入が金貨20枚を超《こ》える者もいるそうだ。

借金を返せなくなった者が一発逆転を狙って参加することも多く『馬車に乗る』との陰語《いんご》まで成り立っているらしい。

他にも仕事があるクレアとキスをして別れる。

クレアがわざわざ人目のある所でキスをねだったのは自分が俺と懇意《こんい》だと他の者に見せ付ける意味もあるのだろう。

日も落ちてきた。

見回りもそろそろ終わり、後はあそこを見て終わりだ。

俺は露店で一杯《いっぱい》酒を呷《あお》り、訪れたのは夕方以降に最も盛り上がる場所——娼館と飲み屋が並ぶ地区だ。

「にーさん一発どう？　銀貨1枚でいいわよ」

「お前の顔じゃあ高いな。半分ってとこだぜ」

「しけてんねぇ。こいつを見ても値切るってのかい？」

「うお！　すげぇ乳だ！　気が変わったぜ、すぐにやろう！」

ちょうど兵士の訓練や街の工事が終わる時間だ。

通りには若い男が溢れて女を物色し、娼婦の方も盛《さか》んに男に声をかける。

金の無い男は路地から手招きする街娼に、金が入った男は煌々《こうこう》と光る娼館に入って行くし、女よりも酒を求める男達は肩を組んで酒場へと入っていく。

報告書や帳簿《ちょうぼ》ではわからないうだるような熱気を感じる。

これこそラーフェンが本格的に発展している証《あかし》なのだ。

「俺もどこかに入りたくなるな」

しかし視察に出て娼館に寄って帰ったらセリアの冷たい視線は免《まぬか》れない。屋敷に帰れば娼館でもお目にかかれない美女が並んでいるのだから我慢すべきなのだろう。

「あら領主様じゃないですか」

「本当？」

際どい格好で客引きをしていた娘達《むすめたち》が駆け寄ってきた。

「あぁお前達は」

彼女達は娼婦として流れてきて店を紹介《しょうかい》してやったから面識がある。

「今日は遊びにきてくれたんですか？」

「領主様ならいくらでもサービスしますよ～？」

「お店の子に声かけましょうか？　嫌がる娘《こ》なんていないし十人がかりも出来ますよ」

魅力的《みりょくてき》な提案だが夕食に帰らなかったらセリアが飛んでくる。他の場所よりまず真っ先にこの娼館街に捜《さが》しに来るはずだ。

「今は視察みたいなもんだからな。遊ぶのは別の機会に頼《たの》む」

「えー残念」

「街中で有名な領主様の特大巨根味《きよこん》わってみたかったのに……」

「知り合いに聞きましたよ？　馬より大きいって」

ただでさえ客引きの為《ため》に胸元が開いたり、尻《しり》が見えるぐらい短いスカートを穿《は》いていたりする色っぽい女達が集団で股間《こかん》に触れて来るのだ。股間が膨《ふく》らまない男などいるはずがない。

「おお、領主様膨らんできた……うわっ!?　なにこれ本当に大きい！」

「でもまだ軟《やわ》らかい……これでも勃ってないんだ。本気になったらゴクリ」

「ど、どこまで大きくなるの？　あたしの腕《うで》ぐらいになっちゃうよ!?」

女達は歓声《かんせい》と悲鳴の入り交じった声をあげながら俺の股間を撫で回す。

これ以上されたら理性がとんで彼女達と朝まで乱交してしまう。

そしてセリアに怒《おこ》られる。

「ははは、暇ができたらこいつを使って可愛がってやる。それから一応、娼婦《しょうふ》に無茶《むちゃ》をさせる店や小さい子供を抱かせている店の噂《うわさ》があったら警備隊に教えてくれ。褒賞《ほうしょう》は出す」

上から調査するより内部から漏れる情報の方が正確で早いものだ。

「わかりましたー」

「遊びに来るのまってまーす」

「たっぷり奉仕《ほうし》するよ～」

皆、明るくて顔色もいいし悪い環境《かんきょう》ではないようだ。女は大事にしないとな。

これで見回りも終わりだ。

さっきいじられたせいで逸物《いちもつ》も硬《かた》くなったまま戻《もど》らないし、そろそろ帰ろう。

屋敷《やしき》に帰ろうと考えていた時、目の前になんとなく惹《ひ》かれる酒場の看板が見えた。

「一杯だけひっかけるのもいいか」

もちろん屋敷の方が上質の酒もあるのだが、たまには外で飲むのもいい。

店に入るとそこは一応看板通りの酒場だった。ただし灯《あか》りはかなり暗くウエイトレスのスカートは短い。

店の中心にあるステージでは際どい格好をした踊《おど》り子《こ》が扇情的《せんじょうてき》なダンスを披露《ひろう》していた。

「きついのを一杯頼《たの》む」

「へい」

店内が暗い事もあってウエイターは俺に気がついていない。ゆっくり飲めるから好都合だな。

酒を飲み、安い干し肉と漬物《つけもの》を摘《つ》まみながら踊り子のダンスを眺《なが》める。

たまにはこういう時間もいいものだ。

踊り子は決して美人ではないが、汗を飛ばして踊る姿は十分に色っぽく興奮したので露店の釣《つ》りでもらった銅貨を束ねて投げてやると、俺に向けて微笑《ほほえ》み、下着の紐《ひも》を外して大きく股《また》を開いた。

他の客からも歓声が上がり次々と銅貨が投げられる。

「おかわりはいりますか？」

「ああ、頼むよ」

給仕《きゅうじ》の女性が声をかけてきたので追加の酒をもらってチップを渡す。

随分と綺麗《きれい》な声だなと顔を見ると見覚えがあった。

以前に強姦《ごうかん》されていた所を助け、その後、馬車に乗せてラーフェンに連れて来た姉妹《しまい》の姉の方だ。

「ここで働いていたのか？」

「？　あっハードレット様!?　むぐっ」

大声を上げそうだったので口を塞《ふさ》ぐ。

ここで領主とバレたら雰囲気《ふんいき》が壊れてしまう。

「お客さん。やるなら女に前払《まえばら》いですぜ。店にも銅貨20枚でさ」

男の店員が釘《くぎ》を刺《さ》してくる。

踊りで興奮させて女の店員を抱かせるのか。娼館《しょうかん》ではないがかなり際どい酒場だ。せっかく
助けたのに、なにもこんな所で働かなくてもよかろうに。

「あっ！　姉さんに乱暴してるなっ！」

おっと妹の方も出てきたぞ。相変わらず元気がいい。

妹は勢いよく出てきたが相手が俺とわかると途端《とたん》に拳《こぶし》をおさえて赤くなる。

「久しぶりだな。三人で話でもするか」

俺は店員に合図して二人と折り合いがついたと伝えた。

「銅貨40枚か？」

「い、いえ！　お代はいりやせん。うちは極めて合法な店ですから！」

俺に気付いた客が伝えてしまったらしい。

これではどの道ゆっくり出来ないから、飲みはここまでにしよう。

案内された店の二階は納得した店員と遊ぶ場所になっているらしい。廊下《ろうか》を歩いているとギシギシとベッドが揺《ゆ》れる音も聞こえる。

突《つ》き当たりの部屋に姉妹を連れて入ると部屋はすえた臭《にお》いがした。

あまり清潔とは言えない店だなと愚痴《ぐち》りながら三人揃《そろ》ってベッドに腰《こし》をかける。

「さてラーフェンでの暮らしはどうだ？　随分と際どい店で働いているようだが」

姉妹は少し苦い顔をした。あまりいい思い出がなかったのだろうか。

「最初は普通《ふつう》の酒場でウエイトレスをしていたんですけど……」

「ちょっと料理をひっくり返したぐらいで姉さんを責めるんだもん！」

なるほど姉の方はおっとりしていると思ったが見た目通りだったわけか。

「それから少し男の人向けの酒場に移りまして……」

「姉さんの尻を触るから蹴《け》り飛ばしたらクビにされた！」

王都でも同じようなことをやっていたな。

「なんとかこのお店に拾ってもらいまして。体を売らなければ普通の酒場ですから」

「でも皆姉さんにいくらだってしつこいんだ！」

そりゃこの豊満な体とおっとりした雰囲気は男ならそそられる。他の店員や踊り子と比べても姉の美しさは頭二つ抜《ぬ》けている。

「苦労してるようだな」

俺が困った顔で言うと妹が声を荒らげる。

「ラーフェンにも悪い男が多いんだ！」

「うう、姉さんが悪いのよ。無用心だったの……」

話を聞くとラーフェンに来てからも姉の方は二回もやられてしまったらしい。

夜道で言葉巧《たく》みに路地裏に連れ込まれて一回、同僚《どうりょう》とお酒を飲んでいるうちに酔《よ》い潰《つぶ》されてそのまま犯《おか》されたのが一回。

「でも王都にいる時は毎週一度はされてしまっていたのでまだマシです」

「……そこまで行くとお前の方にも何か問題あるのかもな」

姉は美人で豊満、みるからにおっとりで強引《ごういん》に迫《せま》れば断れなそうな雰囲気が出ているから、それはもう狙われることだろう。

「猶更《なおさら》こんな店で働いていたら喰《く》われるだろうに」

「うぅ……他に働き口がないのです」

俺は一つ溜息を吐く。

これも多生《たしょう》の縁《えん》、少し面倒《めんどう》をみてやろう。

「わかった。なんとかしてやる」

姉妹の表情が明るくなる。

ここは俺の領地だ。俺がなんとかできないことはない……はずだよな。

「ありがとうございます！　私みたいな鈍臭《どんくさ》い女にこんな……なんとお礼を言ったらよいか」

「ハードレット様はやっぱりすごいや！　他の卑怯《ひきょう》な男なんかと違《ちが》うね！」

「ははは、そうだろう」

実はこの場で感謝の印に味見というのも期待していたんだが、こうも感謝されると下半身の話を持ち出しにくいぞ。

よくよく考えると俺は姉妹の名前も聞いていなかった。

「ふふ、そうですね。私は【レティシア】こちらは妹の【シャロン】です。ハードレット様の求めには気付いておりますけれど……」

レティシアはそう言ってむっちりした太ももを隠して後ずさる。

俺はなんとも恰好《かっこう》がつかず頬を掻いたが、レティシアは小さく笑って続ける。

「今日は私よりもシャロンの想《おも》いに応えてあげてください。ずっとハードレット様に焦《こ》がれていたのです。並々ならぬ道ですが、どうか可愛がってやって下さい」

レティシアはそれだけ言うと一礼して静かに退室していく。

ふむ、妹には口を吸ったり色々していたからな。それで俺に惚《ほ》れてくれているならありがたいことだから、まだ少々青いが収獲《しゅうかく》させてもらおう。

「僕《ぼく》、精一杯頑張《せいいっぱいがんば》りますから宜《よろ》しくお願いします」

「あぁ可愛がってやるぞ」

まずはシャロンを抱《だ》き締《し》めてキスを交《か》わす。

「んふぅ」

唇を押し付けるとシャロンの小さな喉《のど》から甘《あま》い吐息《といき》が漏れた。

「ふふふ、可愛らしいやつめ」

言いながら舌を押し込むとシャロンは目を見開き、熱い吐息と共にゆっくりと閉じて半開きの蕩《とろ》けた表情となる。

そして俺の舌に口内を嬲《なぶ》られながら、小さな舌を怖々《こわごわ》と俺の口に返してくる。

俺の分厚い胸板《むないた》にちょこんと置かれた小さな手がなんとも愛らしい。

ここらで胸を揉《も》んでやろうと手を伸ばす……がどこにあるかもわからない。まあ孕《はら》む前のマリアも服の上からだとどこにあるかわからなかったからこんなものか。

しばらくキスを続けてから、いよいよ俺は服を脱《ぬ》いでいく。

「すごい体……ドキドキする。やっぱり僕は……」

「ここまで来て恥《は》ずかしがることはないだろう」

俺は全てを脱ぎ捨てて全裸《ぜんら》になり、既《すで》に角度のついた男根をシャロンにつきつけた。

「ひゃっ!?　こんな大きいの!?　ぼ、僕の何倍――」

「怖くなったか？」

シャロンは大きさに動揺《どうよう》して何やらよくわからないことを呟《つぶや》いていた。

「ううん、覚悟《かくご》は決めたよ。僕は……捧《ささ》げる」

シャロンはそう言うとズボンを半分下ろして尻をこちらに向けた。

「いいよ、僕のお尻……掘《ほ》って下さい」

「おいおい最初から尻か？　前を使った方が……」

「僕がハードレット様に入るなんて恐《おそ》れ多いです!!　僕が受けますから！」

何を言っているのかわからないが初体験の動揺だろうか。

「俺のはでかいぞ。尻だと切れるかもしれん」

「構いません！　たとえ切れてもハードレット様に捧げる覚悟ですから!!」

そこまで覚悟を決めているならもう問うまい。

うちにもアリスという尻穴中毒がいるし、尻好きの女は結構多いのかもしれないな。

「じゃあ行くぞ、力を抜け」

俺はベッドに俯《うつぶ》せになっているシャロンへ、全身で伸《の》し掛《か》かるように密着していく。

「ぐっ」

「あぅぅぅ!!　い、痛い!!　裂《さ》ける！」

シャロンが悲鳴をあげながら、シーツを掴《つか》んでずりあがろうとする。

「お前が尻穴と言ったんだろう。ほら覚悟しろ」

俺はシャロンの腰を掴んで男根を突き出すが入っていかない。体重をかけて押し込むか。

「あがぁぁぁ!!　も、もうだめぇぇ!!!」

強引に挿入《そうにゅう》しようと考えていると突然《とつぜん》シャロンが痙攣し始めた。

「なんだ昇《のぼ》ったのか？　入ってもいないのに」

「ううっ！　あぐっ！　おぐっ！　まだ出る！　止まらないよぉ！」

ズボンを穿いたまま潮を噴《ふ》いたらぐしょ濡《ぬ》れになってしまうだろうと前を確認《かくにん》すると不思議な光景が広がっていた。

「？」

俺は何もかもが理解できずに首を傾《かし》げる。

シャロンのズボンの前は大きく盛り上がり、ズボンの中でそそり勃った何かが断続的に震《ふる》えているのだ。

「？？」

震える盛り上がりを掴んでみると硬く勃った何かがある。到底《とうてい》肉豆の大きさではない。

「あっ！　うっ！　あううっ！」

俺に掴まれると一層大きく快楽の声を上げ続けるシャロン。

はて、大きさは違うがこの形と硬さにはえらく馴染《なじ》みがあるのだが。

「？？？」

俺はシャロンのズボンを掴んで勢いよく引き下ろす。

「ああっ恥ずかしいよ！」

そこには期待した女の穴は無く見覚えのある棒と玉が二つぶら下がっている。

おまけに棒の方は激しく脈動しながら馴染みある液体を撒《ま》き散らしている。

「はてな。なんでこれがお前にぶら下がっているんだ？」

「はぁ……はぁ……そんな当たり前だよ……」

絶頂の余韻《よいん》から立ち直ったシャロンが俺に潤《うる》んだ目を向ける。

「だって僕、男の子だよ？」

自分の口から聞いた事のない声が出た。

俺は男に濃厚《のうこう》なキスを繰《く》り返し、あまつさえ尻穴に肉棒を入れようとしていたのか。

そそり勃っていた男根が一瞬《いっしゅん》にして力を失う。

「僕のお尻……犯してくれるんだよね？」

「随分と色々な誤解があったようだ働き口の件に嘘《うそ》はない急用があるのでこれで帰るからレティシアによろしく伝えておいてくれ」

早口でまくし立てて転がり出るように店を後にする。

危なかった。もし逸物をシャロンの尻の中まで突き立てていたら大切な何かを失っていたかもしれない。

「なにより早く女だ。女を抱きまくらないと心の平穏《へいおん》が保てない」

俺は屋敷に帰るなり出迎《でむか》えたレアの服を剥《は》ぎ取る。

「ひゃわぁ！」

そして股間に顔を突っ込んで風呂《ふろ》上がりらしい穴を舐《な》め回す。

「わっ、わっ、いきなり？」

「んなっ！　使用人もいる廊下で淫《みだ》らな真似《まね》は、うにゃああ！」

文句を言おうとしていたノンナの胸元を引き下ろし、音を立てて飛び出した超巨乳《ちようきよにゆう》に顔を埋《うず》めて吸いまくる。

「はわわ……ど、どうしましょ」

そして呆然《ぼうぜん》と見ていたメイドに指示を出す。

「女達全員に俺の寝室《しんしつ》へ来るように言え。今すぐ全裸でだ！」

結局、俺は翌日の昼まで女達を抱きまくって心の平穏を取り戻すことができた。

そのせいでアドルフがあげてきた書類の裁可が丸一日遅《おく》れたが、まあ些細《ささい》なことだ。

それから数日後　浴室

「今日は一段と冷えるな」

「暦《こよみ》ではそろそろ温かくなってきてもいいんですけどね」

今日の寒さは今年一番ではないだろうか、浴室の中でさえ湯から体が出ていると少し寒い。

女性達も同じらしく手早く体を洗っては次々に湯船に入っていく。

「ミティ。少し持っていてください」

「お乳ぐらいご自分で支えられないいんですか？」

既にミティは俺の愛妾《あいしょう》なのだがノンナは今までと同じように指示を出す。

ミティも不満はありそうだがノンナに逆らう勇気もないようだ。

「誰《だれ》かに持っていてもらわないと下側が洗えないんです。胸で下が見えないですし」

「「ぐぬ……」」

主に乳が豊かでない女達から絞《しぼ》り出したような声が聞こえる。

「なんで私が……おっも……なっが……くそぉ」

文句を言いながらもミティはノンナの乳を持ってやっているようだ。

それにしてもでかい。今までの人生でノンナに匹敵《ひってき》する巨乳《きょにゅう》は見たことが無い。

「あ、ご主人様少し大きくなった」

俺の体を洗っていたレアが無《む》邪気《じゃき》に告げるとノンナは誇《ほこ》らしげに胸を反らせた。

その拍子《ひょうし》に巨大《きょだい》な乳房《ちぶさ》が暴れ、ミティが乳ビンタをくらってひっくり返る。

「ふぎゃ！　こ、このデカ乳、とうとう人間に牙《きば》を剥《む》きましたね！」

ミティが反撃《はんげき》に出た。ノンナの乳をビンタしたのだ。

「きゃあ！　千切れるじゃないですか！」

「こんなに大きいんだから片方でいいんです！」

ノンナとミティは、ぎゃあぎゃあと騒《さわ》ぐ。

ミティも俺の側室になる予定だしノンナに一矢《いっし》報《むく》いる度胸はいいが早く湯船に入らないと風邪《かぜ》を引くぞ。

「あ、また大きくなったね。こっちの方が洗いやすいや」

レアが俺のモノを洗いながら言う。

眼前ではミティとノンナが全裸で暴れているのだから仕方ない。

「自分で洗うからわざわざ洗ってくれなくてもいいんだぞ？」

「偉《えら》い人は女の子に洗わせるんだよ。いっぱいの女の人に入るから綺麗にしておかないと」

レアの歪《ゆが》んだ常識も修復してやらないといけないな。

だが今は任せておく。

「お前も乳首《ちくび》が硬くなってるぞ」

レアは俺に抱きついて洗っているからすぐにわかる。

「うん、大好きなご主人様のを触《さわ》ってると興奮しちゃう」

レアの頭を撫《な》でて泡《あわ》を流し、湯船に入ろうと立ち上がる。

大人しく風呂に入るつもりだったのに男根が勃ちあがってしまったじゃないか。

俺が湯船に入ろうとした瞬間《しゅんかん》、背筋に性感が走る。

風呂のふちに顎《あご》を乗せてリラックスしていたカトリーヌが突然《とつぜん》俺のモノに舌を伸《の》ばしたのだ。

「ごめんなさい！　目の前に大きいのが出て来たからつい」

反射で舐めてくるとはスケベな女だとカトリーヌにもキスをして湯船に浸《つ》かる。

「エイギル様、先端《せんたん》が水面から飛び出てますよ……もう」

何度も刺激《しげき》するからモノが完全にそそり勃ってしまった。

「大き過ぎです。おまけにこんな傘《かさ》が張って……硬くて……黒くて……」

まったりと湯に浸かっていた女達が赤らんだ顔でじりじり近づいて来る。

中でもカトリーヌは半開きにした口から舌を出して荒い息、目も虚《うつ》ろで獣のようだ。

冷静なセリアまで、飛び出た先端に顔をよせて臭いを嗅《か》ぐように息を吸っている。

風呂場《ふろば》にねっとりと重い、性の空気が広がっていく。

「皆《みな》さん！　一日中まぐわっていては頭が馬鹿になってしまいますよ!!」

そこで大声を上げたのはマイラだ。

浴槽《よくそう》の隅《すみ》で持ち込んだ酒を呑んでいたイリジナが「呼んだか？」と反応する。

「とにかく、そういうのは夜ベッドで致《いた》して下さい！」

マイラは湯から飛び出た俺の先端に風呂桶《ふろおけ》を被《かぶ》せた。

それで女達は冷静さを取り戻した。もしかして先端から変な瘴気《しょうき》でも出てるのだろうか。

「うー……ちんちん」

レアだけは未練がましく桶を揺すっている。

あんまりいじるなよ。湯船の中で射精したら全員まとめて妊娠《にんしん》してしまうぞ。

おっとそうだ。皆が落ち着いた所で話があったんだった。

「実は二人程《ほど》使用人として雇いたい奴がいるんだ」

「「「女ですね!?」」」

全方位から大声を出される。浴室では反響《はんきょう》してすごい勢いだ。

「……まぁ一人は女だ。もう一人はそいつの弟だ。とても可愛《かわい》いが男だ……可愛いがな」

苦い経験だった。女と信じてもう少しで男の尻に肉棒を差し込む所だった。

「どのような技量をお持ちですか？」

メイドを束ねるリタが真剣《しんけん》な表情で問う。

「詳細《しょうさい》は知らん。酒場でウエイトレスをしていたらしいが……少し鈍《にぶ》い所もあるみたいだ。職を転々とする羽目になっていたからな」

貶《けな》すような言い方になったがレティシアがキビキビ働けるとは到底思えない。あまりハードルをあげない方が良いだろう。

「……それではメイドは難しいかもしれません。屋敷には高価な品も多いですので」

リタは困った顔で湯船に浸かった。でかいケツが湯に沈《しず》み、結構な量の湯が溢れる。

俺は調度品を壊《こわ》された所でどうという事はないが、ノンナのティーカップでも割ったらえらい事になる。

標的がヨグリからレティシアに変わって集中攻撃《こうげき》に遭《あ》うのが容易に想像できてしまう。

「料理や洗濯《せんたく》も出来るようだが」

「料理人は既におりますし、洗濯する服にも高価なものが」

ノンナの高価な服や下着を伸ばしたり破ったりすれば——以下略だ。

物事を機敏《きびん》にこなせるなら普通の食い物屋や酒場でずっと働けているだろうしな。

「いっそ体のお世話をさせては？」

「職を世話してやると言ったからな。それを伽役《とぎ》にしてしまうのも違う気がする」

レティシアは鈍そうだから俺の世話係にすると言えばホイホイ付いてきそうだ。

だからどこに行っても簡単に騙《だま》され犯されてしまうのだろう。

さてどうしたものか。

「飯屋でもやらせるか」

庶民《しょみん》相手の飯屋なら普通の技量でもなんとかなる。

「従業員としても勤まらないのにですか？　すぐに潰してしまうのでは？」

「店舗《てんぽ》を用意して仕入れ先もこっちで考えてやればいい」

皆が沈黙《ちんもく》する。

「それ、結局屋敷の外で囲っているのでは？」

セリアが言う。

「対価に体を求めたら完璧《かんぺき》ですね」

リタも続く。

俺は言葉に詰まってセリアの乳首を弾《はじ》き、リタの尻をはたく。

レティシアは放っておくと騙されて奴隷《どれい》にでも売られてしまいそうだから保護しないと。

「一応紹介に連れて来るさ」

それだけ言ってイリジナが持ち込んだ酒を勝手に呑む。

「ああっ！　私の酒！」

さっきから風呂場でガバガバ飲むんじゃない。残りは没収《ぼっしゅう》だ。

「うう取られてしまった。代わりを持ってくる」

愛すべきイリジナは全裸のままで酒を取りに走って行ってしまった。

まぁ彼女《かのじょ》は風邪引くまい。

そして翌日

「レ、レティシアと申します!! 皆様《みなさま》にはご、ご機嫌《きげん》うるわし……みゃっ! 舌を噛……」

ノンナやメルの前で慌《あわ》てまくるレティシア。異様に緊張《きんちょう》しているのはドレスを着込《きこ》んで貴族然としたノンナが鋭《するど》い視線を向けるせいかもしれない。

「申し訳ありません……平にぃ……平にぃ」

いや、この場で土下座するのはおかしいから頭を上げろ。

「おっほん。エイギル様の特別な配慮《はいりょ》です。無駄《むだ》にならないよう努力なさい」

「は、はい!! 本当にありがとうございます!!」

ノンナの偉そうな弁にメルと顔を見合わせて苦笑《くしょう》する。

昨日のうちに警備兵詰所《つめしょ》の建設予定地をずらしてレティシアにやらせる店の予定地は確保した。街の中心に近い大通り沿いで人通りが多く、警備兵詰所の隣《となり》なら無法者は出ないだろう。

店兼《けん》住宅の建設も大工組合に最優先で捻《ね》じ込んだから、もう取り掛かっているはずだ。

仕入れもクレアから圧力をかけたから、どの店も特別安く卸《おろ》してくれるだろう。

これで潰れたらどうしようもない。それこそ夜伽《よとぎ》でもさせるしかない。

アドルフからは「他の商店に示しが付きませんからこれっきりにして下さい」を十倍ぐらいめんどくさい言い回しで言われたが気にはしない。

感謝感謝とレティシアが頭を下げる度にゆさゆさ胸が揺れる。

「俺は約束を守ってこれだけ尽《つ》くしたのだからきっと好意を持ったはずだ。いずれ心も体も堕《お》として俺の女にしてしまおう」

「お企《たくら》みが口に出てますよ」

おっと危ない。ありがとうメル。

ただ一つだけ問題があるのだ。

「僕達《ぼくたち》のためにここまでしてくれるなんてすごい……この前はごめんなさい。僕一人で気持ちよくなっちゃってよく覚えてないんだ……次はもっともっと頑張《がんば》るから！　お尻が裂けても絶対気持ち良くする！」

シャロンが言い、ノンナとセリアが無言で俺を指差す。

ええい誤解だ。話を進めるぞ。

「ここで暮らす訳じゃないが顔だけは覚えておいてくれ。店ができたら行くだろうしな」

挨拶《あいさつ》が終わり、外の空気を吸うついでにレティシアとシャロンを送ってやる。もちろん肩《かた》をがっちり抱いて引き寄せてだ。

「きゃっ。大きい手……ふふ、なんだか安心します」

レティシアの目には純粋《じゅんすい》な感謝と好意しか見えないがシャロンの目は少しおかしい。

「ハードレット様……ボク、いつでもいいよ？　なんならここでも……」

あきらかに憧《あこが》れや好意を超《こ》えた発情の瞳《ひとみ》だ。そういえばシャロンは目の前でノンナの巨大な胸が揺れていたのに見もしていなかった。

なのに俺《おれ》が肩を抱いただけでズボンの前が盛り上がり始めている。

「俺に男色の趣味《しゅみ》は無いぞ。ほら行け」

シャロンの尻をバンと叩《たた》く。クロルや護衛隊に入ったギドにもやる男同士の自然な行為《こうい》なのだが。

「あっ！　ううっ！」

尻を叩かれただけなのにシャロンが二度三度と震えた。

「あらあら……仕方ないわね。うちに帰って洗濯しましょ」

レティシアも弟が遠い所に行ってしまう前になんとかしてやれ。よくも悪くもおっとりして心が広すぎる。

前屈《まえかが》みで去るシャロン達を見送ったところで馬の嘶《いなな》きと大きな馬蹄《ばてい》の音が近づいてきた。

しかも止まる気配もなく撥ね飛ばす勢いだ。

俺は振り返り様に鼻っ柱を叩く……やっぱりシュバルツか。俺の力で叩いてもびくともせずブルルと鼻を鳴らすだけだ。頑丈《がんじょう》なやつめ。

「カーラ帰――どういうことだ？」

予想通りカーラがシュバルツに乗って帰って来た。そこまではいいが問題は積荷の方だ。

「んーーー!!　んんーーー!!」

縛《しば》りあげられ、目《め》隠《かく》しに猿轡《さるぐつわ》までされた女が馬の後ろに乗せられていたのだ。

「エイギルただいまー。んー疲《つか》れたー」

「……用事は人攫《ひとさら》いだったのか？」

だとすれば仕置きに尻を掘らねばなるまい。

「違うわよ。言っても聞かないから無理やり連れて来たの」

何も違わないと俺はベルトを外す。

「ちゃんと元居た場所に帰して来い。それからお仕置きだ」

「えー!!　せっかく連れて来たのに！」

カーラはそう言って哀れな女の目と口を解放する。

「ぶはっ！　てめぇなんてことしやがる!!　殺す気……エイギル？」

「ミレイじゃないか。懐《なつ》かしいな」

カーラに拘束《こうそく》されていた女はミレイだった。

もう一年以上前になる。トリエア東部にある故郷《ふるさと》に迎《むか》えに行ったのに連れては帰れなかったのだった。

気が変わるのを待つうちに戦争になって迎えに行くどころではなくなった。

だが彼女の村も今では俺の領地、なにをためらうこともない。

「はは、まさか忘れてはいなかったぞ」

「忘れてたでしょ……って先回りするとか確定じゃないの！」

いつか迎えに行こうと思っていたから嘘じゃない。顔を見たら思い出したのだ。

「薄情《はくじょう》な伯爵《はくしゃく》様だけどミレイもこれからはエイギルの傍《そば》にいるってことでいいわよね？」

「ああ構わん。ミレイも俺の女、しっかり養ってやるとも」

俺とカーラが話を進めているとミレイが怒鳴《どな》り声を上げる。

「良い訳ないだろ！　あたいがいなくなったら村が困るって言っただろうが！　というか寝込《ねこ》みを襲《おそ》って誘拐《ゆうかい》するとか何考えてんだよ！」

おお、女に怒鳴られるなんて久しぶりだ。

可愛いからキスをしようとしたら避《よ》けられる。ミレイは力も強いし俊敏《しゅんびん》だ。カーラが猫《ねこ》ならミレイは狼《おおかみ》に近い。ちなみにイリジナは熊だな。

「何が問題なのよ。もう冬も終わるし村も飢《う》えてなかったじゃない」

「こんないいとこに住んでるお前達《たち》にはわかんないかもしれないけど春には人頭税があるんだよ！　うちは作物に余裕《よゆう》なんかないから狩《か》りでもして肉か毛皮を換金《かんきん》しないと……」

そういえばもうすぐ春の人頭税の時期だった。

最近アドルフの目の下が真っ黒なのはそれが理由だろう。

「お前の村はシーラ村だったな？」

「そうだけど？」

俺は頷《うなず》く。

「なら今年は税を無しにしておこう」

シーラ村は百人もいない小村だったはず、税が無くとも財政への影響《えいきょう》はないだろう。

「はあ？」

ミレイは知らなかったのだろうがシーラ村はもう俺の領地に入っている。税を○にするのも十倍にするのも俺の勝手なのだ。

「よかったわね。これで心配ないわ」

「そんなことウチの強欲《ごうよく》代官が許すはずが……」

ミレイはまだ状況《じょうきょう》が呑みこめていないのか的外れなことを言う。

「はは、代官が俺の命令に逆らう訳ないだろう」

そんなことをすれば三日後には軍隊が挨拶に行くことになる。

呆然とするミレイを抱き締める。

筋肉質で女の柔《やわ》らかみは少ない。ミレイが苦労して働いていた証《あか》しだ。

「家族から餓死《がし》者《しゃ》は出たか？」

「ううん、なんとかなった。腹は減らしたけど大丈夫《だいじょうぶ》だった」

「そうか、頑張ったな。だがもういい、後は俺がなんとかしてやる」

考えればミレイはずっと放置していた。俺の女にしておきながら苦労ばかりだったようだ。

これからは女の幸せを味わわせてやろう。故郷が気になるなら村ごと近くに移住させてもいい。俺には既にその力がある。

自分の女の為に権力と財力を使うのは当たり前のことだから何の抵抗《ていこう》もない。

「あ、あたいは……村の……」

まだ混乱しているのか。

「お前は俺の女なのだから俺に頼《たよ》れ。ふふふ、対価はこっちで頂く」

抱き締めたミレイの尻を撫でて胸を鷲掴《わしづか》みにする。

「締まった体だ。綺麗だぞ」

俺の逸物も同意するとばかりに勃ち上がって彼女の腹を押《お》す。

困惑《こんわく》しながらも少しずつミレイの体から力が抜けていく。

「ここでしよう。いいな？」

ムードは十分に高まった。野外の交わりと行こう。

「う、うん」

「うん、じゃないわよ」

ズボンの前を開きかけた時にカーラがミレイを引き離《はな》す。

「私もミレイもお風呂も入ってないのよ？　まず綺麗にするから寝室で待ってて」

ちゃっかりお前も抱かれる気なのか。

確かに抱き締めた時少し臭《くさ》かったからな。しっかり洗ってきてくれ。

カーラとミレイは互《たが》いに文句を言ったり茶化《ちゃか》したりしながら風呂場に向かっていく。

体を洗う以外にもカーラとミレイが二人でゆっくりする時間を持たせてやるべきだろう。そ

して心がゆったりしたところで激しく性交すれば倍気持ち良いはずだ。

「寝室で一杯《いっぱい》やりながら待つか」

懐かしい女が食えるといきり勃つ逸物を宥《なだ》めながら寝室に向かっていると、怪訝《けげん》な顔をしたノンナが声をかけてきた。

「あのエイギル様？　カーラの馬鹿が見知らぬ女性と風呂に向かっていたのですけど？　あれどなたなのですか？」

ノンナは面識がなかったな。

「あいつはミレイと言ってな。昔の知り合いだ。カーラの親友だよ」

「はぁ……カーラの」

ノンナは僅《わず》かに不機嫌《ふきげん》な顔をして頬《ほお》を膨らませている。

こいつらは憎《にく》まれ口《ぐち》を叩き合いながらも仲がいい。自分の知らない昔の親友というのは気分がいい物じゃないのかもな。そう考えると少し微笑ましい。

「ミレイは言葉遣《ことばづか》いは粗暴《そぼう》だがいい奴《やつ》だぞ。ここに住むと思うが色眼鏡で見ないでやってくれ。あとは……カーラはお前のこともミレイに負けず好きだと思うぞ」

「そ、そんなことではありません！　カーラは前に酒場で知り合ったとかいう女と帰ってきたのですが……衛兵が調べると男の子に悪戯《いたずら》して回る変態女だったことがあったのです！」

ぷいと顔を逸《そ》らすノンナが可愛くてつい舌を入れるキスをしてしまった。そのせいで逸物が彼女に当たり、いきり勃っていることに気付かれてしまったようだ。

「……女を風呂に入れ、股間も膨らませて寝室……昔の女に大槍《おおやり》を振《ふ》るうのですね」

いかん矛先《ほこさき》がこっちに向いた。退散するとしよう。


寝室で待つこと暫《しば》し。

「お待たせ～」

「お、おう久しぶりだな」

カーラとミレイがやってきた。

俺は全裸のままでベッドに腰かけ、カーラとミレイは薄《うす》い寝巻《ねま》きを着ていたが寝室に入るなりすぐにカーラが剥ぎ取った。

これで生まれたままの男一人と女二人だ。

「まず体を見せてくれ」

久しぶりのミレイの体だ。貪《むさぼ》ってドロドロにする前に観賞《かんしょう》しておきたい。

「ほら胸隠《かく》さない。村ではおっぱいだして木を切ってたじゃない」

「あ、あの時は周りにガキ共しかいなかったし……男が前にいると違うんだよ」

言い合いながらカーラはミレイの手を掴んで頭上にあげ、全身を晒《さら》させる。

良く筋肉のついた体、痩《や》せているせいもあってかより目立つ。

それでも胸と尻には柔らかい肉がついており、男を興奮させるには十分な体だった。

「毛も剃《そ》ってるんだな」

ミレイの股間《こかん》も脇《わき》もつるつるだったのだ。

うちでも大抵《たいてい》の女は脇などは整えているが、股間の毛までまったくない女は多くない。

「いやいや！　ミレイの奴、脇も股間ももっさりだったのよ。あたしが全部剃ったの」

「生活が大変で毛に構っている暇《ひま》なんかなかったんだよ！　うぅ……こんなつるつるにしやがって、子供みたいじゃんか」

大柄《おおがら》で筋肉質、粗暴な言葉遣いのミレイがつるつるか。逸物の角度が上がった気がする。

「エイギルもミレイに体を見せてあげなよ。ほらミレイ、もうすごいわよ」

カーラに促《うなが》されてベッドから立ち上がる。

そしてミレイの視線を逸物に感じながら、俺は全身に力を入れて筋肉を盛り上げる。

ミレイの日焼けした喉が動いたのを見て笑ってから間近までいって眼前にほぼ垂直になった逸物を触《ふ》れるか触れないかの距離《きょり》までつきつけると唾《つば》を呑みこむ音がはっきりと聞こえた。

「どうだ」

「あ、相変わらずでかいよ。記憶《きおく》の中よりずっと……圧倒的《あっとうてき》な男……オス……だよ」

「なによ。見てるのちんぽだけなの？」

カーラの突っ込《こ》みに俺が噴き出し、ミレイは赤面して叫《さけ》ぶ。

「ち、ちげぇよ！　すごい筋肉だし……傷痕《きずあと》も男らしくて格好よくて野性味があってすげえって話だよ！」

そしてミレイは照れ隠しか正面から抱きついてキスをねだってくる。

俺も応えて濃厚にしてやろうとしたが、カーラがミレイの足を引っ張って転ばせてしまう。

「急に何を……ひぃっ！」

こうなるとミレイの目の前に俺の逸物《いちもつ》が来る。

「でっかいでしょ？　それだけじゃなくてほら――」

カーラはミレイの手を掴んで俺を握《にぎ》らせる。

まあ、しばらくは玩具《おもちゃ》にされていてやろう。後でお前達を玩具にしてやるのだから。

「どうミレイ？」

「石みたい。こんなに大きいのにメチャクチャ硬《かて》ぇ……釘でも打てそう」

自慢《じまん》じゃないが勃ったまま転んで燭台《しょくだい》を破壊《はかい》したこともあるのだ。

「ふふ、でもこれで８割勃ちってとこ。まだまだ大きくなるんだから」

まだ直接刺激を受けていないからな。

「マジかよ……カーラお前の股破裂《またはれつ》しないのか？」

「んー慣れれば平気よ。突っ込まれる度に悲鳴あげちゃうしガバガバにはされるけどね」

カーラは更《さら》に逸物を掴んでミレイに近づける。

「匂《にお》いもすごいでしょ。強い雄《おす》の匂いよ。何十人か……へたしたら百人以上の女を仕留めてきた槍なの」

「百人……」

ミレイは呆然と逸物を見上げている。

「見ててね」

カーラは人差し指を俺の逸物に置き、尿道《にょうどう》からゆっくりと中に入れていく。

「おぉう」

思わず声が漏《も》れてしまった。

「おいおい怪我《けが》するって」

「大丈夫、発射口もこんなに大きいから。この大きい入り口が裂けそうなぐらい勢いよく種が噴き出すのよ。中で出されたらお腹《なか》が膨《ふく》らむぐらいのすごい量が出るの」

尿道に指を入れられた刺激で俺の逸物は更に角度と硬度《こうど》を増し、とうとう腹に張り付いてしまった。そろそろ女体《にょたい》を貪りたいところだ。

カーラが尿道から指を抜くと、追いかけるように透明《とうめい》な汁《しる》が床《ゆか》まで流れ落ちた。

「欲《ほ》しがってるわ。しゃぶってあげて」

ミレイはだらだらと汁を漏らす肉棒に顔を近づけて口を開く。

最初は脅《おび》えたようにゆっくりと先端を舌でつつく。

拍子に男根が跳ねて、ミレイの顔に汁が飛ぶ。

俺は反射的に身を引いたミレイの頭を抱《かか》えて、もっとしてくれと腰を突き出す。

「んぼ……」

強引に口に押し込むような形になったがミレイは嫌《いや》がりも抵抗もせずに口を開き、膨張《ぼうちょう》しきった男根が体格と同じく大きめの口内に収まっていく。

「んむ……」

半分ほど呑みこんだところでミレイが困ったように眉《まゆ》を寄せ、上目遣《うわめづか》いに俺を見た。

「んぼぉぉぉぉ!!」

俺は思わず腰《こし》を突《つ》き出した。男根が喉の奥《おく》まで入り込んでミレイが呻《うめ》く。

「んん！　んんん！　んー!!」

ミレイがバシバシ俺の尻《しり》を叩く。

「んぶはっ！　息ができねえだろ！　殺す気か！」

「悪い悪い。可愛すぎてつい理性がとんだ」

涙目《なみだめ》で怒《おこ》るミレイを見てカーラがケラケラ笑う。

「エイギルはちゃんと手加減してるわよ。本気でやられたら普《ふ》通《つう》に胃袋《いぶくろ》まで入るもの」

「怖えよ……こんなに勃ってるんだから、もう口はいいだろ。ベッドでしようぜ」

ミレイはひとしきりむせてから自分の唾液《だえき》に濡れた逸物を仕置きとばかりに指で弾く。

そしてベッドに乗って自分で足を抱え、大股《おおまた》を開いた。こういう所は豪快《ごうかい》だな。

「勢いよくドンときてくれ。生殺しは勘弁《かんべん》だぜ」

「おう、わかった。一思いに仕留めてやろう」

「なんか介錯《かいしゃく》みたいね」

俺はミレイの性器が天井《てんじょう》を向くぐらい体を曲げさせ、真上から逸物を当てる。

このまま体重をかけて一気に貫《つらぬ》くのだ。

「うぅ……裂けちまうかな」

「いいじゃない。これからミレイはエイギルの女として生きるんだから。エイギルの逸物だけ受けいれて子供を産むのよ。穴が裂けてサイズぴったりになったらちょうどいいじゃない」

逸物の位置を調整して頭をめり込ませる。

「エイギルの女……って別に村に帰れねえとかないよな？」

「奴隷商人じゃあるまいし監禁《かんきん》などしないよ。いつでも会いにいけばいい」

ミレイの太ももを俺の太ももで押さえて両手で肩を掴み、ずりあがれないようにする。

「至《いた》れり尽くせりだね。わかった覚悟決めたよ、裂いてもいいから来てくれ！」

よし遠慮《えんりょ》なく叩き込んでやる。

「いくぞ……」

逸物の先に強い抵抗を感じた。もちろん処女ではあり得ない。そうではなく単純に俺が大きすぎて穴が狭《せま》いのだ。

「ふん！」

体重と腰の力で強引《ごういん》に逸物をねじ込む。

みしりと音を立てて一番太い先端がめり込み、そこから一気に男根全体がミレイの穴深くまで飛び込んでいく。

「ぎゃあああああ!!」

ミレイが足をピンと伸ばした後でバタつかせる。

だが覚悟を決め『勢いよくドンときて』と言われていた俺は構わずその抵抗を潰《つぶ》し、力任せに腰を突き出した。

ミレイの穴全体が軋《きし》み、肉の広がる音がモノを通して伝わって来る。

「おおおぉ気持ちいいぞ！　強烈《きょうれつ》な締まりがたまらん！　もっと奥までいくからな！」

まるで握りしめられているような強烈な快感に頭が蕩《とろ》け、俺は暴れるミレイの腰を捕《つか》まえて奥の奥まで捻じり込む。

「馬鹿ぁ！　そこはもう穴じゃなくてっ‼　子袋《こぶくろ》だって！　うわぁぁぁ‼」

感触《かんしょく》の違《ちが》いに気付いたのは男根が最後の抵抗を突破《とっぱ》した時だった。

体重をかけ過ぎてミレイの最奥《さいおう》を突き抜《ぬ》け、子袋までめり込んでしまったようだ。

「血も出てないし問題ない。続けるぞ」

そう言って暴れる太ももを押さえて腰を振る。

肉傘が返しになって子袋からは抜けないが、竿《さお》を肉穴、先を子袋に包まれる感触は最高だ。

腰を突き出す度に、うっすら腹筋の浮《う》いた逞《たくま》しいミレイの下腹がボコリボコリと盛り上がる。

視覚からも飛び込む『犯《おか》している』の情報が脳を焼く。

「最高だ……お前はどうだ？」

「痛いし苦しい……でも、嫌じゃないよ……たまらない……あたいのメスが吠《ほ》えてる！」

ミレイは苦し気に呻きながら俺にしがみ付いて胸の筋肉に舌を這《は》わせる。

最初は胸筋や乳首を舐めてキスをしていたが、そのうちに甘噛《あまが》みになり、やがては血が滲《にじ》むほど本気で噛《か》む。

対抗《たいこう》して俺もミレイの首筋を軽く噛む。

最初は甘噛み、その内にオスの吠え声をあげながら血が出ない程度に強く。

「カーラ以外の人目はない。声を出せ。吠えろミレイ」

そう言ってミレイの髪《かみ》を掴み、ベッドに押し付けて腰を思い切り叩きつける。

「うぅぅ……おぉぉぉ……あぁぁぁぉぉぉぉぉ!!」

ケダモノのように叫びだしたミレイを抱《だ》きしめて、体ごとベッドに叩きつけながら腰を振る。

初めてのミレイには衝撃《しょうげき》だったようだが、実は子袋まで犯す性交はメリッサとよくやっているので痛みだけにならないように的確に攻《せ》めてやれるのだ。

「すっごいやり方。まるで魔物《まもの》同士の交尾《こうび》みたい」

カーラが笑いながら俺の後ろに回った。

「今それをされたらミレイが苦しむぞ」

「ふふ、どうだか」

そう言ってカーラは俺の尻穴に口をつけて、躊躇《ためら》いなく中に舌を入れた。

「おうっ!」

肛門《こうもん》からの性感で逸物が更に膨らみ、ミレイの穴と子袋が音をたてて拡張される。

「ちょ! なにこれ一気に膨らんで!? キャアァァァ!」

ミレイは屋敷《やしき》中に響《ひび》く悲鳴をあげながら反り返った。

「ほら感じてる」

凄《すさ》まじい叫びは苦痛ではなく快楽、流れる涙《なみだ》と涎《よだれ》で汚《きたな》くなってしまった顔は幸せそうに歪んでいる。

更にミレイの手は俺の肩に回されて足は腰に絡《から》み、腰はメスの本能のまま更なる刺激を求めてヘコヘコと動き続けていた。

女がこれだけ乱れる様を見せられては、俺の方もこみあげて来る。

「ミレイ、女の巡《めぐ》りはどうだ？」

「お、女？　今日は……卵を抱えてる日で……」

まさかとミレイは避妊薬《ひにんやく》を探すがそんなものはない。

「まってくれ！　今日はマジでやばい！　まだ村の奴らにも何も言って！」

「ミレイ……」

俺はミレイの顔に両手を添《そ》えて顔を近づけていく。

「あ……」

彼女も蕩けた顔で目を閉じる。

「元気な子を産んでくれ。ぐおぉぉ！」

「ええ!?」

ミレイの筋肉質な太ももをこれでもかと押しつぶして腰を突き出す。

カーラも感じとってか尻穴から口を離し、代わりに睾丸《こうがん》に思い切り吸い付いた。

とんでもない量の精液が男根を駆《か》け上り、ミレイの子袋内まで入った尿道から飛び出す。

「本当に避妊《ひにん》無しで……熱っ！　多っ！　お、重い！」

「ぐううう」

ミレイの叫びに合わせて俺も呻く。精液の量と勢いが良すぎて尿道が痛むほどなのだ。

「ま、待って。何だよこの腹……嘘だろこんな……」

びゅうびゅうと激しい音が鳴り、ミレイの腹が膨らんでいくのだ。

射精はたっぷり数分間続き、ミレイは妊婦《にんぷ》のようになった腹を押《お》さえて呆然としていた。

「魂《たましい》まで出るかと思った」

出し終えた男根が急速に硬度を失って子袋から抜け落ちる。

「はいこれ」

そこでカーラがミレイの下に桶を置いた。

寝室に備えられたこの桶は女の間で種桶と言われている。

「なんだよこれ……って溢《あふ》れる……そういうことかよ」

ミレイの中から逆流する種汁が桶に溜《た》まっていく。

「こんなのもう絶対孕《はら》んじまってる。……あたいが母親か……ははは」

ミレイの言葉にカーラが反応する。

「あ、そうだ！　あたしも子供産んだのよ。エカチェリーナっての。可愛いのよ見る？」

場が沈黙する。そして怒鳴り声。

「はぁぁぁ！　なんで早く言わないんだよ⁉　お前が母親⁉　子供？　えーー？」

「聞かれなかったからさ。というか水芸みたいになってるわよ」

腹圧のせいかミレイの叫びに合わせて穴から種が噴《ふ》き出て笑ってしまう。

もう続きをやる雰囲気《ふんいき》ではなくなった。

「子供放って旅なんてしていいのかよ」

「んー、まぁうちは誰かが面倒《めんどう》見てくれるしね」

母親と子供だけなら不可能なのだろうがウチにはとにかく女が多い。

特にメルとクウ、ルウは子供の面倒を見るのが大好きだし、孕ませまくっているので母乳が出る女も多い。子育ては非常に楽なのだ。

但《ただ》しイリジナだけは一人で子供に触れることを禁じている。

不公平だとぶー垂れていたが、セリアやピピすらよく弾《はじ》き飛ばすあいつに子供の世話など怖《こわ》くて任せられん。

ケイシーも何度も足を踏《ふ》まれて怒り心頭、怨霊化《おんりょうか》までして威嚇《いかく》したが、なにをしてもイリジナには見えないらしく、追加で頭を踏まれて怨霊化がとけたそうだ。

「なぁカーラ、エイギルのアレ明らかにデカくなってないか？　あいつもう二十歳《はたち》超《こ》えてるよな？」

「そうよね……あたしずっと一緒《いっしょ》にいるけど日ごとに巨大化《きょだいか》してる気がするわ」

カーラとミレイは俺をチラチラ見ながら出て行く。

「さて、一発やった後は酒でも一杯……」

言いながら勢いよく扉《とびら》を開くとノンナが倒《たお》れこんできた。ドアに耳をつけていたらしい。

「何をしてるんだ？」

「いえ、なんでも……」

ノンナはもじもじと目を逸らす。

その表情は嫉妬《しっと》だが俺にではないらしい。

カーラが自分以外の女と楽しんでいるのが気になるのだろう。

「素直《すなお》に言えばカーラも喜ぶだろうに」

「……馬鹿にされます」

肉欲はもう出し尽くしたが、ノンナの愛らしさを見て別の場所から性欲が湧《わ》いてきた。

やはり酒より女にしよう。

「……お相手します」

ノンナを抱き上げてベッドに放る。

「桶に出ている種よりもいっぱい出して下さいね」

まかせておけ。失神しても可愛がってやる。

まだまだ寒い日の午後、メルの部屋のソファで彼女に膝枕《ひざまくら》をして頭を撫でていた。

「エイギルさんお願いがあるんです」

今にも産まれそうな大きな腹、しかし五回目ともなればメル自身は落ち着いたものだ。

居間ではなく、メルの部屋でくつろいでいるのは先日、ミレイの村の人頭税免除《めんじょ》を勝手に通達したことでアドルフが俺を捜し回っているからだ。

見つかれば長々と文句を言われることは間違《まちが》いないので、さすがに女達の部屋には踏み込んで来ないだろうと考えてここにいる。

ちなみにカーラとミレイは先ほど連れ立ってこの町の名産になりつつある黒獣《こくじゅう》のステーキを食べに出かけた。

他の町にも塩漬《しおづ》けや燻製《くんせい》としては出荷《しゅっか》されており、それでも十分にうまいらしいが、やはり生肉を焼いてすぐ食べるのが最高であり、それは肉が新鮮《しんせん》なラーフェンのみで味わえる逸品《いっぴん》だ。

ノンナはカーラがいないと張り合いがないのか買い物に出かけてしまった。ミティが露骨《ろこつ》に嫌そうな顔のまま引っ張っていかれたのが少し笑えた。

ぼーっと考えているとメルに念を押されてしまう。

「聞いてますか？　お願いがあるんです」

「あぁ悪い、何でも言ってみろ」

これがノンナのお願いならそれなりに覚悟《かくご》がいるがメルは無茶《むちゃ》言わないから平気だ。どうせ可愛いお願いだろう。

「クウとルウをそろそろ犯してあげてくださいな」

思わず、飲んでいた果汁《かじゅう》が喉《のど》に詰《つ》まる。

「クウはもう二十歳《はたち》です。このままでは行かず後家になってしまいます」

「ここにいる限り恋人《こいびと》を作らせる訳にもいかんか」

クウ・ルウ姉妹《しまい》は扱《あつか》いは俺の義理の娘《むすめ》だが、割と頻繁《ひんぱん》に肉棒をしゃぶらせているし愛撫《あいぶ》もしている。事実上俺の女だから他の男にくれてやる事は出来ない。だが今の関係のまま歳《とし》をとらせるのも酷《ひど》い話だな。

「はい、愛妾《あいしょう》にしてお気《き》に召《め》したら側室にして頂けると嬉《うれ》しいです」

「お前はそれでいいのか？　酷く扱うつもりは毛頭無いが娘が愛人にされるんだぞ？」

母親の気持ちはわからないが気分のいいものじゃないと思ったが。

「あら、下らない男の妻になるよりエイギルさんの愛人の方がずっと幸せになれますから」

それにずっと一緒に居《お》られますしね。と付け加える。

母親の許可も出たし、俺としても処女を引き裂《さ》くのは望む所だ。

「多分ルウは受けいれてくれそうなんだが、クウは少し怖がっていてな」

「ちょっと生々しく見せつけ過ぎましたね」

メルはクスクスと笑う。

クウは俺とメルの獣のような交尾を毎度見せられて怖くなったのかもしれない。目の前で白目むいて失神したこともあるしな。

「でもそんなことを言っておばさんになってしまっても可哀相《かわいそう》です。無理やり押さえ込んで肉棒を叩き込んでしまえばどうですか？」

母親の言葉とは思えん。

「ふふ、絶対に幸せにしてくれるのですから母としても文句はありません。お膳立《ぜんだ》ては私が致《いた》します」

そして優《やさ》しく腹を撫《な》でながら一言。

「私は今年で三十九……ギリギリですがもう一人。頑張って娘と同じ男の種で腹を膨らますのも素敵《すてき》だと思うんです」

孫を望むのはともかくまさか娘と並んでの妊娠《にんしん》を望んでいたとは。

メルの出産予定は春……夏前にはもう一度種をつけられるだろうか。

「この部屋でゆっくりしていて下さい」

メルは灯《あか》りを消して部屋を出て行った。何故《なぜ》暗くしたかはしらんが大人しく寝《ね》て待つか。

メルが立ち去って少し経《た》ち、部屋がノックされる。

「母さんきたよー」

「お湯もってきた～重いよ～」

許可を得ることなくクウとルウの姉妹が部屋に入ってくる。母親の部屋だから当然だ。

二人は桶《おけ》いっぱいのお湯と清潔な布を持っている。

あぁ……獲物《えもの》が調味料と一緒に送り込まれたわけだ。

「母さんなんで灯り消しちゃったの？　もーめんどくさいなぁ」

クウはまず視界を得るため窓を開けようとしたようだ。

二人が部屋に入ったところでバタンと扉が閉まる。

「え？　風？　見にくいからルウ開けて」

「えぅー開かないよぅ……」

メルの声が扉の外からする。

「うふふ、さあ二人まとめて可愛《かわい》がってもらいなさいね」

「えっ母さん⁉　じゃあここにいるのは……」

「よう」

「「エイギルさん⁉」」

二人は薄暗《うすぐら》い中で俺を見つけて怪訝な顔をするが、ズボンが逸物で盛り上がっているのを見て察したようだ。

「はぅ……そっか……いよいよなんだ」

ルウは顔を赤らめて俯《うつむ》く。

「ちょ……母さん開けて！　野獣《やじゅう》がいる！　犯されちゃう！」

「うふふ、頑張ってね。慣れればあの太いの最高よ」

クウは扉に駆け寄るが開かない。

「ここを押さえていればいいのか！」

「ええ、どんな叫びが聞こえても開けてはダメよ」

「おお、昔話で聞いたことがあるぞ！　うっかり開けたらつるっぱげのおっさんが毛で服を作っていたのだったか」

んな昔話あってたまるか。それに禿《は》げなのに、どこの毛で服を作りやがった、おぞましい。

外からイリジナの声が聞こえたのでクウも扉を押すのを諦《あきら》めたようだ。非力な二人が押して
もイリジナはびくともしないだろう。

「そう怖がるなよ。いつも愛撫してくれてたじゃないか」

「それはそうですけど……いざ失うとなると……って！　もう脱《ぬ》いでるの⁉」

俺は今の騒《さわ》ぎの間に服を脱ぎ捨てて全裸《ぜんら》になっている。

そしてルウを横に立たせて可愛いリボンつきの服を一枚ずつ剥《は》ぐ。

「なんでルウはそんな抵抗ないのよぉ」

情けない声をあげるクウ、熱っぽい視線で俺を見るルウ。

「まずはいつも通り咥《くわ》えてくれ」

「うぅ……怖いよ」

「お姉ちゃん大丈夫だよ」

全裸のルウとしっかり服を着たクウがベッドに座《すわ》る俺の股《また》の間に入りこみ、両側から舌を這
わせる。

姉妹を並べてしゃぶらせるのは格別だ。ここに母のメルも加わるとなれば男として一つの究
極を達成した感があるな。

「わっおっきくなった」

「何かいやらしいことを考えたのよ」

細い手四本が肉棒を掴《つか》み、二つの可愛い舌が這い回る。

ただ快楽だけ求めるならば喉まで咥えて頭を振ってほしいが、じれったいのもいい。

「わっ跳ねたよ」

「いやっ！　顔に当たっちゃった」

男根が跳ねる度に姉妹から出る小さな悲鳴も素晴《すば》らしい。

「ふにに……」

「ルウなにしてるの……ってそこに舌入っちゃうの⁉」

ルウは男根の先端《せんたん》に口をつけ、舌を尖《とが》らせて尿道の内側を刺激《しげき》する。舌が小さいルウだからこそできる技だ。

「いいぞ。もっとやってくれ」

「ふぁい」

決して上手《うま》いわけではないが、姉妹なだけあって連携《れんけい》が取れている。

尿道を刺激されて震《ふる》える逸物、クウはその根元から肉傘《にくがさ》までゆっくり舐《な》め上げて射精を誘《さそ》う。

そしてクウが動きを止めたと思った途端《とたん》、ルウが先端をコリコリと刺激する。

男根は無様に先走りを垂れ流し、玉が震える度に少しずつ射精が近づいてくる。

いつの間にか俺は二人の頭を抱きかかえて股間に引き寄せていた。

小柄《こがら》な姉妹には少し強引だったかもしれないが、嫌な顔をすることなく奉仕《ほうし》を続けてくれる。

やはりこいつらは俺の女にしよう。誰《だれ》にも渡《わた》しはしない。

「ぐ……」

ルウの徹底《てってい》した尿道責めに腰が持ち上がる。

激しい動きではないが続けられれば遠からず精が飛び出すだろう。

「よしもういいぞ……このままだと出てしまう」

二人は口元を唾液と俺の先走りで濡《ぬ》らして上目にこちらを見た。

「ふぇ？　出さないんですか？」

「もうピクピクしてるのに……」

「今日はお前達を貫いてやりたいからな」

言いながらクウを抱き締《し》め、手早く服を脱がせる。我ながら女の服を脱がせるのがうまくなった。薄暗くて手元が見えない中でもあっと言う間だ。

「……やっぱりしちゃうの？」

「ああ、決めた。お前達は俺の女にする。どうしても嫌なら逃《に》げろ」

なるべく追わないようにするから。

そそり勃って筋が浮き出した肉棒を晒して二人の肩《かた》に手を置いた。

「お姉ちゃん……私エイギルさんに抱かれたい」

ルウがクウに一声かけて、ゆっくりと俺の前に立ちしなだれかかってきた。股間を指で確かめると、既《すで》に泉が溢れ出しているようだ。

ルウが小さい頃《ころ》から俺《おれ》に好意を寄せていた事は知っている。

幼なかったのですぐに手は出さなかったが既に十六だ。体格はかなり小柄だが、そろそろ食べてしまってもいいはずだ。

「初めてをくれるか？」

ルウを抱き上げ、顔を近づけて優しく聞く。

「うん！　私の処女……貰《もら》ってください」

呆気《あっけ》にとられるクウの前で濃厚《のうこう》なキスを交《か》わす。

いつの間にか入り口は開いており、メルがベッドの横にやって来ていた。

「よく言ったわルウ。さあ女になるところをお母さんに見せてちょうだい」

イリジナが鬼退治《おにたいじ》だの海底城だの慌《あわ》てているのは気にしないことにしよう。

「好きな体位で奪《うば》ってやる。どうされたい？」

「上に座って……こうする……その」

ルウは対面の座位を言っているのだろう。

「こうだな」

ベッドの端《はし》に腰掛《こしか》けて大きく足を開き、向かい合うようにルウを乗せる。

逸物がルウの腹にくっつく。

「はぅぅ……おっきい。胸まであるよう」

「ははは、根元まで入れたりしないから安心しろ」

ミレイと同じ行為《こうい》をルウにやったら死んでしまいそうだ。

「さあ自分で入れてみろ」

促すと俺の太ももの上に立ってゆっくりと性器に肉棒をあてがう。

間違えて一気に入らないように片手でルウの腰を支えてやる。

「あぅ……太いよぅ……痛ぁい」

泣き虫のルウはすぐにポロポロと涙をこぼすが、中止する気はないらしく腰はゆっくりと沈《しず》んでいく。

だがそれも処女の証しにひっかかるまでだった。

「こ、これ以上入らないよぉ」

「お、奥まで入ったの？」

クウが覗《のぞ》き込み、妹の挿入部《そうにゅう》を見て唾を呑《の》む。

「そこを突き抜けたらお前は女になる。どうする？」

ルウの狭い穴から考えて、どうやっても激痛になってしまうだろう。

「奪ってほしいです。でも私臆病《おくびょう》でこれ以上動けないから……エイギルさんが……」

涙で崩《くず》れた顔で必死に笑《え》みを浮かべるルウ。

横で見ているメルもコクリと頷く。

「わかった。行くぞ」

俺はルウの肩を上から掴み、ぐいと下に押した。

肉が裂ける音がした。

「みぃぃぃぃーー!!」

可愛い悲鳴を残し、ルウの処女膜《しょじょまく》は僅かな抵抗も出来ずに破れ、俺のモノは一番奥を叩《たた》いた。

「あううぅーー!! 痛い、痛い、痛いよぉぉぉ!! ママぁ!!」

母さんではなくママと呼び、仰《の》け反《ぞ》って悲鳴を上げ続けるルウ。

結合部から処女の血が流れ、俺の竿から睾丸を伝ってシーツを赤く染めていく。

「ちょっとやめて! ルウが痛がってる!!」

クウは必死で訴《うった》えるが、メルがそれを制してルウを後ろから抱き締める。

「ルウ、貴女《あなた》は今エイギルさんの女になったの。ほらお腹に入っているのを感じてみなさい。痛いだけじゃなくて温かいでしょう?」

メルが俺の逸物の形に盛り上がったルウの腹を優しくさすった。

「痛いけど……うぅ……温かい……私エイギルさんの女になれたのかなぁ?」

「ええ、貴女はもう大人の女よ。でもまだ一つだけ足りないの。さあ我慢《がまん》して腰を動かしなさい。種を貰えば完璧《かんぺき》よ」

ルウは母にお腹をさすられながら腰を動かそうとするが痛みで止まってしまう。

「これから貴女はエイギルさんに守ってもらって面倒を見てもらうの。必ず幸せにしてくれる。だからその痛みは受け入れなさい。今は女の試練だから耐《た》えて腰を動かすのよ」

ルウはメルに諭《さと》されて決意したように俺を見る。そしてゆっくりと腰を動かし始めた。

「えいっ！　えいっ！　うあっ！　んんっ!!」

苦しげな声を上げながらルウが俺の上で腰を動かす。

「ふむ」

メルは女の試練と言っていたが苦しいだけの初体験は悲しいだろうと指に唾液をつけてルウの股間に伸《の》ばして、ルウの肉の豆をくりくりと摘《つ》まんでやる。

「ぴぃぃぃっ！」

「そら気持ちよくしてやる。好きに腰を動かして限界になったら言え」

「は、はい!!」

ルウの尻を支えながら豆をいじり、拙《つたな》い腰使いを味わう。

幼稚《ようち》な腰振《こしふ》りで俺の男根を追い込むのは難しい。

だが子供の頃から知っているルウを女にしたことと彼女《かのじょ》から感じる俺への愛情、そして姉と母の前に見られながらの背徳感が性感を高めていく。

「ルウそろそろ出るぞ。このまま出してしまってもいいか?」

「うん！　エイギルさんの赤ちゃんできてもいいよぉ！」

ならば遠慮はいらない。

最後だけは強く突かせてもらおうと、ルウの細い腰を掴み、かろうじて膨らんでいる乳房《ちぶさ》を強く掴む。

「あぐっ！」

多少痛みを与《あた》えてしまうが男の性《さが》と許してくれ。

俺はルウの腰を抱えたまま、三度持ち上げるように腰を突き上げてから抱き締めた。

「ぐっ！」

「あぅぅぅぅ!!」

そして射精。ルウの狭く熱い胎内《たいない》に勢いよく種が流れ込んでいく。

男根が脈打つのに合わせてルウの体も震える。

「え？　これでてるの？　中に出ちゃったの？」

クウが慌てている。

「触《さわ》ってみろ」

クウは妹に突き刺《さ》さった俺の肉棒を軽く掴む。

「わっ！　ドクドクして中を通ってる……ルウ出されちゃったんだ……」

そこで俺の上で必死に頑張《がんば》っていたルウがついに限界を迎《むか》えて、くにゃりともたれかかってきた。意識を失ってしまったようだ。

ちょうど射精も終わりだ。

俺は最後に腰を一度突き上げて全ての精を流し込む。

「よく頑張ったな」

「これからは母さんと同じね」

ベッドの端にルウを横たえるとメルが優しく声をかけ、意識を失っているルウの表情が心なしか緩《ゆる》まった。

「さあ次はクウだぞ」

「ひぃぃぃぃぃ!!」

ルウから引き抜いた男根を見せると、クウは後ずさってベッドから転がり落ちてしまった。

血と愛液と種汁にまみれたモノは刺激が強すぎたらしい。

タオルで綺麗《きれい》にして再度突き出すがクウは脅えて部屋の隅《すみ》まで後ずさる。

「お前は体も出来ているしルウほど痛くないさ。しっかり前戯《ぜんぎ》もしてやるからおいで」

「でもぉ……」

「クウ!」

それでも渋《しぶ》るクウをメルが一喝《いっかつ》する。

「貴女が今何不自由なく暮らせているのはエイギルさんのおかげなのよ！　今までは母さんの娘だったけど貴女もう二十歳、女として覚悟を決めなさい!!」

「うう……」

メルは一転して優しい声になる。

「心配しなくてもエイギルさんよりいい男なんていないわ。この先の人生でどんな男を見てもつまらなく感じちゃうはず、怖がらず股を開きなさい」

メルに促されるまま、クウは先ほどと同じようにベッドに腰掛ける俺の上に乗ってきた。

ルウと同じ体勢だがこちらに背を向ける乗り方だ。

メルの顔を見ながらでないと怖いのだろう。

「はは、クウは母親離《ばな》れできていないな」

「うぅ、だってぇ」

クウは泣き声をあげながら先端だけを穴に入れて目の前にいるメルと手を繋《つな》ぐ。

「ママぁ。手を繋いで」

この姉妹は余裕《よゆう》がなくなるとママ呼びに戻《もど》る。可愛いじゃないか。

メルは優しくクウの手を取り俺を見る。

「さあエイギルさん。ドスンとお願いします」

「ええっ！　ちょっと！」

さすがにそれは可哀相だと処女膜まではゆっくりと進めていく。

それでも穴からはギチギチ音が鳴り、クウは仰け反って呻き声を上げる。

「ぶっといのがクウに入って行くわよ。すごい光景」

「言わないでよママ！」

やがて男根の先端はか弱い障壁《しょうへき》に突き当たる。ここを突き抜ければクウは女になるのだ。

「キス」

振《ふ》り返ってキスをねだるクウに濃厚なキス。

その後ろからメルが悪戯《いたずら》な表情と仕草で『入れちゃえ』と伝えてくる。

母の裏切りに苦笑《くしょう》してしまうが、タイミングとしてはキスに夢中になっている今が良いか。

俺はクウの頬《ほお》に添えてた手を腰に回し、彼女が勘《かん》づいて目を開けた瞬間《しゅんかん》に腰を突き上げた。

「ふん！」

「ふぎっ！　い、いたぁぁぁぃい！」

少々強引になったがクウの体はルウよりずっと育っているからこの程度で壊《こわ》れはしない。

「見事にブチリといったわね。あら、お腹が膨らんじゃってるわ」

メルはクウのお腹に手を当てて撫でさすった。そして、痛みに叫《さけ》ぶクウの苦痛を和《やわ》らげようと豆と乳房を触ってくれる。

「大丈夫《だいじょうぶ》、女は肉棒を受けいれるように出来ている。身を任せろクウ」

「わかってますけど！　こんな馬みたいなのは例外っ！」

「こらクウ、馬とは何ごとですか。馬がこんな良い形してる訳ないでしょう！　傘が張って……筋ばって……慣れるとたまらない極上《ごくじょう》の逸物なのよ！」

「……ママ？」

そういえばメルを一年近く抱いてない。孕んでいるから当然ではあるのだが。

「ふぅ……ふぅ……」

メルの目がカトリーヌみたいになっている。子を産み終えたらしっかり抱いてやろう。

俺はクウを後ろから抱きしめながら倒れ、背面の騎乗位《きじょうい》をとって腰を動かす。

奥を突き上げると痛いだろうから腰を前後に滑《すべ》らせるように。

「あ、これ少し気持ちいいかも」

クウのいい場所にはこの体位で当たるのだな。覚えておこう。

「母さんも手伝うわ。ほら、良くなりなさい」

メルも腹に負担をかけないようにベッドに乗って結合部を舐める。

クウの性器と豆は優しく舌で舐め上げ、俺の男根には強い吸引や甘噛みで強烈な刺激を与えてくる。上手く舐められてると更《さら》に膨らんでしまいそうだ。

結合部の愛撫はメルに任せて、俺は上半身を頂こう。

「クウはなかなか特徴的《とくちょうてき》な胸だな。サイズはルウより少しある程度なのに」

二人重なって寝転《ねころ》んだまま両手で両乳房を掴んでみる。

小さな胸の先端に真っ赤に充血《じゅうけつ》した乳首《ちくび》がそそり勃っている。

初体験の痛みと快楽が混じってこうなったのかな。

「乳首は実にでかい。ここまでデカいのは巨乳女《きょにゅう》でもなかなかいないぞ」

「ひどい！　気にしてるのに……こうしてやる！」

クウが手を回して俺の乳首を思い切り抓《つね》る。

「ははは、やったな。お返しだ」

俺も乳首を指で摘まみ、自慰《じい》でもするように小刻みに擦《こす》ってやる。

抓りと擦り、先に音をあげたのはクウだった。

「あ、あう……それ……気持ちい……あっ！」

クウの体が二度三度と反り返る。

大きな乳首もはち切れそうなぐらい立ち上がり、ピクピクと動く。

どうやら乳首を擦られて小さく昇《のぼ》ってしまったようだ。

「ちなみにお前の母さんはこれをすると勢いよく母乳を噴くぞ」

一昨日やった時は天井にひっかけるぐらい噴《ふ》き上げた。

メルが抗議《こうぎ》しクウが笑う。大分緊張《きんちょう》もほぐれたようだ。

「後ろから少し激しく突いてもいいか？」

こくりとクウは頷《うなず》く。

体位を変えて四《よ》つん這《ば》いにしたクウの腰を掴んで後ろから腰を打ちつける。

パンパンとリズミカルな音が鳴り、苦痛のうめきは高い嬌声《きょうせい》に変わっていく。

クウはもう完全に感じ始めている。

「もう大丈夫、私はここで見ていますね」

俺達《おれたち》がうまくいきだしたのを見てメルはベッドを下り、椅子《いす》に座って笑顔《えがお》で見ている。

「激しくするぞ」

「はいぃ」

クウの上半身をベッドに潰し、伸《の》し掛《か》かって腰を振る。

この体勢では乳が触《さわ》れないので背中を撫でてみたが、実に綺麗な肌《はだ》と美しい体型だ。

「く、苦労してるんです。おっぱい無いから少しでもお肉つくとおデブに見えちゃうし！」

「嬉しいぞ。いい体だ」

嬉しそうな表情を浮かべたクウだったが、激しい腰使《こしづか》いにすぐに眉《まゆ》を寄せて悶《もだ》え始める。

遠慮もなく奥《おく》を突《つ》いてみたが、あがるのは嬌声だけ。痛みはほとんどないようだ。

「これはどうだ」

「ああっ！　深い‼」

クウの両手を引き、上半身を反らせて猛烈《もうれつ》に突くとクウの細い体は玩具《おもちゃ》のように揺《ゆ》れる。荒《あら》く腰を叩きつければ小尻《こじり》を突き出して応え、円を描《えが》いてこねると合わせて細い腰を回す。尻《しり》を鷲掴《わしづか》みにして奥に押《お》し当て子袋を揺らせば、長く高い嬌声をあげながら全身を震わせる。

クウを完全にものにした。母親の目の前で俺の女にしたと確信した瞬間、男根が止《とど》めを刺《さ》すべく脈動し始める。

「膨《ふく》らんできたぁ！」

「出るぞクウ。どこがいい？　中か⁉」

「な、中は駄目《だめ》！　まだ赤ちゃんの覚悟無い‼」

では残念だが仕方ない。

「最後は激しく行く」

「これ以上激しく⁉」

クウをひっくり返して正常位となり、肩を抱《かか》え込《こ》んで腰を激しく動かす。

三人寝られるサイズのベッドが嵐《あらし》の船のように揺れる。我ながら処女にやる腰使いではない。

「うーん、バチンバチンって何の音～？　お姉ちゃん⁉」

目を覚ましたルウが俺達の激しい交わりに目を見開いた。

メルもさすがに心配そうな顔になっている。

あまり続けると怪我《けが》をさせてしまうかもしれないと思った時、クウの手が俺の胸板《むないた》に添えられ、唇《くちびる》が『キテ』と動く。

次の瞬間クウの両手と両足が絡む。

「おい、放さないと中に出てしまうぞ！」

いつも擬似挿入《ぎじそうにゅう》として股で擦っているから、癖《くせ》で最後に密着してしまったようだ。

「え？　ああっ!!」

慌ててクウが手足を離《はな》し、既に射精の動きが始まった肉棒を急いで引き抜く。張り詰めた肉傘が最奥から入り口までを抉《えぐ》りながら抜け、クウは舌を突き出して絶叫《ぜっきょう》してしまう。

「うおぉぉぉ!!」

俺は中腰《ちゅうごし》のまま激しく肉棒を擦り、悶えるクウに向かって大量の種を撒《ま》き散らす。

股間《こかん》はもちろん、腹、胸、顔まで塊《かたまり》のような種汁《たねじる》が断続的に飛び全身を汚《よご》していった。

射精は優に五分続き、クウは頭から爪先《つまさき》まで汁まみれになってしまった。

「お姉ちゃん……真っ白になっちゃった」

「特濃《とくのう》でベッタベタ。お風呂《ふろ》に入っても落ちないかもしれないわ」

「ふにぃ……臭《くさ》い」

ルウとメルが汁まみれのクウを拭《ふ》いてやるが、濡れタオル三枚使ってもまだ足りない。

「次はお前ら姉妹を並べて犯《おか》したいな」

「こ、こんなに出してまだできるの？」

「そ、底なしのスケベさんです……」

「うふふ、さすがエイギルさんね」

再戦に備えて汚れた肉棒をタオルで拭こうとしたがその必要はなかった。

タオルが取り上げられ、代わりに母娘姉妹《ははむすめしまい》三枚の舌が迫《せま》る。

メルがずっぽりと喉まで男根を咥え、クウとルウが竿《さお》から玉についた汁を綺麗に舐めとる背徳の口技だ。

そしてメルにキスをされながら、ベッドの上で上下に重なった姉妹尻《しまいじり》へと誘導《ゆうどう》されていく。

「これは辛抱《しんぼう》できん」

俺は先ほど以上にいきり勃った槍《やり》をひっさげて姉妹の穴に突撃《とつげき》していくのだった。

五時間後
「あぁ玉が軽い」

「桶《おけ》一つで足りないぐらい出しましたからね」

ふにゃふにゃになった肉棒を弄《もてあそ》びながら俺の隣《となり》に寝るのはメルだ。クウルウ姉妹は完全に失神して俺の足元にひっついている。

「こいつらも俺の女になったな」

「ええ、子を孕んだら側室にしてあげて下さいね」

メルは俺の腕《うで》に乗って微笑《ほほえ》む。

「親子三人の孕み腹を並べる日も近いな」

「うふふ、すけべです」

甘《あま》い会話に参加するように突然邪魔《とつぜんじゃま》が入った。

（うふふー親子でえっち　みーちゃったー）

ケイシー。幽霊《ゆうれい》でも覗きはやめてくれ。

ケイシーは首から下げている人形がひっかかるので壁《かべ》の通り抜《ぬ》けは出来ないが、ドアから顔だけ出して中を覗くのはお手のものだ。

（みーちゃったーみーちゃったー）

そのままドアから顔を引っ込めて廊下《ろうか》に戻っていく。悪いことばっかりしているとまた変になるぞ。

「メル殿《どの》ー!!　ちょっと聞きたいことがあるのだが！」

このでかい声はイリジナか、この音量なら屋敷の隅からでも聞こえそうだな。

（どわぁぁ！　いったーーい！　足踏んでる!!　ぎゃあああ！　背中を踏むなぁ!!）

天罰《てんばつ》早いな。

俺はメリッサの部屋で膝枕の上に乗って耳かきをしてもらっていた。

彼女はこういった繊細《せんさい》な作業を実に丁寧《ていねい》にしてくれる。しかも下着が見えるような短いスカートを穿いて俺への心遣《こころづか》いも完璧だ。

「エイギルさんお願いがあるんですよ」

カーラとミレイはイリジナと連れ立って酒屋に行ってしまった。なんでも王都からの上質の酒が入ったそうだ。俺も興味あるが、イリジナが行ったから今日で品切れかもしれない。

ちなみにノンナは先日の浪費《ろうひ》がばれて今月は買い物禁止だ。セリアとマイラに見張られながら、ぶすっとした顔でリーズナブルなお茶を飲んでいる。

「あのー聞いてます？」

「あぁなんだった？」

こんなやりとり前もした覚えがあるな。

「クロルの事なのですけど」

「おう、クロルな」

クロルはこっちへ来てからもよくやっていると思う。

王都屋敷《やしき》での役目だった薪割《まきわ》りや風呂焚《ふろた》きの仕事は必要なくなったが、女性達《たち》が暮らす屋敷での重要な男手として活躍《かつやく》している。

「何か不満でも言っていたか？」

それなりに長い付き合いだ。小遣《こづか》い値上げぐらいならセバスチャンに言っておいてやろう。

「そうではなくて……その最近、クロルの自慰がすごいんですよ。ミティが夜中にクロルの部屋からうめき声が聞こえるから何事かと覗いたら……明け方までずっとしてたって。私も気にしてみたら、毎日毎日何回もしているみたいで」

「……なんで俺がクロルの自慰に関わらんといかんのだ」

仕事を終えたなら別に十回でも二十回でも好きにすればいい。

女達に手を出すのは許さんが自分でこするぐらいの自由はある。

「でも……自慰ばっかりするのって、いい事じゃないと思うんですよ」

「じゃあどうするんだ？　俺が男根ばっかりこするなと言えばいいのか？」

「だめだよ！　あのぐらいの男の子にそんな事言ったらすごいショックになるから！　気付かれてないつもりなんだよ！」

メリッサはクロル、ミティ、アルマを自分の子供のように思っている。

だが俺にとってはあくまでそれなりに信用する少年に過ぎず特別気にすることもない。

「このままじゃ性欲が暴走して誰かを襲《おそ》っちゃうかもしれない」

そうなったらクロルを追い出すことになる。

メリッサはそれを心配しているのか。

「だがなぁ」

そもそもクロルの性欲の三大戦犯はカーラ、イリジナ、メリッサだ。

カーラはわざと下着や胸を見せてからかう。

イリジナは水浴びや風呂の後、平気で全裸でウロウロする。

そして何よりメリッサは服装も雰囲気《ふんいき》も男にとっては毒、しかも優しく構ってくれるのだから焦《こ》がれないはずがない。メリッサと話すクロルのズボンが膨らんでいることは何度もあった。

「アルマがクロルに惚《ほ》れてただろ？　ちょっと手引きしてやれば解決するんじゃないか？」

相手ができれば自慰ではなく性交をしまくるだろう。男が女とやりまくるのは至極《しごく》当然なことで健全なのだ。

「ええっ⁉　アルマはまだ十四だよ？　そんなのだめよ‼」

「クロルも十五だろ。少し早いがお互《たが》い同意してるなら構わない」

なによりクロルのモノは情けなく小さい。小さなアルマが相手でも苦痛を与えることはない。

「だめだめ！　子供でも出来ちゃったら大変！　童貞《どうてい》と処女なんて何するかわかんないよ」

メリッサは本当に母親だ。

「じゃあなんだ、童貞でも切れば解決か？」

「そうだね。卒業すれば少しは落ち着くと思うけど……」

ふむ、自慰の世話などごめんだが勤労の報酬《ほうしゅう》として女を教えてやるのはいいかもしれん。

「娼館《しょうかん》でも連れて行ってやるかな」

「娼館かぁ……病気とか大丈夫かなぁ」

メリッサは自分も娼館に居た事があるので色々と裏事情も知っているのだろう。

「許されるなら私が童貞を切ってあげてもいいんだけど……クロルのサイズだと、私はガバガバだからなぁ」

「俺もガキに嫉妬《しっと》する訳じゃないが時期が悪い。ヨグリの件もあったからな」

ノンナやメルも敏感《びんかん》になっている。いらん火種を投《な》げ込むことはない。

「やはり娼館にしよう。後腐《あとくさ》れがない。病気がない最上級の相手を用意してやるよ」

「そうだね……ごめんなさい。こんなこと相談して」

「いいさ。男になったクロルがアルマとうまくいったら見せ合いながらまぐわるのもいい」

メリッサは苦笑しながら否定する。

「だめだよ。エイギルさんには絶対わからないだろうけど、男って自分より大きな逸物《いちもつ》を見たら落ち込むんだよ？　クロルだって自分の何倍もあるエイギルさんの隣じゃ萎《な》えちゃうよ」

そんなものか。

「なんにせよクロルを男にしてやる」

耳かきも終わったのでメリッサを押し倒《たお》し、薄《うす》すぎて見せる以外の機能を果たしていない下着を剥ぎ取った。


数分後、俺は放心して動けなくなったメリッサをベッドに横たえて食堂に向かう。

今の時間、クロルは食事準備の手伝いをしているはずだ。

「クロルはいるか？」

「はい。何か用ですか？」

クロルも最初と違《ちが》って無礼な口は利《き》かなくなった。

子供の頃は許されたが育ってくればそうはいかないとセバスチャンが教育したのだろう。

「仕事は抜けていい。ついて来い」

「え？」

クロルは不思議そうな顔をするがセバスチャンは無言で行けと合図する。日々の仕事が主人の令より優先する訳が無いのだ。

そして普段着《ふだんぎ》に着替《きが》えたクロルを伴《ともな》って街に出る。本人はまだ何かわからないようだ。

「買い物の荷物持ちか何かですか？」

「来ればわかる」

向かうのは当然娼館街、その中でも一番の高級店とされる店に入る。

「ええっ!?　ここは？」

「早く来い」

戸惑《とまど》うクロルを連れ込むと店の主人が出迎《でむか》える。

「よくぞいらっしゃいました御領主様《ごりょうしゅ》」

「急に悪いな。今日は俺だけじゃなくこいつも相手して欲《ほ》しいんだ」

まだ何が起こったかわかっていないクロルを前に押し出す。

「これはこれはお若い……どのような相手をお好みですか？」

「ほら言え」

「ええっ!?　俺はそんな、よくわからないというか」

ええいまどろっこしい。

「いい体をした妙齢《みょうれい》の女と小柄で引き締まった若い女はいるか？」

クロルが好きなのは要するにメリッサとセリアだから似たような女がよかろう。

「技術のある娘《むすめ》を頼《たの》む。あとは俺にも一人頼む」

「大きなお道具を受け入れられるとびきり好色な女でよろしいでしょうか？」

さすが高級店、よくわかっているじゃないか。

少し間を置いて通されたのはこの娼館の中で最高の部屋、ラーフェンの娼館でも最高の部屋だ。

広い部屋には華美《かび》な装飾《そうしょく》があり湯まで流れている。最高クラスの娼婦《しょうふ》を指名したものだけが通され、労役《ろうえき》の給料なら一度で二月分が飛ぶらしい。

「あのエイギル様？　一体これはなんですか？」

「決まっている。よく働いた褒美《ほうび》代わりに最高の女で童貞を切らせてやろうと思ってな」

「ええ!?　い、いや俺は童貞じゃ……」

「童貞は見ればわかる。メリッサもセリアも抱《だ》かせる訳にはいかんぞ」

二つ真実を指摘《してき》されてクロルは黙《だま》ってしまう。

「「「お待たせ致しました～」」」

そこに三人の女が入室してくる。

一人目は美貌《びぼう》こそメリッサに劣《おと》るが豊満さは上だな。特に乳のでかさはかなりのものだ。

二人目はクロルよりも背が小さく、筋肉質で引き締まっている。歳《とし》はクロルと同じか少し上ぐらいだろう。

そして俺についてくれた娘は顔こそやや整っている程度だが乳が大きくて尻も張っている。

体全体に少しずつ肉が乗って柔《やわ》らかい感じで、乱暴に突いても平気そうだ。

三人は体のラインどころか乳首や陰毛《いんもう》まで透《す》ける薄い生地《きじ》のワンピースを着ている。服としては機能しておらず男を煽《あお》るためだけのものだ。

「お召《め》し物を失礼します」

動揺《どうよう》するクロルを二人がかりで全裸に剥《む》いていく。たちまち全裸にされてしまったクロルは既に大きくなり始めた股間を手で隠《かく》して照れているが……男の裸《はだか》を見ても仕方ないな。

「こっちも頼むよ」

「はい御領主様。失礼があったらお教え下さい」

俺についた娘は服を一枚ずつ脱がせて丁寧に畳《たた》んでいく。

そしてズボンを下ろした所で停止した。

「うわぁ大きい！　噂《うわさ》には聞いていましたけど、これほどのお道具なんてびっくりです！」

クロルの方でも女達が声を上げている。

「結構たくましいのね～」

「わー腹筋割れてる。つんつん」

「そ、それなりに鍛《きた》えていたから。えへへ」

クロルは気持ち悪いほどデレデレと頬を緩めている。

まあ、好みの美女二人に褒《ほ》められ体を触られてバカにならない男はいないから仕方ない。

「おおっ？　すごくいい感じの根っこだね」

「やーん剥けてる。ご立派さんだぁ」

「そ、そうかな？　立派かな？　えへへ」

楽しくやれているようだ。

「うそぉ。コレ勃ってないのに片手じゃ回らないよ。これが勃ちあがったらどうなるの……」

こっちも楽しむとするか。

「さあ奉仕してくれ。そそり勃ったら捻《ね》じ込んでやるからな」

「やあん壊されちゃう。でも楽しみ、こんな巨根《きょこん》初めてですもん」

言いながら女は舌なめずりする。これは好色で間違《まちが》いがない。

そして股の間に座りこみ、可愛《かわい》らしい外見からは想像できない動きで下品な音を立てながら舌を這《は》わせた。

その動きも単調ではなく、吸いながら唇を前後させつつ、口内で舌が生き物のように蠢《うごめ》いて男根を攻《せ》め立てるのだ。

「こりゃすごい……さすがだ」

この娘達《むすめたち》は高級店の最高位、選ばれし女達なのだ。

「ありがとうございます。ではお礼に～」

娘は俺の巨根を半ばまで飲《の》み込んだかと思うと吸引音と共に強烈《きょうれつ》な快感が押し寄せる。

口と舌でなにをされたのかもわからないまま、俺は大きく呻《うめ》いて天を仰《あお》ぐ。

「はいガチガチになりました〜」

唾液《だえき》にまみれた男根は、先端が張り裂《さ》けそうなほど張り詰《つ》め、全身に血管を浮《う》き上がらせてビクビクと脈打っている。

「おまけにちゅっと。わぁ予想通りの馬並みですね〜さあなにをしましょう？」

「選択肢《せんたくし》があるのか？」

裏側へのキスで腰が跳《は》ねた恥《は》ずかしさを隠すべく、俺は威厳《いげん》をもって接する。

「はい〜私って結構頑丈《がんじょう》だから色々出来ますよ。強姦《ごうかん》風味で乱暴に犯すのも大丈夫ですし、ご奉仕から喉奥《のどおく》まで入れるとか、お道具を使っても」

最後まで言わせずに押し倒し、薄い服を剥《は》ぎ取って股《また》を開かせる。

このまま少し力を入れるだけで肉棒は奥まで入っていくだろう。

「前戯無しでズドンはありか？」

「んふ、ありでーす。わあっいきなり入って……んんん！」

腰を押し出すと巨根が抵抗《ていこう》なくめり込み、一番奥までドシンと入る。

前戯無しの挿入に、最初は驚《おどろ》いたように穴が痙攣《けいれん》したが、その後は俺の形を確かめるように小刻みに締まり、やがて包み込むように大きく緩やかに締めてくる。

「いい穴だな。肉ヒダだらけで良く締まる。すぐに濡れてくるのもいい」

「あぁ……私って少し緩いとか言われちゃうことあるんですよ。それがこんなにギチギチになるなんて、大きすぎて……お汁が止まらないんですぅ」

甘い声を出しながら娼婦は両手を広げた。

俺は応えて正常位のまま体重を預けて伸《の》し掛《か》かり、ゆっくりだが大きく腰を振る。

乱暴にする気はないが彼女は俺の女ではなく、ちゃんと金も払《はら》っている。少しばかり自分勝手に抱かせてもらってもバチは当たらないだろう。

「あんっ！　ああんっ！　全身揺らされてる。領主様のお体大きい……筋肉に潰《つぶ》されちゃう！」

一突《ひとつ》きごとに女は嬌声を上げて体を震《ふる》わせ、同時に俺の逸物や体を褒めてくれる。

俺を心地《ここち》よくさせるために演技しているのかと思ったが胸板で押し潰している乳房からも汗《あせ》を大量にかいているから本当に感じてくれてもいるようだ。

不意に俺が腰を止めると、女は二、三度空腰を使い、不満げな声をあげて足を俺の腰に回して引き寄せようとする。

愛らしくなって強めに奥を突くと、嬉《うれ》し気《げ》な悲鳴をあげてから首に手を回す。

「大きいのが好きか」

「はい！　私って奥も深くて緩めだからギチギチにされるのに慣れてないの。でも好きなの！」

俺は嬉しくなって抱きしめながら体重をかける。

「あぁ重い……重いけど好き！　おっきいひとにつぶされて苦しいの好き！　もっと潰してぇ」

これを汗まみれの豊満美女が言うのだから堪《た》えられる男などいない。

俺は咆哮《ほうこう》をあげながら女の股を限界まで開かせ、突き殺す勢いで男根を根元まで叩きこむ。

「あぁぁぁ好き！　巨根《きょこん》好き！　大きい男好き！　筋肉達磨《だるま》大好きぃ!!」

部屋中に肉のあたる音を響《ひび》かせながら俺は咆哮する。

娘は俺の肩《かた》を強く抱き、足をばたつかせながら快楽の叫びをあげ続ける。

娼婦として奉仕《ほうし》してくれている感はないが、これはこれで最高なのでなんの文句もない。

「言っておくが今日は一晩で買わせてもらっている。一晩中突いてやるからな」

「そんなの死ぬ……気持ち良すぎて死んじゃうよ」

俺はニヤリと笑って先端《せんたん》まで男根を引き抜き、女の耳元に口を寄せる。

「俺の男根で……死んでみるか？」

言葉と同時に腰を突き出す。女の腹からドンと男根が最奥《さいおう》に当たった音が聞こえた。

「んおっ！　あああっ！　いい、死んでもいい！　巨根で殺して！　イキ死なせてぇ!!」

叫んだ女の脚《あし》がぴんと伸びてからゆっくりと下がってくる。強烈な刺激《しげき》で一気に絶頂まで駆《か》け上ってしまったのだろう。

だが終わらない。

俺は絶頂に震える穴をかき回し、反応のいい場所を肉傘《にくがさ》で擦ってやる。

「ちょ！　い、今イってる途中《とちゅう》……ひぃぃぃぃ！」

脚がまたぴんと伸びきり今度は下がって来ずに、何度も何度も伸びる。絶頂が連続しているようだ。

「弱点を見つけたぞ」

「ふぅふぅ……見つかっちゃったぁ」

腰を強く掴《つか》んで固定し、一番良い場所を削《けず》り取るように激しくこする。

更に手で腹の上から、良い場所を圧迫《あっぱく》する。

「それダメ！　がっ！　んおっ！　オ、オォォォォォ!!」

愛らしい嬌声が獣《けもの》のような低い本気の絶頂声に変わる。

女は俺《おれ》の背中に爪《つめ》を立てて大きく仰け反り、目がくるりと裏返って失神してしまった。

しかし俺はまだ出していないので行為は続ける。

失神で力が抜けて緩くはなったが、その分俺が膨張《ぼうちょう》したので十分に気持ちがいい。

どうせなので俺の形にしておこうと根元まで差しこんでグリグリ腰を動かしていると、クロルの情けない悲鳴が聞こえてきた。

「んあぁぁぁ！　もうだめだよ！　出ちゃ……ううっ！」

「んっんっんっ……んぶっ！　んぶぶ」

「あん、もう二回目出ちゃったね」

クロルはベッドに倒されて二人がかりの口奉仕に悶えるしか出来なかったようだ。

豊満な方……メリッサ似の女が口内で受けたらしく、クロルの顔の前まで行って口を開く。

「ほーら、坊《ぼう》やの種汁こんなに出たわよ。見ていてね」

女は口の中に出された精を本人に見せた後、喉《のど》を鳴らして飲み込む。

「んぐ……ごく……ふふ、坊やの種、飲んじゃった」

そして空になった口内を再びクロルに見せつけたのだ。

「お、俺の精子を飲んで……」

クロルは目を血走らせて息を荒らげている。

女に自分の種を飲ませるのは性交とも違う優越感《ゆうえつかん》があるから仕方あるまい。俺だって娼婦に追加料金を払って種を飲んでもらうものだ。

射精の余韻《よいん》もあって恍惚《こうこつ》としているクロルに再び女達が迫る。

「次はどうする？　もう一度口に出す？　それともぉ」

「こっちに注《そそ》ぎ込む？」

女達がクロルの目の前で開脚《かいきゃく》して性器を指で広げた。童貞がその魅力《みりょく》に逆らう事は不可能だ。

俺は抱いている女の向きを変えて俯《うつぶ》せにして後ろから貫《つらぬ》き、クロルの方を眺《なが》める。

童貞喪失《どうていそうしつ》の様子をメリッサに報告してやろう。

クロルが選択《せんたく》したのはまず若い女だ。

メリッサよりセリアを選んだ訳か……次からセリアがクロルを蹴飛《けと》ばしても何も言わないでおこう。

若い女は仰向《あおむ》けになったクロルに乗っかって胸に手を置き、慣れた手つきで小さな小さな逸物を性器にあわせた。

「い、いよいよ俺も真の男に……ゴクリ。あ、ちょっと心を落ち着けてから」

「いくよ～ほいっとさ」

女の尻が軽く落ち、クロルの情けない声が上げる。

クロルの童貞卒業は女に騎乗位で乗られて悲鳴をあげながら腰を跳ね上げたっと。

「は、入った。女の子の中に俺の巨根が……熱くて湿《しめ》って……う、うぅぅぅ！　あっ！」

「童貞卒業おめでとう！　ってあれ？　入れただけで出ちゃった？　ありゃ～」

女は苦笑しながら腰を小さく優《やさ》しく振って気持ちよく射精できるように合わせてくれていた。

入った瞬間に果ててしまうとは情けない。それに指みたいなサイズしやがってなにが巨根だ。

クロルはシーツを掴みながら見苦しく呻いて射精し続けている。

「おおぅ……君早いのに射精は長いね。おっと終わったかな？　あ、萎えちゃう」

射精を終えたクロルが脱力《だつりょく》した。奴《やつ》の粗末《そまつ》な逸物も膣内《ちつない》で萎えているのだろう。

だがそこでセリア似の女が悪い顔になってクロルに口を寄せた。

「私ね。今日は避妊《ひにん》してないの。だからもしかしたら坊やの種がお腹《なか》に入って……」

「ええっ⁉」

女が結合部からヘソの下まで手を滑らせていく。

「私の卵を捕《つか》まえたら、坊やの子供が出来るよ。坊やの種汁が女を孕《はら》ませるの」

「そ、それは……」

クロルの鼻息が猛烈に荒くなる。

「あはは復活したから続けるね。別の体位が良いなら言って、好きな恰好《かっこう》で突かせてあげる」

娼婦が避妊していないはずがない。

完全に嘘《うそ》だが男にとって美女を孕ませるのは夢の一つだからな。

さすが高級娼婦、クロルなどコロコロにされている。

「こっちもそろそろ出すぞ」

最奥に押し付けていた男根が膨張してきたので、数度膣内を往復してから押しつぶすように抱きしめる。

「あへぇ……」

まともに聞こえてないようだ。

「うぐっ！」

俺は腰を強く打ちつけて射精する。

もう少し入れたら子袋《こぶくろ》に突っ込んでしまうギリギリで止めて我慢《がまん》をやめ、精液の濁流《だくりゅう》を流し込む。

「しぬ……こわれりゅ……はらむぅ……」

意識の無いまま寝言《ねごと》のような声だけが漏《も》れ、女の腹が膨らんでいく。

たっぷり楽しめた性交だったこともあって精液の量は特段に多い。比較《ひかく》する意味もないがクロルの十倍は出ているはずだ。

出しながらもう一度クロルを観察しよう。

「ほら坊や。もっと強く腰をぶつけても大丈夫よ」

「ふふ、お尻の穴がきゅうってなってる。もう少し足を開いたら舐《な》めてあげるわよ」

クロルは後背位で豊満な女を抱きながら若い女に尻穴を舐めてもらっているようだ。

よく考えたら初体験にしては異常かもしれないがもう手遅《ておく》れだ。

「んん……あっ気を失ってました⁉　申し訳ありません！　気持ち良すぎて！」

俺の抱いていた女が目を覚ましたようだ。気にしていないと首筋と肩口《かたぐち》にキスをしながら、
射精を終えた逸物を引き抜く。

「うぐ、お腹が苦しい？　えっ？　えっ？　なんで私妊娠《にんしん》しちゃってるの⁉」

動揺する女に優しく教えてやる。本当に妊婦《にんぷ》みたいだな、我ながらどれだけ出たのか。

これはクロルの十倍どころか百倍出たかもしれない。

「慌《あわ》てるな。それは俺の種だよ」

腹をゆっくり押してやる。途端《とたん》に汚《きたな》い音を立てて穴から汁が噴《ふ》き出た。

「すごい量……避妊薬《ひにんやく》を使ってても……孕まされそう」

「さあ失神していた分、奉仕してくれ」

激しい射精で少し疲《つか》れた。奉仕してもらいながら休憩《きゅうけい》しよう。

ベッドに深くもたれて腰を突き出す。

「はぁい」

女はすかさず口奉仕に入り、失神していた罪滅《つみほろ》ぼしか喉の奥まで咥《くわ》えてくる。

やはり上手《うま》い。たまらないな。

「じゅる！　んぐっ！　ぐぼっ！」

先ほどの償《つぐな》いも兼《か》ねてかなり激しい。唾液が流れるまま、多少むせてもお構いなしに深く呑《の》みこみ、喉も使って奉仕してくる。

これはもう耐《た》えられないな。

「出るぞ。奥まで突っ込んでもいいか？」

「ん」

肉棒を咥えたまま頷くので頭を押《お》さえてゆっくりと奥まで押し込んでいく。喉を越えて更に奥に入り、遂《つい》に根元まで収まった所で二度目の射精を開始する。

「んぎゅ！　ごぼっ！」

最高に気持ち良い。射精の快楽もあるが、女の体内に流し込んでいるという野蛮《やばん》な感覚がたまらない。

「んぐぐ……ごぼぼ……んんん……」

おっと女の顔が苦しげになってきた。あまり長く射精すると窒息《ちっそく》してしまうからこの辺りにしておこう。

俺は窄《すぼ》められた唇から男根を引き抜き、出しきれなかった残りを顔にかける。

女は激しくむせながらも顔を向けて精を浴びてくれた。

「最高だった。よく飲んでくれたな、苦しかったろう」

「ふぅ、ふぅ、飲んだっていうか胃袋《いぶくろ》に直接流し込まれた感じでしたけど」

女は苦笑いして次の要求を聞こうとしたが体力が限界なのか、ふにゃりと腰が砕《くだ》けてしまう。

「あれ？　体が動かない……うそぉ」

「いいさ、よく頑張《がんば》ってくれた。気持ちよかったぞ」

調子に乗って激しくしすぎたようだ。これ以上彼女《かのじょ》を抱いたら壊れてしまうかもしれない。

「ありがとう。遠慮《えんりょ》なく眠《ねむ》ってくれ」

金貨をチップとして谷間に挟《はさ》んでやる。

女は恐縮《きょうしゅく》していたが疲れきっていたのか、すぐに寝息《ねいき》を立て始めた。

相手がいなくなったのでクロルから一人分けてもらおうか。

「クロルちゃん五回も出しちゃったからもう打ち止め？」

「休みたくなったらゆっくり寝《ね》てね？　一晩中二人でしゃぶっていてあげるから、抱きたくなったらいつでも起きておいで」

どうやらあちらも終わったようだ。

クロルは天にも昇るような表情で大の字に寝ころび、美女二人からの奉仕を受けていた。

「私、実はし終わって小さくなったのを口に含《ふく》むの好きなんだぁ。玉ごと口に入れちゃお」

汁まみれで情けないほど小さくなったクロルのモノがスルリと呑みこまれる。

「あーあ独《ひと》り占《じ》めされちゃった。じゃあ私は坊やの乳首でも……ふえっ」

クロルの後ろから乳首に手を伸《の》ばそうとしていた若い女が一瞬硬直《いっしゅんこうちょく》し、断末魔《だんまつま》のような叫《さけ》びを上げる。

「ど、どうしたの⁉　って領主様⁉」

原因は俺が後ろから腰を掴んで穴に肉棒を押し込んだからだ。

うむ、さっきの女よりもずっときつくて狭《せま》い。

「あぁぁぁ‼　ぶっといの入ったぁ！　なにこれぇ裂けちゃう！　太すぎる‼」

「すまんな。相手が居なくなったから俺の相手もしてくれ」

「あ、あの子は男三人でも相手する店一番のスケベなのに、もうへたっちゃったの？」

豊満な女は驚いた顔をしているが俺が突いている若い女はそれどころではないらしい。

「ひぃぃぃぃ！　太い長い硬《かた》い！　こんなの耐えられる女がいる訳ないでしょ！　もうだめ、イク、イグ……グゥゥゥ！」

無理やり吊《つ》るしあげるような絶頂に膣が制御《せいぎょ》不能な強さで締《し》まるものの、俺の逸物に痛みを与《あた》えるどころか、ただ快楽を得る手助けにしかならない。

「あぁ、ぎゅうぎゅう締まる。これはこれでいいな」

「イグ……イキ続けて……ヒギィィ……アガァァァ！」

「すっごい顔だ……獣みたい」

クロルが思わずといった様子で声を漏らした。

俺が後ろから突いているので女の顔はクロルを向いている。叫び声から考えてもとんでもない顔をしているのだろう。

「ひっ……そこは!?」

女を突きながら指を尻の穴に入れていく。肉棒が更《さら》に強く締め付けられ、女はえびぞりになって大声を上げる。

「うわ……これで勃つんだ」

クロルの肉棒も復活したようだ。

せっかくの童貞卒業なのに俺が女を奪《うば》っても仕方ないな。

挿入《そうにゅう》した女を回転させて正面から抱き締める。

そのまま後ろに倒れて、クロルの前に女の尻をつきつける。

「クロルこっちも試《ため》してみろ」

「えっ?」

クロルに向けられた女の尻たぶを両手で掴んで大きく広げる。すぼんだ尻穴が丸見えのはずだ。

「尻は使えないのか?」

「みんな準備はしていましたけど……前にこんな極太《ごくぶと》が入ったままで……?」

メリッサ似の女があちゃーとばかりに、悶えるセリア似の女を見る。

準備しているなら問題ない。

だがクロルはここまで来て戸惑っているようだ。

「クロル、お前はセリアが好きなんだろう?」

「え、ちが……」

隠さなくてもいい。好きなだけなら罪ではない。寝取《ねと》ろうとするならお前の逸物をもぐことになるが。

「後ろ姿が似てないか？」

この女は元々セリアに似ているが、特に体型は本当にそっくりなのだ。

顔は結構違うがクロルからは後ろ姿しか見えないし、俺と違ってセリアの全裸《ぜんら》を見慣れている訳ではないから細かい違いもわからない。

「………」

クロルは大きく唾《つば》を飲み込んで女の尻にゆっくり手を伸ばしている。

ここまで五回射精したらしいが、小さな男根も勃ち上がっているようだ。

「どうした？　来ないのか？」

来ないなら俺一人で楽しもうと思った時だった。

「せ、セリアさん!!」

クロルが女に覆《おお》いかぶさり、尻穴に肉棒を押し込んだ。

「あぐっ痛い!!　お尻は優しくして！」

「ご、ごめんなさい……あぁでも……似てる」

女に怒《おこ》られてしょぼんとしながらも腰《こし》はカクカクと動かす滑稽《こっけい》さに思わず笑ってしまう。

だが怒鳴《どな》られたのが逆に良かったようだ。クロルはセリアにしょっちゅう怒鳴られているからか、連想して更に興奮しているようだ。

女に別の女を重ねるなど失礼極《きわ》まるが童貞の夢を叶《かな》えるためだと大目に見てもらおう。

俺は女に後でチップを出すと囁《ささや》いて要望を告げる。

「ぷふ、なにそれ変なの。でもやったげます」

女は苦笑いしながらも受けてくれた。

そして口調を変化させてクロルを怒鳴りつける。

「こ、このガキ！　よくもお尻《しり》に突《つ》っ込《こ》んだな！　早く抜け!!　あうぅぅ！」

本当にセリアにやったら即座《そくざ》に首を落とされるだろうが、これは遊びだからな。

現にクロルの腰は目に見えて激しくなっている。

「くぅ……あぁ……お尻が焼けるっ！　太いのが二本も入って……いっちゃう!!」

「セ、セリアさん!!　うおおおおーーー!!」

クロルは呻き声を上げて女の尻にしがみ付き、必死に腰をくっつけて射精した。

もちろん演技なので女の方は昇《のぼ》った訳ではない。

「お尻熱……わーすごい出てる。止まらないいんだけど……」

クロルは呻きながら渾身《こんしん》の力で射精し続け、出し切るとベッドに倒れて寝てしまった。

童貞卒業のいい思い出になったろう。

俺はほんのりメリッサに似た女と、尻から汁《しる》を流す微妙《びみょう》にセリアっぽい女に向き直る。

「じゃあお前達も飛ばしてやるぞ」

俺が膨張した逸物を突き付けると二人は顔を見合わせ、諦《あきら》めたとばかりに苦笑《くしょう》した。

「お手柔《てやわ》らかに……と言っても無理ですよね。無茶苦茶《むちゃくちゃ》コースですか」

「二人……いえ三人仲良く失神しよっか。あはは」

二時間後、言葉通り女二人は失神し、尿《にょう》まで漏らしてベッドに転がることになった。

実に良かった。やはりたまには娼婦の技術を味わうのもいいな。

翌日
「なんですか?」

「いや、なんでもないです」

クロルがもじもじしながらセリアを見ている。

「後ろからなにを見ていると聞いている!」

「なんでもありません!」

その後もクロルがボーっとセリアの後ろ姿を見ることが多くなった。

更に今まで買い食いや小物に使っていた小遣いをこつこつ貯《た》めているらしい。

まさか娼婦にはまってしまったのだろうか。高級娼婦と三人遊戯《ゆうぎ》は童貞にさせる遊びじゃなかったか。メリッサに言うと怒られそうなので詳細《しょうさい》は言わないでおこう。

しかし良かった。俺もまたあの娘達に相手してもらいたいものだ。

「随分《ずいぶん》と緩《ゆる》んだお顔ですね。昨夜はそんなに楽しかったですか?」

「上着からもバラの香りがします。きっと素晴《すば》らしい場所だったのでしょう」

ノンナはいつもの浮気《うわき》咎《とが》めだが、セリアはクロルとだけ外出したのに嫉妬しているらしい。

「まあまあ落ち着け。ほら腹の大きいマリアがいるのでデカい声を出しても良くない」

「いつものことだから平気だよ～。存分にやり合って……う」

ほんわか言ったマリアの表情が突然《とつぜん》変わる。

「なんか痛い、い、痛い!!　ほんとに痛いよ！」

全員が色めき立つ。

「ちょっと、あれ生まれるわよ！」

「早く産婆《さんば》を！」

「なんで屋敷にいないの！」

「まだ先かと思っていて！」

どたばたと皆《みな》が走り回るがマリアの限界は早かった。

「もうだめ……生まれるぅ!!」

「ええー!?　ちょっと待ってまだ準備出来てない！」

「とりあえずソファに乗って！　下になにか敷《し》いて！」

「ま、まだ駄目《だめ》です！　とりあえず引っ込めて下さい！」

「馬鹿ノンナ、無茶《むちゃ》言うんじゃないわよ！」

（あわわ　どうしよう　どうしよう　大変だ）

慌ててソファにクッションを置いて清潔な布を敷くが産婆が来るまではどうしようもない。

そして壁《かべ》にぶつかりながら飛びまわるケイシーは正直鬱陶《うっとう》しい。

「ああっ！　エイギルさん見ないで!!」

とうとう産婆は間に合わずにお産が始まってしまった。

メリッサやカトリーヌがマリアを支え、男には見られたくないだろうと俺は無事を祈《いの》りながらも後ろを向く。

「あう！」

マリアの叫び声が聞こえた次の瞬間《しゅんかん》におぎゃおぎゃと赤子の泣き声がする。

生まれたのか？　ほんの三十秒程《ほど》だったぞ。

振《ふ》り返ってみるときょとんとした顔のマリアと赤ん坊、やっぱり……生まれたんだな。

「男の子です。一瞬《いっしゅん》でしたね」

全てを見ていたセリアが言う。

「初産《ういざん》でこんな安産だなんて」

メルも驚きの表情を浮かべている。

「私の時も大したことなかったけどね」

カーラが言う。

「やっぱりエイギルさんのおかげだろうね。ガバガバに拡張されてる訳だし」

メリッサも好き放題だな。

（大変だ　大変だ　どうしよう　えらいこっちゃ）

状況《じょうきょう》を一切《いっさい》把握《はあく》せずパニック起こして飛びまわるケイシーを捕まえて額に例の札を貼《は》る。

そこでようやく産婆が飛び込んできた。後の処理は任せるとしよう。

こうしてマリアに初めての男の子が誕生し【クロード】と名づけられた。

ノンナもニコニコと歓迎《かんげい》してくれたが張り付いたような笑顔《えがお》なのが気になるな。

「それにしても」

「ですよね」

「うん」

「「「赤ちゃんなのになんでこんなにおちんちんがおっきいんだろう」」」

しらん、俺を見るな。

エピローグ

「では行ってくる。留守は任せた」

冬も終わりかけて春も近い。いよいよ王都へ年一度の謁見《えっけん》に行かねばならない。

連れて行くのは王への正式な謁見なので正妻のノンナ、俺と別行動は考えられないセリアとレア、王都見物に行くカーラとミレイ、ドロテアに会いたいミティ・クロル・アルマの三人組だ。

メリッサも来たがったが産後のマリアとカトリーヌの下半身を面倒《めんどう》見てもらわないといけないので残ってもらった。

それ以外にはアドルフもレオポルトも置いて行く。人頭税徴収《ちょうしゅう》の大事な時期だし、私軍も再編中だ。

マイラはゴルドニアの爵位《しゃくい》を持っているから絶対に同行せねばならないが。

「王都は楽しみですが、いかんせんあの豚《ぶた》が来ると思うと憂鬱《ゆううつ》です」

ノンナはなにやらいじけてしまっている。

王都で流行の服を買って演劇を見れば少しは機《き》嫌《げん》も直るだろう。

だからノンナが谷間に隠し持つ金貨50枚については何も言わないでおこう。

◇◇

主人公　エイギル＝ハードレット　22歳　冬

地位　ゴルドニア王国伯爵《はくしゃく》　ゴルドニア東部大領主　山の王　ドワーフの友

麾《き》下《か》軍　私軍１８００（うち弓騎《き》兵《へい》１０００）

再編中

財産　金貨６５５０枚　労役（１００）　旅費（70）　ノンナ（50）

借金　金貨２万枚

武器　デュアルクレイター（大剣《たいけん》）　ドワーフの槍《やり》

王都随行《ずいこう》　ノンナ（正妻）カーラ（側室）ミレイ（愛妾《あいしょう》）レア（自称肉奴隷《じしょうにくどれい》）ケイシー（幽《ゆう》霊《れい》）

ミティ（愛妾）アルマ　クロル（非童貞《どうてい》）セリア（副官）ギド（護衛）マイラ（治安官）

家族　メル（側室孕）クウ（愛妾）ルウ（愛妾）メリッサ（愛妾）マリア（愛妾）リタ（メイド長）カトリーヌ（愛妾）ヨグリ（更正中《こうせい》）ピピ（従者）セバスチャン（執事《しつじ》）

子供　スウ　ミウ　エカチェリーナ（娘）アントニオ　クロード（息子《むすこ》）ローズ（義理娘）

部下　イリジナ（指揮官）ルナ（指揮官）ルビー（ルナ従者兼愛妾《けんあいしょう》）

レオポルト（参謀《さんぼう》）アドルフ（内政官）クレア＆ローリィ（御用《ごよう》商人）シュバルツ（馬）

経験人数１０４人　産ませた子10人

あとがき

湯水快です。この度は王国へ続く道9を手に取って頂き、誠にありがとうございます。遂に9冊目を世に出せましたこと誠に嬉しく思います。

本巻はいきなりの濡れ場を経て金策談義から始まります。ここで重要な役目を果たすクレアは知的かつセクシーな女性であり、ローリィは一見幼く見えながらも経験豊富な女性です。更に両名とも腹に一物のある中々の曲者となっており、話の中では表面上は主人公に返りうちにされつつ野望を温める流れなのですが、作者の嗜好としてはそのまま男が一方的にやられてしまうのもありですね。話が逸れました。

舞台は山の民の領域と鉄の山へ移ります。ここで登場するのがドラゴンやエルフと並ぶ、ファンタジー世界の重鎮ドワーフです。本作では人間よりも背は小さいながら屈強で鍛冶をよくして酒を好む、ありがちなタイプとなっておりますが、体毛へのこだわりは少しばかり珍しいのではないかと思いたいところです。日陰様の屈強なドワーフのイラストを是非お楽しみ頂ければと思います。

このドワーフ達との話は力比べから、その後に出現する大蜘蛛との戦いも併せて、特に楽しく書けた部分です。実はこのシーンを書く時、湧き出す魔物を何にしようか少しばかり悩みました。当初は鉱山の魔物ということでコボルトであろうかとも考えたのですが『奈落』などという大げさなものから湧き出すのが、時に愛らしく描かれ意思疎通もできそうなコボルトでは絶望感や終末感が足りないのではないか。だからといってドラゴンやデーモンなどボスのような敵がニュッと出てくるのもイメージが違いました。ならば何が良いかと考えた時、頭に浮かんだのが蜘蛛でした。見慣れた数ｃｍばかりの小さな蜘蛛も百倍のサイズにすればオークもゴブリンも真っ青の怪物であり、また地面の穴からドワッと湧いてくるのも実に似合っています。こうして奈落の怪物は大蜘蛛と相成りました。改めて蜘蛛や他の昆虫を眺めてみると、ファンタジー世界の並居る凶悪な魔物に勝るとも劣らない見た目をしており、彼らは本当に地球上の生物なのか考えさせられます。

話を戻しまして、鉱山を出た主人公は山の民達との交流後、ルナ・ルビー姉妹と逢瀬します。ここで有望な若人【ギド】に見せつけるように、その想い人たるルナと結ばれるのですが、これから先のギドの趣向に大きな影響を与えてしまう場面になったことでしょう。

山の民との交流が終わった主人公はドワーフ印の槍を受け取ります。斬って突いて叩いてと無茶苦茶な戦い方をする主人公の槍は文章だけではイメージし辛いのではないか心配していましたので、是非イラストでご覧頂ければ幸いです。

山から帰ってはヨグリ騒動です。この話についてはネット版でも随分とヨグリが叩かれていたように思います。作者視点で見てもなかなかに酷い動きを見せる彼女ですが、主人公もまたヨグリを叱らず、悪い男をぶん殴って一見落着にするという酷すぎる動きで対抗します。どこまでも主人公は女には甘く男には厳しいのです。作者的にも駄目な女性に振り回されるのは中々に興奮する大歓迎の展開であります。

そしてヨグリの騒動に端を発する形で余談へと続きます。前巻の後書きでもお気に入りと書かせて頂いた通り、ケイシーの話はとても楽しく書けるもので、本巻でも彼女の余談を書いてしまいました。実はこの余談、書いた当初はかなり本格的なホラー話になっており、ケイシーが変質していく経緯がより生々しく、不気味に書かれておりましたが、仕上がってから本編と見比べての違和感が凄まじく、慌てて少しおバカな展開に書き直しました。やはりケイシーは勢い余って主人公に吸い込まれ、とんでもないところから飛び出てくるのが似合っていますね。

ケイシー余談の後はミレイ来訪、レティシアとシャロンとの再会、ラーフェンの紹介からクロルが大人になる話と続きます。街紹介ではここまで漠然と発展してきているとだけ描写されていたラーフェンの街をノンナの暴走も含めて知って頂ければと思います。今後も彼女はきっと色々やらかすことでしょう。不幸体質のレティシアと主人公に勘違いのまま抱かれてしまったシャロンの場面も楽しんで頂けたなら幸いです。

本巻ラストはクラウディア出現を明示して終わります。彼女が出現する以上、次巻がコメディタッチで始まることは不可避ですが、戦争や新たな領域との接触もありますので楽しみにして頂ければ幸いです。また、ネット版ストーリーへの加筆修正に加えてオリジナルの展開もしくは余談を追加する予定ですので、次巻も無事に出せますようお祈り頂ければと思います。

では最後にご挨拶を致します。

9巻全てにイラストを描いて下さりました日陰影次様、本巻の製作に関わって頂きました全ての方々、そして全ての読者様に感謝を申し上げます。

邪神の使徒たちの動きに
後手に回っていた冬夜たちだが、
ついに方舟の位置を捕えることに成功した。
フォンとともに。30
2024年春頃発売予定！

ここから反撃開始の
強襲作戦が
始動する——!!
異世界はスマート
冬原パトラ
illustration■兎塚エイジ

コミカライズも連載中の
スナイパー英雄譚！
著／かたなかじ
イラスト／赤井てら
漫画：瀬菜モナコ
原作：かたなかじ　キャラクター原案：赤井てら
発売予定!!

魔眼と弾丸を使って
異世界をぶち抜く
第18巻 2023年秋

説第⑨巻は2024年3月発売!
9
作画 大前貴史 原作 明鏡シスイ
信じていた仲間達にダンジョン奥地で殺されかけたが
ギフト『無限ガチャ』で
レベル9999の仲間達を手に入
元パーティーメンバーと世界に復讐&『ざまぁ!』します!
コミックス
最新第⑨巻も
好評発売中!
第⑩巻は11月9日発売!
週刊少年マガジン公式アプリ
「マガポケ」にて
好評連載中!!
作画：大前 貴史
原作：明鏡シスイ キャラクター原案：tef

信じていた仲間達にダンジョン奥地で殺されかけたが
ギフト『無限ガチャ』で
レベル9999の仲間達を手に入れて
元パーティーメンバーと世界に復讐&
『ざまぁ!』します!
「小説家になろう」
四半期総合ランキング
第1位
(2020年7月9日時点)
①〜⑧巻
好評発売中!!
レベル9999で
圧倒的無双!!!!!
明鏡シスイ
イラスト/tef

森辺の民たちが西方神の洗礼を受け終えたのを確認し、
監査官たちは王都へと帰還した。
これで一連の事件も終わったかと思いきや、
兵士がモルガの山に近づいたことが原因でモルガの三獣である
赤き野人がラントの川に流れついてしまう。
初めて見る赤き野人は、
人間と変わらない可愛らしい少女の姿をしていて……。
Author EDA
Illust. こちも
異世界料理道
VOLUME 32
Cooking with wild game.

ファの家に新たな居候が
増える第32弾！
2024年
冬ごろ発売予定！

著／保利亮太
イラスト／bob
ローゼリア王国を
手に入れた
御子柴亮真の
躍進は続く――。
2023年秋発売予定！

コミック版も好評連載中！
漫画：八木ゆかり
原作：保利亮太
キャラクター原案：bob
コミックス
⑪～⑲巻発売中
ファイアクロス公式サイト
firecross.jp
ウォルテニア戦記XXV

いつでも自宅に帰れる俺は、異世界で行商人をはじめました
霜月緋色 著
Hiiro shimotsuki
ill. いわさきたかし
①〜⑧巻 好評発売中!
⑨巻 2024年発売予定!

「小説家になろう」
四半期
第1位
異世界転生・転移
ファンタジー部門
（2019年8月19日時点）
いつでも自宅に帰れる俺は、異世界で行商人をはじめました
vol.1
コミック単行本
①～④巻 好評販売中!!
漫画：明地雫
原作：霜月緋色
キャラクター原案：いわさきたかし

HJ NOVELS
HJN14-09

王国へ続く道9

2023年10月19日　初版発行

著者——湯水 快

発行者—松下大介
発行所—株式会社ホビージャパン
〒151-0053
東京都渋谷区代々木2-15-8
電話　03(5304)7604（編集）
03(5304)9112（営業）

印刷所——大日本印刷株式会社

装丁——木村デザイン・ラボ／株式会社エストール

Printed in Japan

ISBN978-4-7986-3251-3　C0076